Llamadas
desde el teléfono
del cielo

Este libro se ha elaborado con papel procedente de bosques
gestionados de forma sostenible y de fuentes controladas,
certificado por el sello de FSC (Forest Stewardship Council),
una prestigiosa asociación internacional sin ánimo de lucro, avalada por
WWF/ADENA, GREENPEACE y otros grupos conservacionistas.
Código de licencia: FSC-C007782.
www.fsc.org

MAEVA desea contribuir al esfuerzo colectivo y permanente de proteger
y preservar el medio ambiente con el compromiso de producir nuestros
libros con materiales responsables.

Llamadas desde el teléfono del cielo

Mitch Albom

Por el autor de
Martes con mi viejo profesor

Traducción: JOFRE HOMEDES BEUTNAGEL

MAEVA

Título original: *The first phone call from heaven*

Diseño de cubierta: Opalworks

Fotografía del autor: Gleen Triest

© ASOP Inc, 2013
© de la traducción: Jofre Homedes Beutnagel, 2014
© MAEVA EDICIONES, 2014
  Benito Castro, 6
  28028 MADRID
  emaeva@maeva.es
  www.maeva.es

ISBN: 978-84-15893-36-3
Depósito legal: M-25.221-2014

Fotomecánica: MT Color & Diseño, S.L.
Impresión y encuadernación: Huertas, S.A.
Impreso en España / Printed in Spain

*Para Debbie, una virtuosa del teléfono
cuya voz echamos en falta cada día*

La semana en que ocurrió

El día en que el mundo recibió su primera llamada telefónica del cielo, Tess Rafferty estaba abriendo una caja de bolsitas de té.

¡Drrrnnn!

Clavó las uñas en el plástico e ignoró la llamada.

¡Drrrnnn!

Hincó el índice en el lateral, en la parte abombada.

¡Drrrnnn!

Por fin logró agujerear el plástico. Retiró el envoltorio y lo arrugó en la palma de la mano. Sabía que el contestador estaba a punto de saltar, si no descolgaba antes del siguiente...

Drrrnnn...

–¿Diga?

Demasiado tarde.

–Este trasto... –murmuró.

Oyó un clic en la encimera de la cocina y el mensaje con su voz: «Hola, soy Tess. Deja tu nombre y tu teléfono. Te contestaré en cuanto pueda. Gracias».

Al pitido le siguió un ruido de fondo. Y después otra cosa.

«Soy mamá. Tengo que contarte algo.»

Tess dejó de respirar. Sus manos soltaron el auricular.

Su madre llevaba cuatro años muerta.

❧

¡Drrrnnn!

La segunda llamada casi se perdió en el calor de un debate en la comisaría. Una secretaria había ganado veintiocho mil dólares jugando a la lotería. Tres agentes discutían sobre qué harían ellos en el lugar de la afortunada.

—Pagar las facturas.

—Eso es lo que no hay que hacer.

—Un yate.

—Pagar las facturas.

—Yo no.

—¡Un yate!

¡Drrrnnn!

Jack Sellers, el comisario jefe, se retiró hacia su pequeño despacho.

—Pagar las facturas solo sirve para tener más —dijo.

Acercó la mano al teléfono mientras sus compañeros seguían discutiendo.

—Policía de Coldwater. Aquí Sellers.

Ruido de fondo. Después una voz de hombre joven.

«¿Papá...? Soy Robbie.»

De pronto Jack no oía a nadie más.

—¿Se puede saber con quién hablo?

«Soy feliz, papá. Por mí no te preocupes, ¿vale?»

Sintió un nudo en el estómago. Pensó en la última vez que había visto a su hijo, recién afeitado y con corte de pelo militar, cruzando el control de seguridad del aeropuerto rumbo a su tercera misión.

Tercera y última.

–No puedes ser tú –susurró.

～

¡Rinnng!

El pastor Warren se limpió la barbilla de saliva. Había echado una cabezada en su sofá de la iglesia baptista Cosecha de Esperanza.

¡Rinnng!

–Ya va.

Hizo el esfuerzo de levantarse. La iglesia había instalado un timbre a la entrada del despacho, porque a sus ochenta y dos años ya no oía muy bien.

¡Rinnng!

–Pastor, soy Katherine Yellin. ¡Dese prisa, por favor!

Warren se acercó renqueando y abrió la puerta.

–Hola, Ka...

Pero Katherine ya estaba dentro, con el abrigo abotonado de cualquier manera y la melena pelirroja despeinada, como si hubiera salido corriendo de su casa. Se sentó en el sofá. Después se levantó, nerviosa, y se volvió a sentar.

–No piense que estoy loca, por favor.

–No, querida.

–Me ha llamado Diane.

–¿Quién dices que te ha llamado?

–Diane.

Warren empezó a sentir dolor de cabeza.

–¿Te ha llamado tu difunta hermana?

–Esta mañana. Me he puesto al teléfono y...

Katherine se echó a llorar, aferrada a su bolso. Warren pensó en pedir ayuda a alguien.

9

–Me ha dicho que no me preocupe –dijo Katherine, ronca–. Ha dicho que estaba en paz.

–¿Era un sueño, entonces?

–¡No, no! ¡No era ningún sueño! ¡He hablado con mi hermana!

Las lágrimas caían tan deprisa de sus mejillas que no le daba tiempo a secarlas.

–De ese tema ya habíamos hablado, querida...

–Ya lo sé, pero es que...

–La echas de menos.

–Sí...

–Y estás angustiada.

–¡No, pastor! Me ha dicho que está en el cielo. ¿No lo entiende?

Sonrió con una sonrisa beatífica, que Warren nunca había visto en su cara.

–Ahora ya no me da miedo nada –dijo.

❧

Drrrrnnnnnn.

Tras el sonido del timbre de seguridad se deslizó por un raíl una pesada puerta carcelaria. Un hombre alto, ancho de hombros, cuyo nombre era Sullivan Harding, la cruzó despacio, marcando cada paso, inclinando la cabeza. Su corazón latía muy deprisa, no por la emoción de quedar libre, sino por el miedo de que alguien lo arrastrase hacia dentro.

Adelante. Adelante. No apartaba la vista de las puntas de sus zapatos. Solo levantó la cabeza al oír un ruido por la grava. Eran pisadas rápidas.

Jules.

Su hijo.

Sintió en las piernas dos pequeños brazos, y sintió que sus manos se hundían en el pelo frondoso y rizado del pequeño. Vio a sus padres –su madre con una cazadora azul marino, su padre con un traje marrón claro–, cuyos rostros se descompusieron al fundirse en un abrazo colectivo. Era un día frío y gris. La calle estaba mojada por la lluvia. Solo faltaba su mujer, pero a pesar de su ausencia física estaba presente.

Sullivan habría querido decir algo profundo. Sin embargo, lo único que salió de entre sus labios fue un susurro.

–Vámonos.

Al cabo de un momento su coche desapareció por la carretera.

Era el día en que el mundo recibió la primera llamada telefónica del cielo.

Lo que sucedió a continuación depende de cuánta fe tengas.

La segunda semana

Caía una llovizna fría, vaporosa, como tantos septiembres en Coldwater, una pequeña población ubicada cerca de la frontera con Canadá, a pocos kilómetros del lago Michigan.

Sullivan Harding iba a pie a pesar del frío. Podría haber tomado prestado el coche de su padre, pero después de diez meses de reclusión prefería el aire libre. Con su gorro de esquiador y su vieja chaqueta de pana, pasó junto al instituto donde había estudiado veinte años antes, dejó atrás el depósito de madera que había cerrado aquel invierno, la tienda de artículos de pesca, con sus barcas de remo de alquiler amontonadas como conchas de almeja, y la gasolinera, donde un dependiente, apoyado en la pared, se miraba las uñas. Mi pueblo, pensó.

Al llegar a su destino se limpió las botas en una estera de paja donde ponía DAVIDSON & HIJOS. Al ver que encima de la puerta había una pequeña cámara, se quitó el gorro, se atusó el pelo, recio y castaño, y miró el objetivo. Después de un minuto sin novedad, entró.

Dentro de la funeraria hacía un calor casi asfixiante. Las paredes eran de roble oscuro. Había una mesa sin sillas, con un libro de firmas abierto.

–¿Puedo ayudarle?

Era el director, un hombre alto, de huesos finos, piel clara, cejas pobladas y cabello fino y pajizo. Tenía las manos juntas, y aparentaba algo menos de setenta años.

–Soy Horace Belfin –se presentó.

–Sully Harding.

–Ah, sí.

Ah, sí, pensó Sully, el que se perdió el entierro de su mujer porque estaba en la cárcel. Ahora lo hacía mucho: acababa las frases a medias con la convicción de que lo que no dice la gente resuena más que lo que dice.

–Giselle era mi esposa.

–Lo acompaño en el sentimiento.

–Gracias.

–Fue una ceremonia muy bonita. Supongo que se lo habrá contado la familia.

–La familia soy yo.

–Claro.

Se quedaron en silencio.

–¿Sus restos? –preguntó Sully.

–En nuestro columbario. Voy a por la llave.

Se fue a su despacho. Sully alcanzó un prospecto de una mesa y lo abrió por un párrafo sobre la cremación.

Los restos incinerados se pueden dispersar en el mar, ponerse en un globo de helio, lanzarse desde un avión...

Lo dejó caer sobre la mesa. «Lanzarse desde un avión.» Ni siquiera Dios podía ser tan cruel.

ᕲ

Veinte minutos después Sully salió del edificio con las cenizas de su esposa dentro de una urna en forma de ángel. Intentó llevarla con una sola mano, pero lo consideró demasiado informal. Intentó sujetarla entre las palmas, pero parecía una ofrenda. Al final se la puso contra el pecho con los brazos cruzados, como llevan los niños la cartera con los libros, y caminó un kilómetro por las calles de Coldwater, pisando charcos. Al llegar a la oficina de correos se sentó en un banco y dejó la urna a su lado, cuidadosamente.

Ya no llovía. Sonaron a lo lejos las campanas de una iglesia. Cerró los ojos y se imaginó a Giselle acurrucada contra él, con sus ojos verde mar, su pelo negro regaliz, su cuerpo menudo y sus hombros estrechos, que al apoyarse en el cuerpo de Sully parecían susurrar: Protégeme.

Al final no lo había hecho. Protegerla. Eso ya no cambiaría nunca. Estuvo mucho tiempo sentado en el banco: hombre caído, ángel de porcelana, como si esperaran los dos un autobús.

࿔

Las noticias de la vida llegan por teléfono. El nacimiento de un bebé, el compromiso de una pareja, un trágico accidente de coche a altas horas de la madrugada... El anuncio de la mayoría de los hitos del periplo humano, buenos o malos, lo precede el sonido de un timbre.

Tess estaba sentada en el suelo de la cocina, esperando oírlo de nuevo. Desde hacía dos semanas su teléfono le daba la noticia más asombrosa imaginable: su madre existía en algún sitio, de algún modo. Reprodujo mentalmente, por enésima vez, su última conversación.

–Tess... No llores, cariño.

–No puedes ser tú.

–Aquí estoy, sana y salva.

Era lo que siempre decía su madre cuando estaba fuera de casa y llamaba desde algún hotel o un balneario, o durante una simple visita a unos parientes que vivían a media hora de camino: «Aquí estoy, sana y salva».

–No puede ser.

–Todo puede ser. Estoy con el Señor. Quiero hablarte de...

–¿De qué, mamá? ¿De qué?

–Del cielo.

La llamada se cortó. Tess contempló el teléfono como si sostuviera un hueso humano. Era completamente ilógico, ya lo sabía. La voz de una madre, sin embargo, no se parece a ninguna otra; reconocemos todas sus cadencias, sus susurros, sus inflexiones o sus gritos. No cabía duda. Era ella.

Levantó las rodillas hasta el pecho. No había salido de su casa desde que recibió la primera llamada. Solo comía galletas saladas, cereales, huevos duros o lo que hubiera en la despensa. No había ido a trabajar ni a hacer la compra. Ni siquiera había sacado el correo del buzón.

Se pasó una mano por su larga melena rubia sin lavar. ¿Recluida a causa de un milagro? ¿Qué diría la gente? Le daba igual. Unas cuantas palabras desde el cielo habían despojado de cualquier importancia las palabras de la tierra.

❧

Jack Sellers estaba en su mesa del edificio de ladrillo rojo reconvertido en cuartel general de la Policía de Coldwater. Sus colegas pensaban que estaba mecanografiando informes, pero también él esperaba el sonido de un timbre.

Había sido la semana más extraña de su vida. Dos llamadas de su hijo muerto. Dos conversaciones que no había previsto mantener nunca más. Aún no se lo había dicho a su exmujer, Doreen, la madre de Robbie, que estaba hundida en una depresión y se echaba a llorar solo con oír su nombre. ¿Qué podía decirle? ¿Que su hijo, muerto en combate, estaba vivo en algún sitio? ¿Que la puerta del cielo estaba en la mesa de Jack? ¿Y después qué?

Tampoco él sabía cómo interpretarlo. Lo único que sabía era que cada vez que sonaba el teléfono lo descolgaba con la rapidez de un pistolero.

La segunda llamada había sido un viernes por la tarde, como la primera. Las mismas interferencias y el mismo ruido etéreo que aumentaba y disminuía de volumen.

–Soy yo, papá.

–Robbie...

–Estoy bien, papá. Aquí no hay días malos.

–¿Dónde estás?

–Ya lo sabes. Papá, esto es alucinante.

Un clic.

–¿Hola? ¡¡Hola!! –exclamó Jack.

Cerró la puerta al darse cuenta de que lo miraban. Un minuto después volvió a sonar el teléfono. Miró la identificación. Ponía DESCONOCIDO, como las otras veces.

–¿Diga? –susurró.

–Dile a mamá que no llore... Si supiéramos lo que hay después, nunca nos habríamos preocupado.

೧

Cuando has tenido una hermana nunca dejas de tenerla, aunque ya no puedas verla ni tocarla.

Katherine Yellin se estiró en la cama, cubriendo la almohada con su melena pelirroja. Cruzó los brazos y estrujó el teléfono plegable de color salmón que había sido de Diane. Era un Samsung y llevaba una pegatina en la parte de atrás: la imagen de un zapato de tacón, símbolo de la afición de Diane a la moda.

«Es mejor de lo que habíamos soñado, Kath.»

Lo había dicho en su segunda llamada, que al igual que la primera –y que todas las extrañas llamadas a Coldwater– se había producido un viernes. «Mejor de lo que habíamos soñado.» De toda la frase, la palabra que más le gustaba a Katherine era «habíamos».

Las hermanas Yellin tenían una relación muy especial, como dos niñas que escalaran juntas, en la misma cordada, por la vida de provincias. Diane, dos años mayor, había acompañado a Katherine todos los días al colegio, la había precedido en las Brownies y las Girl Scouts, se había quitado los aparatos de los dientes justo cuando se los ponían a Katherine y en las fiestas del instituto se había negado a salir a la pista hasta que Katherine también tuviera con quien bailar. Las dos hermanas tenían las piernas largas y los hombros fuertes, y en verano eran capaces de recorrer dos kilómetros a nado por el lago. Ambas fueron al colegio mayor de la zona. Habían llorado juntas la muerte de sus padres. En la boda de Diane la dama de honor había sido Katherine, y tres junios más tarde se habían invertido los papeles. Ambas tenían dos hijos: niñas en el caso de Diane y niños en el de Katherine. Sus casas las separaba un kilómetro y medio de distancia. Hasta sus divorcios se habían producido en el transcurso de un solo año.

Solo habían divergido en una cosa: la salud. Diane sufría migrañas, arritmias, problemas de tensión y un aneurisma que se la llevó a la temprana edad, demasiado temprana, de cuarenta y seis años. A Katherine la describían a menudo como alguien que «no ha estado ni un día enferma en toda su vida».

Esa diferencia la había hecho sentirse culpable varios años, pero ahora lo entendía: a Diane, la dulce y frágil Diane, la habían llamado por algo. La había elegido el Señor para demostrar que a los fieles los espera la eternidad.

«Es mejor de lo que habíamos soñado, Kath.»

Katherine sonrió. «Habíamos». A través del teléfono salmón que apretaba contra el pecho había redescubierto a la hermana a quien nunca podía perder.

Y no se lo callaría.

La tercera semana

Hay que volver a empezar. Eso dicen. Pero la vida no es un juego de mesa, y perder a un ser querido nunca es realmente «volver a empezar». Se parece más a «seguir sin».

La mujer de Sully estaba muerta. Había fallecido después de un largo coma. Según el hospital se había apagado durante una tormenta eléctrica, el primer día de verano. Entonces Sully aún estaba en la cárcel. Le faltaban nueve semanas para salir. Cuando se enteró, perdió la sensibilidad en todo el cuerpo. Fue como recibir la noticia de la destrucción de la Tierra desde la Luna.

Ahora pensaba constantemente en Giselle, aunque cada pensamiento trajera consigo la sombra de su último día juntos, el choque, el incendio y cómo había cambiado todo su mundo en un solo y desgraciado instante. Daba igual. Se envolvía en el triste recuerdo de Giselle porque era lo más parecido a tenerla cerca. Puso la urna en forma de ángel en una estantería, al lado de un sofá donde dormía Jules, a quien le faltaban dos meses para cumplir siete años.

Se sentó y se hundió en el sillón. Todavía se estaba acostumbrando a la libertad. Después de diez meses en la cárcel lo lógico sería que un hombre gozase de ser libre, pero el cuerpo y la mente se acostumbran a todo, hasta a lo peor, y aún había momentos en que Sully se quedaba mirando las paredes con la apatía de los presos. Tenía que recordarse a sí mismo que podía levantarse y salir.

Echó mano a un cigarrillo y paseó la mirada por aquel piso barato y poco acogedor, un primero sin ascensor con calefacción de caldera. Al otro lado de la ventana había unos cuantos pinos y un barranco, que bajaba a un arroyo donde recordaba haber cazado ranas de pequeño.

Había vuelto a Coldwater porque sus padres se quedaron a cargo de Jules durante el juicio y la condena, y Sully no quería trastornar aún más la vida del pequeño. Además, ¿tenía algún otro sitio a donde ir? Había perdido el trabajo y la casa. Sus abogados lo habían dejado sin blanca. Vio como dos ardillas se perseguían por un árbol, y se engañó pensando que a Giselle quizá le hubiera gustado aquella casa, una vez que se hubiera acostumbrado a su ubicación, sus dimensiones, el polvo y los desconchados de la pintura.

ᔐ

Lo desconcertó un golpe en la puerta. Se asomó a la mirilla. Era Mark Ashton, con dos bolsas de la compra.

Mark y Sully habían sido compañeros de escuadra en la Marina. Habían volado juntos en aviones a reacción. Sully no lo veía desde la sentencia.

—Qué hay —dijo Mark cuando se abrió la puerta.

—¿Qué tal? —contestó Sully.

—Bonita casa... para un terrorista.

—¿Has venido de Detroit?

—Sí. ¿Me dejas entrar o no?

Se dieron un abrazo rápido y forzado. Mark siguió a Sully a la sala de estar, y al ver a Jules en el sofá bajó la voz.

–¿Está dormido?

–Sí.

–Le he traído unas Oreo. A todos los niños les gustan las Oreo, ¿no?

Mark dejó las bolsas en la cocina, entre cajas sin desembalar, y le llamó la atención un cenicero lleno de colillas, así como que el fregadero estuviera lleno de vasos, de chupito, no de agua.

–Bueno, pues nada...

Sin bolsas en las manos ya no tenía en qué ocuparse. Miró a Sully a la cara: Sully, su antiguo compañero de vuelo, cuyo aspecto juvenil y expresión cándida guardaban el recuerdo de la estrella de fútbol americano que había sido en el instituto. Ahora estaba más delgado y había envejecido, sobre todo en la zona de los ojos.

–¿Y aquí creciste, en este pueblo?

–Ahora ya sabes por qué me marché.

–¿Qué tal te va?

Sully se encogió de hombros.

–Oye, que... Fue horrible. Lo que le pasó a Giselle.

–Sí.

–Lo siento.

–Ya.

–Creía que te dejarían ir al entierro.

–En la Marina manda el reglamento.

–Estuvo bien la ceremonia.

–Eso me dijeron.

–En cuanto a lo demás...

Sully levantó la vista.

–A la porra –dijo Mark–. La gente ya lo sabe.

Saben que fuiste a la cárcel, pensó Sully, acabando la frase. Lo que no saben es si te lo merecías.

—Intenté ir a verte.

—No quería que me viera nadie.

—Para los colegas fue muy raro.

—Da igual.

—Sully...

—Cambiemos de tema, ¿vale? Yo ya he explicado qué pasó. Un millón de veces. Ellos se creyeron otra cosa. No hay más que decir.

Sully se miró fijamente las manos e hizo chocar los nudillos.

—¿Ahora qué piensas hacer? —preguntó Mark.

—¿En qué sentido?

—En el de trabajar.

—¿Por qué?

—Es que conozco a un tío de por aquí, un compañero de piso de la facultad, y lo he llamado.

Sully dejó de entrechocar sus nudillos.

—¿Lo has llamado antes de verme?

—Necesitarás dinero y él quizá tenga un trabajo.

—¿Haciendo qué?

—Ventas.

—No soy comercial.

—Es fácil. Solo tienes que encontrar clientes, cobrar cheques y quedarte con una comisión.

—¿En qué sector?

—Prensa.

Sully parpadeó.

—Es broma, ¿no?

Pensó en todos los periódicos que habían hablado sobre su «incidente»; en la rapidez con la que habían llegado a la conclusión más fácil y expeditiva, repitiendo las noticias hasta devorar a Sully y pasar al siguiente titular. Desde entonces odiaba los medios. Nunca había vuelto a pagar por un periódico, ni volvería a hacerlo.

—Podrías quedarte aquí —propuso Mark.

Sully fue a lavar un vaso al fregadero. Le habría gustado estar solo, para poder llenarlo con lo que le apetecía.

—Dame el número y lo llamaré —dijo, sabiendo muy bien que no lo haría.

❦

Cruzada de piernas en el suelo, sobre blandos cojines de color rojo, Tess miraba el césped por el ventanal: un césped alto, que no se había cortado en varias semanas. Era la casa donde había crecido. Recordaba las mañanas de verano, cuando se acurrucaba justo en aquel sitio y empezaba a quejarse mientras Ruth, su madre, repasaba papeles en la mesa de *bridge* sin levantar apenas la vista.

—Me aburro —decía Tess.

—Sal fuera, a ver qué tal —murmuraba Ruth.

—No tengo nada que hacer.

—Pues no hagas nada, pero fuera.

—Me gustaría tener una hermana.

—Lo siento, pero no puedo ayudarte.

—Podrías, si te casaras.

—Ya he estado casada.

—No tengo nada que hacer.

—Ponte a leer un libro.

—Ya los he leído todos.

—Pues reléelos.

Y seguían, y seguían... Era un tira y afloja verbal que se había repetido en distintas versiones a lo largo de la adolescencia, la universidad y la fase adulta, hasta llegar a los últimos años de Ruth, cuando el Alzheimer le había robado las palabras y, en última instancia, el deseo de hablar. Los últimos meses los había pasado en un silencio pétreo, mirando a su hija fijamente con la cabeza ladeada, como miran los niños a las moscas.

Ahora, sin embargo, por alguna razón, hablaban de nuevo, como si la muerte hubiera sido un viaje en un avión en el que Tess creía que iba Ruth, antes de descubrir que lo había perdido. Hacía una hora que habían compartido otra inexplicable conversación telefónica.

–Soy yo, Tess.

–Dios mío, mamá... Aún no me lo puedo creer.

–Siempre te dije que encontraría la manera.

Tess sonrió entre lágrimas al acordarse de las bromas de su madre, devota de los alimentos naturales, acerca de que se aseguraría incluso después de muerta de que Tess se tomara los suplementos vitamínicos.

–Estabas tan enferma, mamá...

–Es que aquí no hay dolor.

–Sufriste tanto...

–Escúchame, cariño.

–Estoy aquí. Te escucho.

–En el fondo, los dolores que pasas en la vida no te afectan... No afectan a tu yo real. Eres mucho más ligera de lo que crees.

Por sí solas, las palabras ya aportaban a Tess una tranquilidad maravillosa. «Eres mucho más ligera de lo que crees.» Echó un vistazo a la foto que tenía en las manos, la última foto de ella con su madre, en la fiesta de su ochenta y tres cumpleaños. Se veían los estragos de la enfermedad: las mejillas demacradas, la expresión ausente, el jersey de color caramelo colgando de un cuerpo esquelético...

–Mamá, ¿cómo es posible? Tú no usas teléfono.

–No.

–¿Pues cómo hablas conmigo?

–Ha pasado algo, Tess... Hay una abertura...

–¿Una abertura?

–De momento.

–¿Cuánto durará?

Una larga pausa.

–¿Mamá? ¿Cuánto durará?

–No durará.

~

Cada día, con sigilo, sucede algún milagro: en un quirófano, durante una tormenta en alta mar, en el arcén donde aparece de pronto un desconocido... Y rara vez se registran. Nadie lleva la cuenta.

Pero de vez en cuando se le aparece al mundo un milagro.

Y entonces cambian las cosas.

Tess Rafferty y Jack Sellers mantuvieron sus llamadas en secreto, pero no Katherine Yellin. «Proclamad la buena nueva a toda la creación.» Lo decían los Evangelios.

Por eso un domingo por la mañana, veintitrés días después de la primera llamada misteriosa a Coldwater, el pastor Warren compareció ante su grey de Cosecha de Esperanza y empezó a pasar las páginas de la Biblia sin saber que su santuario estaba a punto de cambiar para siempre.

–Leamos juntos a Mateo, capítulo once, versículo veintiocho –anunció parpadeando.

Veía las letras borrosas. Sus dedos temblaban a causa de la edad. Pensó en el salmo: *A la hora de mi vejez no me rechaces.*

–¡Perdonadme!

Se giraron. Warren miró por encima de sus gafas. En la quinta fila estaba Katherine, con un sombrero negro de ala ancha y un vestido azul lavanda. Tenía un papel en las manos.

–Lo siento, pastor, pero es que el espíritu del Señor me obliga a hablar.

Warren tragó saliva. Se lo veía venir.

–Siéntate, Katherine, por favor...

–Es importante, pastor.

–No es el momen...

–¡He sido testigo de un milagro!

Un sobresalto recorrió los bancos.

–Katherine, el Señor está con todos, pero decir que ha pasado un milagro...

–Fue hace tres semanas.

–... es algo muy serio...

–Estaba en la cocina, el viernes por la mañana.

–... que es mejor dejar en manos de los líderes de la Iglesia.

–Llamaron por teléfono...

–De verdad, insisto...

–¡... y era mi hermana muerta!

Más exclamaciones contenidas. Ahora todos prestaban atención a Katherine. Era tal el silencio que se podía oír el ruido del papel al desplegarse.

–Era Diane. Muchos de aquí la conocisteis. Murió hace dos años, pero su alma está viva en el cielo. ¡Me lo dijo ella!

Warren intentó no temblar. Había perdido el control del púlpito y, a su modo de ver, aquello era un pecado de extrema gravedad.

–La primera vez que hablamos fue ese viernes por la mañana –siguió leyendo Katherine en voz más alta, mientras se secaba las lágrimas con el dorso de la mano–. Eran las 10.41. La segunda fue el otro viernes, a las 11.14, y la tercera este último a las 7.02 de la tarde. Dijo mi nombre... Dijo... «Kath, ha llegado el momento de contárselo a todos. Os espero. Todos os estamos esperando.»

Se giró hacia el fondo del santuario.

–Todos os estamos esperando.

Los fieles murmuraban. Warren, desde el púlpito, vio que se agitaban como si se hubiera levantado viento entre los bancos.

–¡Debo insistir! –Pam–. ¡Por favor! ¡Todos! –¡Pam, pam!–. Con el debido respeto a nuestra hermana, no podemos saber si es verdad...

–¡Lo es, pastor!

Del fondo de la iglesia salió una nueva voz. Era grave, áspera. Todas las cabezas se giraron para ver a un hombre alto y corpulento, con una americana marrón, que se había puesto en pie, apoyando sus grandes manos en el banco que tenía frente a él. Era Elias Rowe, un afroamericano que pertenecía desde hacía mucho tiempo a la parroquia, y que era dueño de una empresa de construcción. Nadie lo recordaba hablando en público. Hasta aquel momento.

Miró de un lado a otro, y sus siguientes palabras tuvieron un tono casi de veneración:

–Yo también he recibido una llamada.

La cuarta semana

Nadie sabe con seguridad quién inventó el teléfono. Aunque en Estados Unidos la patente corresponda a Alexander Graham Bell, escocés de nacimiento, muchos creen que se la robó a un inventor americano que se llamaba Elisha Gray. Otros sostienen que el mérito debe recaer en un italiano de apellido Manzetti, o en un francés llamado Bourseul, o en un alemán llamado Reis, o en otro italiano, Meucci.

Lo que pocos discuten es que todos ellos, activos a mediados del siglo XIX, profundizaron en la idea de transmitir vibraciones vocales en el espacio. Sin embargo, la primera conversación telefónica, que hicieron desde habitaciones distintas Bell y Thomas Watson, contenía las siguientes palabras: «Ven aquí, que quiero verte».

Se trata de un concepto que nunca ha estado muy lejos de nuestros labios en las innumerables conversaciones telefónicas que se han mantenido desde entonces. «Ven aquí, que quiero verte.» Enamorados impacientes. Amigos separados por la distancia. Abuelos que hablan con sus nietos. La voz telefónica es una mera seducción, una migaja para el hambre. «Ven aquí, que quiero verte.»

Sully lo había dicho al hablar por última vez con Giselle.

A las seis de la mañana, en un hotel de Washington, le había despertado Blake Pearson, un alto oficial que tenía que volver a la costa Oeste en un avión F/A-18 Hornet. Pearson se encontraba mal y no se sentía con fuerzas de viajar. ¿Podía sustituirlo Sully? Si quería podía pasar por Ohio, ver unas horas a Giselle –que había ido con Jules a casa de sus padres– y reanudar el viaje. Sully había aceptado enseguida. Así partía sus dos semanas de servicio como reservista. Además, la visita familiar inesperada haría que valieran la pena tantas horas de viaje.

–¿Que vas a poder venir hoy? –había contestado Giselle, medio dormida, al recibir la noticia por teléfono.

–Sí, dentro de unas cuatro horas.

–¿Y te apetece? ¿De verdad?

–Pues claro. Quiero verte.

Si Sully hubiera sabido lo que ocurriría, lo habría cambiado todo. No habría ido en avión, ni habría hablado con Blake. Ni siquiera se habría despertado. Al final, su última conversación telefónica con Giselle había acabado como la primera del mundo.

–Yo también quiero verte –había respondido ella.

❧

Sully pensó en ello al poner en marcha el Buick Regal de su padre, un coche que ya tenía nueve años y que estaba casi siempre en el garaje. Ese sería su último viaje en avión. La última vez que vería un aeropuerto. La última vez que oiría la voz de su mujer. «Ven aquí, que quiero verte.»

Salió del camino de la casa de sus padres y fue a la calle Lake, la principal del pueblo. Pasó por delante del banco, de la oficina de correos, de la panadería y del restaurante.

No había nadie en las aceras, a excepción de un tendero que estaba delante de su tienda con una escoba en la mano.

La población fija de Coldwater era de pocos miles de personas. Ya se habían ido los turistas que iban en verano a pescar en el lago. El puesto de natillas heladas estaba cerrado a cal y canto. La mayoría de los pueblos del norte de Michigan se recogían enseguida al llegar el otoño, como si se preparasen para hibernar.

Mal momento, pensó Sully, para buscar trabajo.

&

Amy Penn tenía la esperanza de que fuera un bombazo. Cuando la cadena de televisión le había preguntado si podía trabajar entre semana, se había felicitado internamente: política, o mejor, un juicio; cualquier cosa era buena con tal de salir del cenagal de las noticias de los fines de semana. A sus treinta y un años –aunque a decir de sus amigos no aparentaba más de veinticinco– ya no era novata en el sector, y si quería un trabajo más importante necesitaba noticias más importantes. Por desgracia, el condado de Alpena no brindaba muchas noticias importantes los fines de semana, reservados por lo general a los partidos de fútbol, las caminatas benéficas y una larga serie de festivales de la fruta.

–Podría ser mi oportunidad –le había comentado entusiasmada a Rick, su novio arquitecto.

Eso fue el jueves por la tarde. El viernes a media mañana, después de haberse levantado pronto, de elegir un traje chaqueta verde limón, ahuecar con el secador su flequillo escalado de color caoba y haberse puesto un poco de rímel y un mucho de pintalabios, se encontró en un despacho sin ventanas, oyendo la típica noticia de fin de semana.

–En Coldwater hay una mujer que dice que está hablando por teléfono con su hermana muerta –explicó Phil Boyd, el director de informativos de la cadena.

–¿Ah, sí? –dijo Amy.

¿Qué se podía contestar? Miró a Phil, un hombre robusto, de barba pelirroja e hirsuta, que le recordaba a un vikingo, y se preguntó si iba en serio; la noticia, no la barba, aunque de ella se habría podido preguntar lo mismo.

–¿Dónde queda Coldwater? –preguntó.

–A unos ciento cincuenta kilómetros al oeste.

–¿Cómo nos hemos enterado de que la llaman?

–Lo anunció en la iglesia.

–¿Y cómo reaccionó la gente?

–Es lo que te toca averiguar.

–O sea, que tengo que entrevistarla.

Phil arqueó una ceja.

–Sería un primer paso.

–¿Y si está loca?

–Tú trae la grabación.

Amy se miró las uñas. Se las había pintado especialmente para la reunión.

–Sabes que no es verdad, Phil.

–El monstruo del lago Ness tampoco. ¿Y en cuántos artículos ha salido?

–Ya. Vale.

Amy se levantó, pensando que archivarían la noticia al ver que daba risa.

–¿Y si es una pérdida de tiempo? –preguntó.

–No es ninguna pérdida de tiempo –contestó Phil.

Amy solo intuyó el porqué de la respuesta después de haberse ido: no era una pérdida de tiempo por tratarse de ella. No habían recurrido a nadie importante.

Lo que no había revelado Phil, ni se le había ocurrido preguntar a Amy, era cómo había llegado a *Nine Action News* algo sucedido tan lejos.

Fue por una carta que apareció misteriosamente en la mesa de Phil. No llevaba firma ni remite. Estaba impresa a doble espacio y solo decía lo siguiente:

> Ha sido elegida una mujer. El don del cielo en la tierra. Será la mayor noticia del mundo. Coldwater, Michigan. Pregunten a un hombre de Dios. Una llamada lo confirmará todo.

Como director de informativos, Phil estaba acostumbrado a recibir cartas de locos, y solía ignorarlas, pero Alpena no era un mercado donde se pudiera descartar «la mayor noticia del mundo», y menos si podía reforzar los índices de audiencia de los que dependía su puesto de trabajo.

Consiguió, pues, una lista de las iglesias de Coldwater e hizo unas cuantas llamadas. En las primeras dos salió un contestador, pero al tercer intento, en la iglesia baptista de Cosecha de Esperanza se puso una secretaria, y Phil –«pregunten a un hombre de Dios»– pidió hablar con el párroco responsable.

–¿Cómo se ha enterado? –preguntó el pastor, sorprendido.

᪥

Hoy en día se nos puede localizar en cualquier sitio por teléfono: en el tren, en el coche, sonando en el bolsillo de los pantalones... El circuito lo une todo: ciudades, pueblos, aldeas y hasta tiendas beduinas. Actualmente, incluso los habitantes de los sitios más remotos del planeta pueden llevarse al oído un aparato y hablar.

Pero ¿y si no quieres que te encuentren?

Elias Rowe bajó por la escalera y recogió su porta-papeles. Pronto el frío trasladaría las obras a los interiores. Aquella reforma era uno de los pocos encargos que le permitirían cobrar algo después de la llegada del invierno.

—El lunes podremos empezar a tabicar —dijo.

La dueña, una tal Josie, sacudió la cabeza.

—Viene mi familia a pasar el fin de semana. No se marchan hasta el lunes.

—Pues entonces el martes. Avisaré al que me hace los tabiques.

Elias sacó su móvil y se fijó en que Josie lo miraba atentamente.

—Elias... ¿De verdad que recibiste...? Ya me entiendes.

—No sé qué recibí, Josie.

Justo entonces vibró el teléfono. Se miraron. Elias se giró y se inclinó al contestar. Bajó la voz.

—¿Diga...? ¿Por qué me llama...? Pare. ¡No sé quién es, pero no me llame nunca más!

Pulsó con tal fuerza el botón de colgar que se le escapó el teléfono y se cayó al suelo. Josie miró las grandes manos de Elias.

Temblaban.

~

En Coldwater había cinco iglesias: una católica, otra metodista, otra baptista, otra protestante y otra multiconfesional. En vida del pastor Warren nunca se habían reunido las cinco.

Hasta entonces.

Si el domingo por la mañana no se hubiera puesto en pie Katherine Yellin, lo ocurrido en Coldwater podría

33

haber sido uno de tantos milagros que pasaban desapercibidos sin ser divulgados, entre susurros.

Sin embargo, una vez expuestos públicamente, los milagros cambian cosas. La gente hablaba del asunto, sobre todo en las iglesias. Por eso en el despacho de Warren estaban reunidos los cinco clérigos principales, a quienes servía café la secretaria de la iglesia, la señora Pulte. Warren observó sus caras. Como mínimo llevaba quince años al de mayor edad.

–¿Podría usted decirnos, pastor –empezó a preguntar el sacerdote católico, William Carroll, un hombre fornido con alzacuellos–, cuántas personas asistieron al servicio de aquel domingo?

–Unas cien –respondió Warren.

–¿Y cuántas oyeron el testimonio de la mujer?

–Todas.

–¿Pareció que se lo creyeran?

–Sí.

–¿Ella es propensa a las alucinaciones?

–No.

–¿Se medica?

–Creo que no.

–¿O sea, que es verdad? ¿Ha recibido algún tipo de llamada?

Warren sacudió la cabeza.

–No lo sé.

El pastor metodista se inclinó.

–Esta semana he recibido a siete personas, y todas me han preguntado si es posible ponerse en contacto con el cielo.

–Los míos –añadió el pastor protestante– me han preguntado por qué ha sido en la iglesia de Warren, y no en la nuestra.

–Los míos igual.

Al pasear la mirada por la mesa, Warren vio que todos los clérigos tenían la mano levantada.

–¿Y dice usted que la semana que viene mandarán a alguien de una cadena de televisión? –preguntó el padre Carroll.

–Es lo que ha dicho el productor –contestó Warren.

–Bueno. –El padre Carroll juntó las palmas–. La pregunta es cómo lo resolvemos.

᧑

Lo único que da más miedo que irse de un pueblo es no irse nunca. Fue lo que le dijo Sully a Giselle para explicarle por qué fue a la universidad en otro estado. Entonces creía que nunca volvería.

Pero ahí estaba, en Coldwater de nuevo. El viernes por la noche, después de dejar a Jules en casa de sus padres («esta noche lo cuidamos nosotros –le había dicho su madre–; tú descansa»), fue a un bar, el Pickles, donde había intentado entrar muchas veces con sus compañeros del instituto. Se sentó en un taburete de un rincón y pidió whisky y cerveza. Después de otras dos rondas pagó y salió a la calle.

Había dedicado los últimos tres días a buscar trabajo. Nada. La semana siguiente probaría en los pueblos de los alrededores. Se subió la cremallera de la chaqueta y caminó unos cuantas manzanas, dejando atrás innumerables bolsas de hojas secas y marrones que esperaban que las recogieran. Vio luces a lo lejos, y oyó el eco de una multitud. Como aún no quería volver a su casa caminó hasta llegar al campo de fútbol del instituto.

Jugaba su equipo, los Coldwater Hawks, con equipación roja y blanca. No parecía una temporada muy lucida.

Solo estaba ocupada una cuarta parte de las gradas, sobre todo por familias con niños que corrían arriba y abajo y padres que buscaban a sus hijos con prismáticos en plena melé.

En su adolescencia, Sully había jugado al fútbol. Entonces los Hawks no eran mejores. El instituto de Coldwater era más pequeño que sus rivales, y suerte tenía casi todos los años con juntar todo un equipo.

Se acercó a las tribunas y miró el marcador. Último cuarto. Perdía Coldwater por tres *touchdowns*. Metió las manos hasta el fondo de los bolsillos de la chaqueta y miró el partido.

–¡Harding! –gritó alguien.

Se quedó de piedra. Atontado por el alcohol, no había tenido en cuenta las posibilidades de que lo reconociera alguien en su antiguo instituto, aunque hubieran pasado veinte años. Giró un poco la cabeza buscando entre el público sin que se le notara demasiado. Quizá se lo hubiera imaginado. Volvió a mirar el campo.

–¡Gerónimo! –gritó entre risas otra voz.

Sully tragó saliva. Esta vez no se giró. Estuvo cerca de un minuto sin mover ni un músculo. Después se fue.

La quinta semana

Por Cuthbert Road llegó a toda pastilla un camión de bomberos que salpicó el cielo de la noche de octubre con sus luces rojas. Cinco miembros de la Primera Compañía de Bomberos Voluntarios de Coldwater iniciaron su ataque sistemático a las llamas que brotaban del último piso del domicilio de los Rafferty, una casa colonial color crema con tres dormitorios y postigos rojos de madera. Cuando Jack aparcó su coche patrulla ya lo tenían todo controlado.

Excepto a la mujer que gritaba.

Era rubia, con el pelo largo y ondulado. Llevaba un jersey verde lima y la sujetaban en el césped dos de los hombres de Jack, Ray y Dyson, quienes, a juzgar por cómo esquivaban sus manotazos, estaban perdiendo la partida. Los gritos de los dos hombres se oían por encima del ruido del agua.

–¡Es peligroso, señora!

–¡Tengo que volver a entrar!

–¡No puede ser!

Jack se acercó. Era una mujer delgada y atractiva, de unos treinta y cinco años. Y estaba furiosa.

–¡Suéltenme!

–Señora, soy el jefe de policía. ¿Qué...?

–¡Por favor! –Lo miró, desencajada–. ¡No hay tiempo! ¡Se podría estar quemando ahora mismo!

Su voz era tan chillona que hasta a Jack le sorprendió, pese a que estaba convencido de haber visto todas las reacciones posibles al fuego: gente que lloraba en la hierba mojada, otros que aullaban como animales, otros que insultaban a los bomberos por destrozarles la casa a manguerazos, como si el fuego pudiera apagarse por sí solo.

–Tengoqueentrar, tengoqueentrar –salmodiaba histérica la mujer, mientras trataba de zafarse de Dyson.

–¿Cómo se llama, señora? –preguntó Jack.

–¡Tess! ¡Suéltenme!

–Tess, ¿vale la pena arriesgar...?

–¡Sí!

–¿Qué hay dentro?

–¡No se lo creerá!

–¡Pruebe!

La mujer lanzó un suspiro y bajó la cabeza.

–Mi teléfono –contestó finalmente–. Lo necesito. Me llaman de...

No acabó la frase. Ray y Dyson se miraron con los ojos en blanco. Jack se quedó callado. Al principio no se movió. Después de un rato hizo señas a los otros hombres.

–Ya me ocupo yo –dijo.

Estuvieron encantados de dejar a aquella loca en manos de Jack. Después de que se fueran sus hombres, él le puso las manos en los hombros y miró fijamente sus ojos azul claro, intentando ignorar lo hermosa que era, a pesar de su angustia.

–¿Dónde está el teléfono? –preguntó.

ॐ

A esas alturas Jack había hablado cuatro veces con su hijo muerto. Las llamadas las recibía siempre el viernes, en su despacho de la comisaría. Hablaba con el cuerpo encorvado, y el teléfono muy pegado a la oreja.

El *shock* inicial de oír a Robbie había dejado paso a la alegría, e incluso a la impaciencia. Cada conversación avivaba más su curiosidad por el entorno de su hijo.

–Es alucinante, papá.

–¿Qué pinta tiene?

–No se ven cosas... Se está dentro de ellas.

–¿Qué quieres decir?

–Mi infancia, por ejemplo. La veo. ¡Cómo mola!

Robbie se rio, y Jack estuvo a punto de derrumbarse. Oír la risa de su hijo. Había pasado tanto tiempo...

–No lo entiendo, hijo. Explícamelo más.

–Amor, papá. Todo lo que me rodea... amor...

La llamada –corta, como todas– se había terminado así, de golpe. Jack se había quedado una hora en su mesa por si volvía a sonar el teléfono, hasta que al final se fue a su casa, entre oleadas de euforia seguidas por otras de cansancio. Era consciente de tener que contárselo a Doreen, y quizá a otras personas, pero ¿cómo se lo tomarían? El jefe de policía de un pueblo contándole a la gente que tiene conversaciones con el más allá... A menudo, además, si uno vislumbra el cielo, se lo guarda para sí por temor a perderlo, como una mariposa entre las manos ahuecadas de un niño. Hasta entonces Jack había supuesto que era el único con quien se ponían en contacto.

Al acercarse a la casa incendiada, sin embargo, pensó en la mujer que gritaba, y en su apego al teléfono, y no estuvo tan seguro de estar solo.

☙

«La alegría y la pena beben de la misma agua.» Era una letra de canción que se le pasó por la cabeza a Sully mientras removía burbujas hacia su hijo en la bañera. El cuarto de baño estaba tan trasnochado como el resto del apartamento, con suelo de mosaico y paredes verde aguacate. Había un espejo apoyado en el suelo, en espera de que lo colgase.

—No quiero lavarme el pelo, papá.

—¿Por qué?

—Porque se mete en los ojos.

—En algún momento te lo tendrás que lavar.

—Mamá me dejaba saltármelo.

—¿Siempre?

—A veces.

—Bueno, pues esta noche nos lo saltaremos.

—¡Bien!

Sully dio un empujoncito a las burbujas y pensó en Giselle, en cómo bañaba a Jules cuando era más pequeño, lo secaba con la toalla, y lo envolvía en un albornoz con capucha. Era como si cada movimiento de cada músculo estuviera vinculado a la añoranza de Sully por su esposa.

—Papá...

—¿Mmm?

—¿Le dijiste adiós al avión?

—¿Al avión?

—Cuando saltaste.

—No salté, me eyecté.

—¿En qué se diferencia?

—Pues en que es diferente.

Se vio reflejado en el espejo: despeinado, con los ojos rojos y la mandíbula sin afeitar... Había dedicado otra semana a buscar trabajo por pueblos de la zona, Moss Hill y Dunmore. La gente no le daba muchos ánimos. La economía, decían, estaba por los suelos. «Y ahora que está cerrado el depósito de madera...»

Algún trabajo tenía que encontrar. Había estado once años en la Marina, uno en la reserva y diez meses en la cárcel. En todas las solicitudes de trabajo había una pregunta sobre antecedentes penitenciarios. ¿Cómo lo iba a esconder? Y de todos modos, ¿cuánta gente de la zona lo sabía?

Pensó en el grito que había oído en el campo de fútbol. «¡Gerónimo!» Quizá fueran imaginaciones suyas. Estaba medio borracho, ¿no?

–¿Echas de menos tu avión, papá?

–¿Mmm?

–Que si echas de menos tu avión.

–Las cosas no se echan de menos, Jules. Se echa de menos a las personas.

Jules se quedó mirando sus rodillas, que sobresalían del agua.

–O sea, que no te despediste.

–No pude.

–¿Por qué?

–Es demasiado rápido. Pasa y ya está.

Sully sacó la mano de la bañera e hizo chasquear sus dedos mojados de jabón. Vio posarse las burbujas.

Marido pierde a esposa. Hijo pierde a madre. «La alegría y la pena beben de la misma agua.»

Así, sin más.

༄

Los pueblos empiezan con un indicador. Son palabras tan sencillas como el título de un cuento –BIENVENIDOS A HABERVILLE, ENTRA USTED EN CLAWSON–, pero una vez al otro lado ya estás dentro del cuento, y todo lo que hagas formará parte de él.

Amy Penn pasó junto al letrero MUNICIPIO DE COLDWATER, FUNDADO EN 1898 sin saber que en las próximas semanas lo cambiaría ella. Lo único que sabía es que hacía tiempo que se le había acabado el café, que en la radio solo se oían sonidos entrecortados y que llevaba casi dos horas conduciendo, desde Alpena, con la sensación constante de que todo se reducía: de cuatro carriles a uno solo, de semáforos en rojo a intermitentes en ámbar y de grandes carteles en pasos elevados a letreros de madera en campos vacíos.

Se preguntó por qué, si las almas del cielo se habían puesto en contacto con los vivos, lo habían hecho tan lejos. Después pensó en las casas encantadas. Nunca estaban en ciudades, ¿verdad? Siempre siniestras, solitarias, sobre alguna loma...

Hizo fotos de Coldwater con su iPhone, en busca de localizaciones para grabar. Había un cementerio delimitado por una tapia baja de ladrillo. Un cuartel de bomberos con un solo garaje. Una biblioteca. En la calle Lake se alternaban tiendas con la persiana cerrada con otras que parecían elegidas al azar para sobrevivir: un supermercado, una mercería, un cerrajero, una librería, un banco y una casa colonial reformada con un letrero en el porche en el que ponía ABOGADOS.

Lo que más había eran casas, casas viejas, estilo Cape Cod o estilo rancho, estrechos accesos asfaltados y setos bajos que llevaban a puertas. Estaba buscando el domicilio de una tal Katherine Yellin, a quien había llamado por teléfono –salía su número en el listín–, y que al dar su dirección transmitía un entusiasmo algo excesivo. Amy la había introducido en el GPS de su móvil: Guningham

Road, 24755. Qué dirección más vulgar, pensó, para un milagro. Pero claro, no era un milagro, sino una pérdida de tiempo colosal. Hazlo lo mejor que puedas. Sé una profesional, se dijo. Hizo un giro cerrado con el coche –en cuyo lateral estaba escrito NINE ACTION NEWS– y se dio cuenta de que no todas las casas de la calle estaban numeradas.

–Genial –murmuró–. ¿Cómo se supone que tengo que encontrarla?

Sus preocupaciones resultaron infundadas. Al llegar a la casa vio en el porche a Katherine, que saludaba con la mano.

❧

Dicen que es mejor tener fe que creer, porque creer implica que piense otra persona. La fe del pastor Warren seguía intacta. Creer le estaba costando un poco más. No podía negarse que en la iglesia de Cosecha de Esperanza cada vez había más fieles, y que habían cobrado nuevos ímpetus: ahora, en vez de rezar cabizbajos por un empleo, cada vez pedían más perdón y prometían mejorar su conducta. La causa eran las afirmaciones de Katherine sobre sus contactos celestiales.

Aun así Warren no las tenía todas consigo. Al hablar con el representante de la cadena de televisión de Alpena –¡cómo corrían las noticias!–, que le había pedido que explicase el fenómeno, no había sabido qué decir. ¿Por qué iba a conceder el buen Dios un contacto sagrado con el más allá a dos de sus feligreses? ¿Por qué justo a ellos? ¿Por qué en aquel momento?

Después de quitarse las gafas de lectura se frotó las sienes y pasó los dedos por su lustroso pelo blanco. Tenía las mejillas caídas, como las de un viejo sabueso. Parecía que cada año le crecieran más las orejas y la nariz. Lejos quedaban sus días de pugna existencial, la época de sus estudios de teología. Ahora tenía ochenta y dos años y solo de pasar las páginas de un libro de oraciones le temblaban las manos.

A principios de semana había convocado a Katherine al despacho parroquial para informarle sobre el interés de la cadena de televisión de Alpena, y aconsejarle la máxima prudencia.

–¿Y Elias Rowe? –había preguntado ella.

–No sé nada de él desde aquel día, en misa.

Katherine casi parecía contenta.

–Cosecha de Esperanza ha sido elegida por algo, pastor. –Se levantó–. Y cuando es elegida una iglesia, su obligación es encabezar la marcha de la fe, no ponerle obstáculos. ¿No cree?

Warren vio que se ponía los guantes. Más que una pregunta, parecía una amenaza.

~

Por la noche Elias entró en el bar de Frieda, el único sitio de Coldwater donde se podía comer algo después de las nueve. Se sentó a la mesa con bancos de la esquina y pidió un bol de sopa de cebada con ternera. Casi no había nadie. Se alegró. No quería que le hicieran preguntas.

Desde que se había levantado en la iglesia para decir algo tan simple como «yo también he recibido una llamada», tenía la impresión de ser un fugitivo. Solo había querido decir que Katherine no estaba loca. A fin de cuentas él también había recibido una llamada telefónica del más allá –ya iban cinco–, y parecía un pecado negarlo con su silencio.

44

La diferencia era que a Elias no le gustaban las llamadas. No eran de un ser querido, sino de un exempleado, Nick Joseph, un techador amargado que había trabajado diez años para él. Amigo del alcohol y de la juerga, siempre llamaba para dar alguna excusa porque llegaba tarde o por hacer las cosas de forma chapucera. A menudo aparecía borracho en las obras, y Elias le mandaba a su casa sin pagarle.

Un día Nick había ido a trabajar en claro estado de ebriedad y se había puesto a discutir acaloradamente en el tejado. Un giro brusco le había hecho caerse, romperse un brazo y lesionarse la espalda.

Al recibir la notificación, más enfadado que compadecido, Elias había solicitado una prueba de alcoholemia, a pesar de los gritos de Nick a sus compañeros de que no avisaran a nadie. Llegó la ambulancia, hicieron la prueba y salió positiva. La consecuencia fue que Nick se quedó sin indemnización.

Ya no volvió a trabajar. Entraba y salía del hospital y reclamaba sin descanso contra las limitaciones de su seguro médico.

Un año después del accidente lo encontraron muerto en su sótano, a causa, parecía, de un ataque al corazón.

Habían pasado dieciocho meses.

Y de repente Elias recibía llamadas.

La primera empezó así:

–¿Por qué lo hiciste?

–¿Con quién hablo? –preguntó Elias.

–Soy Nick. ¿Te acuerdas?

Elias colgó temblando y miró la pantalla del teléfono, pero solo ponía DESCONOCIDO.

Una semana después sonó el teléfono delante de una clienta, Josie.

–Necesitaba ayuda. ¿Por qué no me ayudaste? ... Dios... me perdona. ¿Y tú, por qué no?

–Basta. ¡No sé quién eres, pero no vuelvas a llamarme nunca más! –gritó Elias, que apagó el teléfono y lo soltó sobre la mesa.

¿Por qué pasaba? ¿Por qué a él? ¿Y por qué ahora? Una camarera le trajo la sopa. Se forzó a tomar algunas cucharadas, aunque desde hacía unas semanas no tenía hambre. Al día siguiente cambiaría de número. Se borraría del listín. Si las llamadas eran realmente una señal de Dios, él ya había cumplido. Lo había confirmado.

No quería saber nada más de aquel milagro.

La sexta semana

Dos años antes de inventar el teléfono, Alexander Bell gritó al oído de un muerto.

La oreja, el tímpano y los huesos habían sido extraídos de un cadáver por su colaborador, un cirujano, para que el joven Bell, profesor de dicción, pudiera estudiar cómo se transmitían los sonidos por el tímpano. Después de ponerle una pajita al tímpano, añadió un cristal ahumado en la otra punta y un embudo por fuera.

Cuando Bell gritaba por el embudo, el tímpano vibraba y movía la pajita, que dejaba marcas en el cristal. La esperanza de Bell era que las señales ayudasen a sus alumnos sordos –entre ellos su futura esposa, una joven llamada Mabel Hubbard– a aprender a hablar, pero se dio cuenta enseguida de que las repercusiones iban más allá.

Si el sonido podía hacer vibrar una corriente eléctrica como movía la pajita, las palabras podrían desplazarse tan lejos como la electricidad. Solo hacía falta una especie de tímpano mecánico en cada extremo.

El desencadenante había sido el cráneo de un cadáver. Los muertos, por lo tanto, ya formaron parte del teléfono dos años antes de que alguien viera el primero.

En el norte de Michigan las hojas empiezan a caer muy pronto. A mediados de octubre, los árboles, desnudos, daban un aire fantasmal y desierto a las calles de Coldwater, como si alguien hubiera pasado una aspiradora muy potente por el pueblo, dejándolo vacío.

Por poco tiempo.

Días antes de que el resto del mundo se enterase del milagro de Coldwater, un Jack Sellers recién afeitado y peinado hacia atrás, sin una arruga en su camisa azul, estaba en la cocina chamuscada de Tess Rafferty. La vio echar una cucharada de café instantáneo en una taza llena.

—Así hay más cafeína —dijo Tess—. Procuro estar despierta por si me llaman tarde.

Jack asintió con la cabeza y miró a su alrededor. En el fondo, el incendio no había sido tan dañino, pese a las manchas de humo en las paredes marrones, que parecían rebanadas de pan a medio tostar. Vio en la encimera un viejo contestador rescatado de las llamas; también, naturalmente, el preciado teléfono, un Cortelco beis de pared que había vuelto a su sitio, justo a la izquierda de los armarios.

—¿Es el único teléfono que tiene?

—La casa era de mi madre. A ella le gustaba así.

—¿A usted también la llaman siempre el viernes?

Tess se quedó callada.

—No es un interrogatorio, ¿verdad?

—No, no. Yo estoy tan perplejo como usted.

Entre sorbos de café, Jack hizo lo posible por no mirarla a la cara demasiado a menudo. Le había explicado que venía a inspeccionar los daños del incendio —en los pueblos como Coldwater la Policía y los bomberos trabajan juntos—, pero sabía tan bien como ella que era una simple excusa. Por algo había rescatado el teléfono de entre las llamas. ¿Qué razón podía haber tenido sino saber que era algo especial?

En un cuarto de hora ya se habían confesado. Era como compartir el secreto más impaciente del mundo.

—Sí —respondió Tess—, a mí solo me llaman los viernes.

—¿Y siempre aquí? ¿Nunca al trabajo?

—Es que al trabajo no he vuelto. Soy directora de una guardería, y me han sustituido los compañeros. He ido inventando excusas. Si quiere que le diga la verdad ni siquiera he salido de casa. Es una tontería, pero no quiero que no me encuentre.

—¿Le puedo hacer una pregunta?

—Sí.

—¿Qué dijo la primera vez? Me refiero a su madre.

Tess sonrió.

—La primera vez dejó un mensaje. La siguiente quiso hablarme del cielo. La tercera vez le pregunté cómo era y ella solo contestaba: «Precioso». Dijo que el dolor que sufrimos es una manera de aprender a valorar lo que viene después.

Hizo una pausa.

—También comentó que no duraría mucho.

—¿El qué?

—Esta conexión.

—¿Dijo cuánto?

Sacudió la cabeza.

—¿O sea, que no se lo ha contado a nadie más? —preguntó Jack.

—No. ¿Y usted?

—No.

—¿Ni siquiera a su mujer?

—Estamos divorciados.

—Pero sigue siendo la madre de su hijo.

–Ya lo sé, pero ¿qúe podía decirle?

Tess bajó la vista y se miró los pies descalzos. Llevaba dos meses sin hacerse la pedicura.

–¿Cuándo lo perdieron, a su hijo?

–Hace dos años, en Afganistán. Salía de inspeccionar un edificio cuando un coche explotó a solo dos metros.

–Qué horror.

–Sí.

–Pero lo enterraron. ¿Hubo funeral?

–Vi el cadáver, si es lo que pregunta.

Tess hizo una mueca.

–Lo siento.

Jack miraba su taza. De niño te enseñan que quizá vayas al cielo. Lo que nunca te enseñan es que pueda venir el cielo a ti.

–¿Cree que hay alguien aparte de nosotros dos? –preguntó Tess.

Jack apartó la vista, incomodado por el vínculo que sentía de pronto con aquella mujer al menos diez años menor que él. Esa manera de decir «nosotros dos»...

–Tal vez no –dijo, y se sintió en la obligación de añadir–: O tal vez sí.

಄

Amy tomó el acceso de la carretera general, pisó el acelerador del coche de *Nine Action News* y suspiró aliviada al pasar a tres carriles.

Después de tres días en Coldwater tenía la sensación de volver al mundo real. Llevaba la cámara en el maletero, al lado de una bolsa de lona con las cintas. Se acordó de las conversaciones con Katherine Yellin, la pelirroja con sombra de ojos azul que probablemente no hubiera vuelto a ser tan guapa como lo debió ser en el instituto. Pese a conducir un Ford viejo, y a haberle servido una tarta casera de café, le resultaba un poco demasiado intensa. La diferencia de edad no era muy grande –Katherine rondaba los cuarenta y cinco, y ella tenía treinta y uno–, pero Amy no se veía capaz de aferrarse a algo con el mismo fervor con que Katherine se había aferrado al más allá.

–El cielo nos espera –le había dicho.

–Espere, que preparo la cámara.

–Mi hermana dice que es glorioso.

–Increíble.

–¿Usted es creyente, Amy?

–Yo no importo.

–Pero lo es, ¿verdad?

–Sí, claro. Sí.

Amy dio unos golpecitos al volante. Era una mentira inofensiva. ¿Qué más daba? Había conseguido la entrevista y ya no volvería. Editaría el material, por si lo emitía Phil, cosa que dudaba, y reanudaría su búsqueda de un trabajo mejor.

Miró si tenía mensajes en el iPhone. Coldwater, en su pensamiento, ya era un simple punto en el retrovisor.

Pero no hay nada que cambie tanto un pueblo como que llegue alguien de fuera.

Las cintas del maletero lo demostrarían.

Cuatro días después

NOTICIAS
Canal 9, Alpena

(Imágenes de postes telefónicos de Coldwater.)
AMY: Al principio PARECE un pueblo cualquiera, con sus postes y sus cables de teléfono. ¡Pero según una habitante de Coldwater es posible que los cables estén conectados a algo más poderoso que la compañía telefónica!
(Plano de Katherine con un teléfono en la mano.)
KATHERINE: He recibido una llamada de mi hermana mayor, Diane.
(Foto de Diane.)
AMY: Hasta aquí todo normal, pero es que Diane murió hace casi dos años, de un aneurisma. Katherine Yellin recibió la primera llamada el mes pasado, y desde entonces, según ella, las recibe cada viernes.
(Plano de Katherine.)
KATHERINE: Sí, sí, estoy segura de que es ella. Me explica lo feliz que es en el cielo. Dice que...
(Primer plano de Katherine llorando.)
... me espera, que nos esperan a todos.
AMY: ¿Cree usted que es un milagro?

KATHERINE: Por supuesto.

(Amy ante la iglesia baptista de Cosecha de Esperanza.)

AMY: Katherine hizo pública la llamada el pasado domingo en esta iglesia. La reacción fue una mezcla de *shock* y esperanza. Como es natural, no ha convencido a todo el mundo.

(Imagen del padre Carroll.)

PADRE CARROLL: Al hablar de la eternidad tenemos que ser muy precavidos. Son temas que es mejor dejar, perdón por la expresión, a más altas instancias.

(Amy caminando por debajo de la línea telefónica.)

AMY: Como mínimo una persona más asegura haber recibido una llamada del más allá, aunque ha preferido no hacer declaraciones, pero aquí en Coldwater la gente se pregunta si serán los próximos en recibir una llamada telefónica del cielo.

(Amy se detiene.)

Amy Penn para *Nine Action News*.

El pastor Warren apagó el televisor. Estaba ceñudo, pensativo. Se dijo que quizá el reportaje no hubiera tenido mucha audiencia. Era muy corto, ¿no? Además, la gente se olvida de las noticias con la misma rapidez con la que las ve.

Estaba contento de no haber sucumbido a la obstinación de la reportera, que quería entrevistarlo a toda costa. Warren le había explicado pacientemente que como pastor no le correspondía comentar hechos así, ya que su iglesia aún no había adoptado una postura oficial. Se alegraba de haber dejado que el padre Carroll hiciera una declaración genérica, con el consenso de los otros pastores.

Cerró su despacho con llave y entró en el santuario vacío. Le dolieron los huesos al arrodillarse. Cerró los ojos y rezó. En momentos así era cuando más cerca se sentía del Señor. Solo en Su morada. Se permitió pensar que el Todopoderoso tenía controlada la situación, y que todo quedaría en eso, en una salida de tono de una feligresa y una reportera curiosa. Nada más.

Descolgó su bufanda del perchero y se envolvió con ella muy bien el cuello. Como eran pasadas las cinco, ya estaban apagados los teléfonos. Se fue sin darse cuenta de que en la mesa de la señora Pulte parpadeaban todas las líneas.

ↅ

En el sueño –que se repetía varias veces por semana– Sully estaba otra vez en la cabina del avión, con el casco, el visor y la máscara de oxígeno. El aparato temblaba. Los indicadores se quedaban quietos. Él bajaba una palanca que hacía saltar el cristal. Debajo del asiento explotaba un cohete. Todo su esqueleto gritaba de dolor. Después el silencio era absoluto. Veía llamas a lo lejos, mucho más abajo. Era su avión, que se había estrellado. También veía otro fuego, más pequeño aún.

Mientras bajaba flotando, una voz le susurraba: «No bajes. Quédate en el cielo. Aquí arriba no hay peligro».

Era la voz de Giselle.

Se despertó de golpe, sudoroso y con la mirada inquieta. Estaba en el sofá de su casa. Se había quedado dormido después de dos vodkas con zumo de arándano. Estaba puesta la tele: el Canal 9, desde Alpena. La imagen de una reportera delante de una iglesia le hizo parpadear. Era una iglesia conocida: Cosecha de Esperanza, a menos de dos kilómetros.

«Pero aquí en Coldwater la gente se pregunta si serán los próximos en recibir una llamada telefónica del cielo.»

—Tiene que ser una broma —masculló.

—¿Ya podemos comer, papá?

Levantó la cabeza y vio a Jules apoyado en un lado del sofá.

—Pues claro, campeón. Es que papá ha dormido un poco.

—Siempre duermes.

Vio el vaso de vodka y se lo acabó. Estaba caliente. Gimió al incorporarse.

—Voy a hacer unos espaguetis.

Jules se arrancó un trozo suelto de goma de las zapatillas deportivas. Sully pensó que tenía que comprarle otras.

—Papá...

—¿Qué?

—¿Cuándo nos llamará mamá?

∾

Ya era el colmo. Aunque Tess hubiera enviado correos electrónicos al trabajo diciendo que necesitaba estar sola y que no la llamasen, por favor, cuando sus compañeras se enteraron del incendio de su casa dos de ellas —Lulu y Samantha— fueron a verla en coche y llamaron a la puerta. Tess abrió, protegiéndose los ojos del sol.

—¡Dios mío! —exclamó Lulu, boquiabierta.

Su amiga estaba más delgada y pálida que la última vez. Se había recogido la melena rubia en una coleta que la hacía parecer demacrada.

—¿Estás bien, Tess?

—Sí, muy bien.

—¿Podemos pasar?

–Sí, claro. –Se apartó–. Perdonad.

Una vez dentro, las amigas de Tess miraron a su alrededor. La planta baja parecía tan ordenada como siempre, con la salvedad de algunas manchas de humo en las paredes. En cambio la de arriba estaba oscura por el fuego. Se había quemado la puerta de un dormitorio. En la escalera había dos maderas cruzadas.

–¿Lo has puesto tú? –preguntó Samantha.

–No, aquel hombre.

–¿Cuál?

–Un policía.

Samantha miró a Tess. Eran amigas desde hacía años. De hecho habían abierto juntas la guardería. Comían juntas, se sustituían siempre que hacía falta y compartían alegrías y tristezas. ¿Un hombre? ¿Un incendio? ¿Y ella sin saber nada? Se acercó y le agarró las manos.

–Eh, que soy yo –dijo–. ¿Qué pasa?

ം

Durante dos horas Tess contó a sus compañeras algo que hasta hacía pocas semanas habría sido inimaginable. Refirió con todo detalle las llamadas y la voz de su madre. Explicó el incendio: no funcionaba la caldera de la planta baja, así que repartió calentadores portátiles por toda la casa y uno de ellos había cortocircuitado mientras ella dormía. Un solo chispazo y ¡puf!: la planta de arriba hecha cenizas.

Les habló de Jack Sellers, que había rescatado de las llamas el teléfono y el contestador. Confesó su temor a haber vuelto a perder a su madre, sus rezos, sus ayunos. Confesó que tres días después, al descolgar el teléfono y oír las palabras «Tess, soy yo», se había caído de rodillas.

Cuando acabó de hablar todas lloraban.

–No sé qué hacer –susurró.

–¿Estás segura? ¿Al cien por cien?

–Es ella, Lulu, te lo juro.

Samantha sacudió la cabeza, estupefacta.

–Todo el pueblo hablando de aquellas dos personas de Cosecha de Esperanza, y mientras tanto tú con tus llamadas...

–Un momento, un momento. –Tess tragó saliva–. ¿Le ha pasado a más gente?

–Ha salido en las noticias –confirmó Lulu.

Las tres amigas se miraron.

–La cuestión –aclaró Samantha– sería saber a cuánta gente le pasa.

❦

Dos días después del reportaje por la tele, un ruido en el porche despertó a Katherine Yellin a las seis de la mañana.

Había soñado con la muerte de Diane. Aquella noche pensaban ir juntas a un concierto de música clásica. Katherine había encontrado a su hermana en el suelo de la sala de estar, entre la mesita de centro de cristal y el diván capitoné. Después de marcar el 911 y dar su dirección a gritos, había tomado en brazos el cuerpo de Diane y no le soltó la mano –cada vez más fría– hasta que llegó la ambulancia. Un aneurisma es un ensanchamiento de la aorta. Si se rompe puede provocar la muerte en cuestión de segundos. Más tarde llegó a la conclusión de que si algo podía llevarse a su hermana, su adorada, guapa y divertida hermana mayor, era que le explotara el corazón por ser tan grande.

En el sueño Diane abría milagrosamente los ojos y decía que tenía que llamar por teléfono.

«¿Dónde está, Kath?»

Katharine se despertó de golpe al oír... ¿qué? ¿La voz de alguien que cantaba en voz baja?

Se puso la bata y bajó por la escalera, nerviosa. En la planta baja descorrió la cortina de la ventana del salón.

Se llevó una mano al pecho.

Acababa de ver bajo la luz del alba a cinco personas con abrigos, agarradas de la mano, de rodillas en su césped, con los ojos cerrados.

Ahora ya sabía qué la había despertado.

Voces que rezaban.

༄

Amy había vuelto a ponerse su mejor vestido y a esmerarse con el maquillaje, pero no esperaba nada de su reunión con Phil Boyd. Sabía que no valoraba su talento. Sin embargo, detectó un nuevo tono desde el principio de la conversación.

—¿Qué, qué te ha parecido Coldwater?

—Mmm... Pues un pueblo. Bastante normal.

—¿Y la gente?

—Amable.

—¿Qué relación tienes con...? —Phil miró de reojo una libreta—. Katherine Yellin.

—Buena. Vaya, que es quien me lo contó todo. Todo lo que pasó. Bueno, lo que cree ella que pasó.

—¿Se fía de ti?

—Yo creo que sí.

—¿Fuiste a su casa?

—Sí.

–¿Sonó el teléfono mientras estabas?

–No.

–¿Pero lo viste?

–Es un móvil. Rosa. Se lo lleva a todas partes.

–¿Y el otro hombre?

–No quería hablar. Pregunté, fui a donde trabaja y...

Phil levantó la palma de la mano, como diciendo: «Tranquila, que es normal». A Amy le sorprendió que fuera tan comprensivo o que estuviera tan interesado en lo que ella consideraba como una noticia sin ningún interés. ¿No había siempre alguien que decía recibir señales del «más allá»? Unos veían a la Virgen María en el muro de un jardín, otros el rostro de Jesús en un bollo... Nunca iba más lejos.

–¿Qué te parecería volver?

–¿A Coldwater?

–Sí.

–¿Para otro reportaje?

–Para seguir con este.

Arqueó las cejas.

–¿Qué quieres, que espere a que reciban noticias de otro muerto? ¿Y lo presente como una novedad?

Phil tamborileó con los dedos en la mesa.

–Voy a enseñarte algo.

Acercó la silla a la pantalla del ordenador, aporreó unas cuantas teclas y giró el monitor.

–¿Has visto tu reportaje en Internet?

–Aún no –respondió Amy sin explicar el motivo: la noche anterior, nada más llegar a casa, su novio, Rick, le había echado en cara que diera más valor a su trabajo que a su relación, a diferencia de él. Siempre discutían por lo mismo.

–Echa un vistazo a los comentarios –dijo Phil, casi sonriente.

Amy se apartó el flequillo con una mano y se inclinó. Debajo del artículo, cuyo titular era «Los habitantes de Coldwater dicen tener contactos celestiales», había una lista de respuestas por correo electrónico. Vio que llenaban toda la pantalla, cosa rara, porque normalmente sus artículos no provocaban ninguna reacción.

–Está bien, ¿no? ¿Cuántas respuestas hay? ¿Cinco, seis? ¿Ocho?

–Fíjate bien –dijo Phil.

Se fijó. En cabeza de la lista vio algo que se le había pasado por alto, y que le provocó un escalofrío.

«Comentarios: 8 de 14.706.»

✑

Sully sirvió patatas en el plato de su hijo. Era un jueves por la noche. Cenaba con sus padres. Lo invitaban a menudo para evitarle gastos. Sully seguía sin encontrar trabajo. Aún no había abierto las cajas. No tenía fuerzas para casi nada más que beber, fumar, llevar a Jules al colegio... y pensar.

Habría querido no pensar.

–¿Puedes ponerme más? –preguntó Jules.

–Ya tienes bastantes –dijo Sully.

–Sully, deja que se coma unas cuantas más.

–Mamá...

–¿Qué?

–Que la comida no se desperdicia. Se lo intento enseñar.

–Podemos permitírnoslo.

–Vosotros sí, pero no todo el mundo.

El padre de Sully interrumpió la conversación con un ataque de tos y dejó el tenedor sobre la mesa.

–Hoy he visto el coche de Alpena, el de las noticias –contó–. Estaba aparcado enfrente del banco.

–No se habla de otra cosa que del reportaje –intervino su madre–. Da miedo. Muertos llamando por teléfono...

–Por favor –masculló Sully.

–¿Crees que se lo inventan?

–¿Tú no?

–Bueno, no.estoy segura. –Su madre cortó un trozo de pollo–. Myra conoce al de la iglesia, Elias Rowe. Fue el que le hizo la casa.

–¿Y?

–Dice que una vez encontró un error en la factura y le pagó un cheque por la diferencia. Vino en coche expresamente. Por la noche.

–¿Y eso qué quiere decir?.

–Que es honrado.

Sully movió las patatas por el plato.

–No tiene nada que ver.

–¿A ti qué te parece, Fred?

El padre de Sully resopló.

–Yo creo que la gente cree en lo que quiere creer.

Sully se preguntó en silencio cómo se aplicaba la frase a su persona.

–Bueno, pero si así la pobre se consuela un poco de haberse quedado sin hermana, ¿qué tiene de malo? –preguntó su madre–. Mi tía se pasaba todo el tiempo hablando con fantasmas.

–Mamá... –replicó Sully. Señaló a Jules con la cabeza–. ¿Te importaría? –susurró.

–Ah –dijo ella en voz baja.

–¡Hombre, pero si la Biblia dice que Dios habló por una zarza ardiendo! –comentó Fred–. ¿No es más raro que un teléfono?

–¿Podríamos cambiar de tema? –pidió Sully.

Se oyó el ruido metálico de los cubiertos mientras masticaban en silencio.

–¿Ya puedo repetir patatas? –preguntó Jules.

–Acábate lo que hay en el plato –le ordenó Sully.

–Tiene hambre –dijo su madre.

–Cuando está conmigo come, mamá.

–No he querido decir...

–¡Puedo mantener a mi hijo!

–Tranquilo, Sully –terció su padre.

Otro silencio. Era como si se hubiera posado en la mesa, entre los cuatro. Al final Jules dejó el tenedor.

–¿Qué quiere decir «mantener»? –preguntó.

Sully no apartó la vista del plato.

–Quiere decir darle algo a alguien.

–Abuela...

–¿Qué, cielo?

–¿Me podrías mantener un teléfono?

–¿Por qué?

–Es que quiero llamar a mamá al cielo.

~

–¿Te vienes al Pickles, Jack?

Se había acabado el turno de día, y se iban a tomar una cerveza. En Coldwater no había Policía nocturna. De las urgencias se ocupaba el 911.

–Dentro de un rato –contestó Jack.

Esperó a que se hubieran marchado. Solo quedaba Dyson, que estaba en la sala de descanso calentando algo en el microondas. Por el olor, parecían palomitas. Jack cerró la puerta del despacho.

–Papá, soy yo...

—¿Dónde estás, Robbie?

—Ya lo sabes. No guardes el secreto. Ya puedes decirles la verdad.

—¿Qué verdad?

—El final no es el final.

Era la conversación que habían tenido hacía menos de una hora. Con aquel viernes ya eran seis seguidos: seis llamadas de un muchacho al que había enterrado. Consultó el registro de llamadas. La más reciente, la de Robbie, figuraba como DESCONOCIDO. Una vez más —ya no podía ni contarlas— pulsó el botón de rellamada y oyó una sucesión de tonos breves y agudos. Después nada. Ninguna conexión. Ni siquiera un buzón de voz. Solo silencio. Ahora que en la tele decían que había otras personas aparte de él y Tess que recibían llamadas, volvió a preguntarse si había que poner en marcha algún tipo de investigación. Pero ¿cómo investigarlo sin reconocer que estaba entre los implicados? Ni siquiera se lo había contado a Doreen. Además, estaban en Coldwater. Solo tenían un coche patrulla, dos ordenadores, unos cuantos archivadores viejos de metal y un presupuesto que les permitía estar operativos seis días por semana.

Descolgó su abrigo, se lo puso y se vio reflejado en el cristal de un mapa, con la misma barbilla marcada que su hijo. Los dos habían sido altos, con voces y risas estentóreas. «Mis leñadores», los llamaba Doreen. Se acordó del día en que Robbie le había consultado sobre su ingreso en los marines.

—¿Estás seguro, hijo?

—Tú has estado en combate, papá.

—No es para todo el mundo.

—Es que quiero hacer algo importante.

—¿Te imaginas no siendo marine?

–No, imposible.

–Pues nada, supongo que ya tienes la respuesta.

Doreen estaba fuera de sí. Insistía en que Jack podría haber disuadido a Robbie en vez de enorgullecerse como un tonto de tener un hijo tan valiente.

Al final Robbie se alistó, y Jack y Doreen se separaron. Cuatro años después, cuando aparecieron dos soldados en Coldwater para dar la mala noticia, tuvieron que elegir entre dos casas. Primero fueron a la de Jack. Doreen nunca se lo perdonó, como si también hubiera sido culpa suya, como lo era que Robbie hubiera muerto a quince mil kilómetros.

«El final no es el final.»

Sin quitarse el abrigo, se inclinó y volvió a pulsar el botón de rellamada. Los mismos tonos. El mismo silencio. Marcó otro número.

–¿Diga? –oyó que contestaba Tess Rafferty.

–Soy Jack Sellers. ¿Hoy te han llamado?

–Sí.

–¿Puedo pasar por tu casa?

–Sí.

Tess colgó.

~

A principios de la década de 1870 Alexander Bell enseñó al padre de Mabel –su futuro suegro– una lista de propuestas de inventos. Algunos impresionaron a Gardiner G. Hubbard, pero cuando Bell habló de un cable capaz de transmitir la voz humana Hubbard se echó a reír.

–Eso ya son tonterías –contestó.

El sábado por la mañana, Sully, harto de la tontería de las llamadas telefónicas del cielo, aparcó el coche de su padre al lado de una caravana donde ponía CONSTRUCCIONES ROWE. La había localizado en las afueras del pueblo. Era importante abordar el asunto sin rodeos y acabar con él antes de que hiciera más daño. Bastante malo era que se te muriera alguien. ¿Por qué tenía que explicarle mentiras absurdas a su hijo? «Quiero llamar a mamá al cielo.» Sully estaba enfadado, crispado. Hacía tanto tiempo que no hacía nada más que llorar a su mujer que fue como si de pronto tuviera una meta en la vida. En la Marina había investigado casos dentro de su escuadrón: accidentes, fallos del material... Se le daba bien. Su superior le había aconsejado que ingresase en el cuerpo judicial y se dedicase de lleno al derecho, pero Sully prefería volar.

Aun así le había costado poco encontrar las oficinas de Elias Rowe. Se acercó a la caravana, al borde de una parcela de tierra. Al fondo había dos botes, una excavadora y una camioneta Ford.

Entró.

—Hola, ¿está el señor Rowe?

La mujer corpulenta de detrás de la mesa llevaba un pañuelo que le tapaba el pelo. Observó a Sully antes de contestar.

—No, no está, lo siento.

—¿Cuándo volverá?

—Ha salido a visitar varias obras. ¿Es por algún proyecto nuevo?

—No exactamente.

Sully miró a su alrededor. La caravana estaba llena de planos y de archivadores.

—¿Quiere dejar su nombre y su número de teléfono?

—Ya pasaré después.

Volvió a su coche, y al entrar dijo una palabrota. Justo cuando se alejaba oyó un motor que se ponía en marcha, y al mirar por el retrovisor vio a un hombre al volante de la camioneta Ford. ¿Ya estaba antes? Paró el coche, bajó de un salto y corrió agitando los brazos, hasta que la camioneta se detuvo. Sully se acercó a la ventanilla.

—Perdone —dijo sin aliento—, ¿es usted Elias Rowe?

—¿Nos conocemos? —preguntó Elias.

—Lo conoce un conocido de mi madre. Mire... —Soltó aire. ¿Cómo se lo explicaría?—. Yo soy padre, ¿vale? Padre soltero. Mi mujer... murió.

Lo siento —comentó Elias—. Es que tengo que...

—Mi hijo aún lo está asimilando, pero todo esto de las llamadas telefónicas del cielo... Usted es uno de los que... ¿Dice que recibió una?

Elias se mordió el labio.

—No sé qué recibí.

—¿Lo ve? Ahí está la cuestión: ¡que no lo sabe! ¡Vamos, hombre! Seguro que no cree que fuera desde la tumba, ¿no?

Elias clavó la vista en el salpicadero.

—Mi hijo... se cree que... —El corazón de Sully latía muy deprisa—. Ahora se cree que lo llamará su madre. Por culpa de lo que han contado ustedes.

Elias apretó la mandíbula.

—Lo siento. No sé cómo ayudarle.

—Me ayudaría..., ayudaría a mi hijo si le dijera a todo el mundo que no es verdad.

Elias se aferró al volante.

—Lo siento —repitió, y pisó el acelerador.

La camioneta se puso en movimiento y giró hacia la calle, dejando a Sully con las palmas en alto, solo en el aparcamiento.

ʕ

Por la tarde Elias fue a un embarcadero público del lago Michigan y esperó a que no quedara luz en el cielo. Pensó en el hombre que le había interpelado hacía un momento, y en el hijo del que había hablado. Pensó en Nick, y en Katherine, y en el pastor Warren, y en el santuario.

Finalmente, cuando la oscuridad ya era total, salió de la camioneta, recorrió todo el embarcadero y sacó el teléfono de su bolsillo. Se acordaba de que cuando era niño iba con su madre a llevar la comida sobrante a un comedor benéfico. Una vez le había preguntado por qué no la tiraban, como la mayoría de la gente.

–Lo que da el Señor –le había dicho ella– no se dilapida.

Elias miró su móvil.

–Perdóname, Señor –murmuró–, si estoy dilapidando tu regalo.

Acto seguido arrojó el teléfono al lago con mucha fuerza y, aunque perdió su rastro en la oscuridad, oyó el leve ruido que hacía al atravesar la superficie del agua.

Estuvo un minuto sin moverse. Después regresó a la camioneta. Había decidido irse de Coldwater durante una temporada y dejar las obras bajo supervisión de su capataz. No quería que acudieran más desconocidos en busca de ayuda. Había cancelado su número y su cuenta, y se había desprendido del aparato.

Se fue del pueblo aliviado y exhausto, como si acabara de dar un portazo a una tormenta.

La séptima semana

A medida que pasaban los días en Coldwater, Katherine se dio cuenta de que la miraban mucho. En el banco. El domingo por la mañana, en misa. Incluso allí, en el supermercado, donde hacía años que compraba. Pilló in fraganti a Daniel, el reponedor, que apartó la vista. También sorprendió a Teddy, el barbudo de la sección de carnicería, que se apresuró a saludarla.

–¿Qué tal, Katherine?

Al fondo del pasillo había dos mujeres mayores con abrigos largos que la señalaban sin ningún disimulo.

–Es usted, ¿verdad? –le preguntaron.

Katherine asintió, sin estar muy segura de cómo responder, y se alejó enseguida, empujando el carrito.

–Que Dios la bendiga –dijo una de las dos mujeres.

Katherine se giró.

–Y a ustedes también.

Se debatía entre el deseo de ser humilde, como se decía en la Biblia, y el de pregonar de viva voz su gloria, como se decía también en la Biblia. En ese aspecto, cada encuentro era un nuevo desafío. ¡Tantas miradas puestas en ella! No había sospechado que una sola entrevista por televisión pudiera hacer tan visible a una persona.

Al llegar a la caja se puso a la cola detrás de un hombre grueso y medio calvo con una camiseta de los Detroit Lions, que descargó su cesta y al verla cambió de expresión.

–Yo a usted la conozco –dijo.

Katherine sonrió forzada.

–Una vez nos enseñó una casa. A mi mujer y a mí.

–¿Ah, sí?

–Era demasiado cara.

–Ah...

–Ahora estoy sin trabajo.

–Lo siento.

–Así es la vida.

La cajera los miró mientras marcaba los pocos artículos que había comprado el hombre: una bolsa grande de patatas fritas, mantequilla, dos latas de atún y un *pack* de seis cervezas.

–¿La dejan hablar con alguien más? –preguntó el hombre.

–¿Cómo?

–Cuando la llaman. Los espíritus del cielo. ¿Si usted quisiera podría hablar con alguien más?

–No le entiendo.

–Es que el año pasado se murió mi padre, y se me había ocurrido...

Katherine se mordió el labio. Él bajó la vista.

–No pasa nada –dijo.

Le dio a la cajera un fajo de billetes de un dólar, recogió su bolsa y se marchó.

Tres días después

NOTICIAS
Canal 9, Alpena

(Amy delante de la iglesia baptista de Cosecha de Esperanza.)
AMY: Tal como les explicamos antes que nadie aquí, en *Nine Action News,* todo empezó en este pueblo cuando una mujer, Katherine Yellin, informó a su iglesia de una llamada telefónica cuya procedencia no podría ser más inverosímil: su hermana Diane, fallecida hace dos años.
(Primer plano de Katherine y Amy.)
KATHERINE: Ya me ha llamado seis veces.
AMY: ¿Seis veces?
KATHERINE: Sí, siempre los viernes.
AMY: ¿Por qué los viernes?
KATHERINE: No lo sé.
AMY: ¿Le explica cómo lo hace?
KATHERINE: No, solo me dice que me quiere. Me habla del cielo.
AMY: ¿Y qué dice?
KATHERINE: Dice que vuelves a encontrarte con todas las personas a las que has perdido aquí. Toda nuestra familia está junta. Ella, mis padres...

(Gente en el césped de la casa de Katherine.)

AMY: Desde que *Nine Action News* informó por primera vez sobre estas llamadas tan extrañas, decenas de personas han acudido a Coldwater para conocer a Katherine. Esperan durante horas para hablar con ella.

(Han formado un círculo, y Katherine les habla.)

MUJER MAYOR: Yo creo que la ha elegido Dios. A mí también se me murió mi hermana mayor.

AMY: ¿Espera usted un milagro parecido?

MUJER MAYOR: Sí. *(Empieza a llorar.)* Daría cualquier cosa por volver a hablar con mi hermana.

(Amy frente a la casa.)

AMY: Conviene señalar que, de momento, nadie ha podido corroborar las llamadas. Una cosa, sin embargo, está clara.

(Señala a la gente.)

Hay muchas personas que creen en los milagros.

(Mira a la cámara.)

Amy Penn, Coldwater, *Nine Action News*.

El pastor Warren se caló el sombrero y al salir saludó con un pequeño gesto de la mano a la señora Pulte, que hablaba por teléfono.

–¿Cuándo volverá? –susurró ella, bajando el auricular. La interrumpió la señal de la otra línea–. Cosecha de Esperanza... Sí. Un momento, por favor.

Warren salió moviendo la cabeza. Después de tantos años en los que podía pasar una mañana entera sin una sola llamada telefónica a la iglesia, ahora la pobre señora Pulte casi no tenía tiempo ni de ir al baño. Llamaba gente de todo el país, preguntando si los servicios dominicales se podían ver por Internet y si había libros especiales de oración para uso de los feligreses, sobre todo de los que oían las voces benditas del cielo.

71

Avanzó por la calle a trancas y barrancas, luchando contra los embates del viento otoñal. Vio que en el aparcamiento de la iglesia había tres coches que no le resultaban familiares. Tampoco reconoció las caras que miraban por las ventanillas. No era Coldwater un sitio donde pasaran desapercibidos los forasteros. Hacía generaciones que en el pueblo vivían las mismas familias. Las casas y los negocios pasaban de padres a hijos, y los residentes de toda la vida eran enterrados en el cementerio, que databa de principios del siglo xx. Algunas lápidas estaban tan gastadas que ya no se podían leer.

Warren aún se acordaba de cuando conocía a todos los feligreses, y su salud le permitía visitarlos casi siempre a pie. «¡Buenos días, pastor!», oía gritar desde algún porche. Siempre le había reconfortado aquella familiaridad, que era como un murmullo constante; pero en los últimos tiempos se había convertido en un chirrido. Notaba cierta desazón, y no solo a causa de los coches desconocidos del aparcamiento ni de la presencia de una reportera en su santuario.

Por primera vez en su vida Warren se sentía menos creyente que algunas personas de su entorno.

ᥴᥣ

–Haga el favor de sentarse, pastor.

El alcalde, Jeff Jacoby, señaló una silla. Warren tomó asiento. La oficina del alcalde solo estaba a dos manzanas de la iglesia, en la parte trasera del First National Bank, del que Jeff también era presidente.

–Qué tiempos tan movidos, ¿eh, pastor?

–¿Mmm? –musitó Warren.

–Su iglesia. ¡Dos reportajes por televisión! ¿Desde cuándo no pasaba eso en Coldwater?

–Mmm.

–Yo a Katherine la conozco por cuestiones de hipotecas. La afectó mucho la muerte de su hermana. Y que ahora la recupere así...

–¿Usted cree que la ha recuperado?

Jeff se rio entre dientes.

–Hombre, aquí el experto es usted.

Warren observó el rostro del alcalde, de cejas pobladas, nariz bulbosa y una sonrisa fácil que dejaba a la vista las fundas de la dentadura.

–Oiga, pastor, hemos estado recibiendo muchas llamadas. –Jacoby miró su móvil por si había mensajes, como para subrayarlo–. Corren rumores de que no es solo Katherine, ni aquel otro... ¿Cómo se llama?

–Elias.

–Ese. ¿Por dónde anda?

–No lo sé.

–Bueno, da igual. He pensado que podría ser interesante que nos reuniéramos en el ayuntamiento. Solo nosotros, los de Coldwater. Así contestaríamos algunas preguntas y decidiríamos qué hacer. Lo digo porque todo esto está creciendo mucho. Me han dicho que el hotel de Moss Hill está lleno.

Warren sacudió la cabeza. ¿Lleno, el hotel? ¿En octubre? ¿Pero qué quería tanta gente? Jeff se había puesto a escribir en el móvil. Warren lanzó una mirada fugaz a sus zapatos, de cuero marrón flexible, con los cordones perfectos.

–Creo que la reunión debería presidirla usted, pastor.

–¿Yo?

–Ha pasado en su iglesia.

–Pero no por mí.

Jeff dejó el teléfono, alcanzó un bolígrafo e hizo dos veces clic.

–Me he fijado en que no sale en los reportajes. ¿No habla con los medios?

–Bastante habla Katherine.

Jeff se rio entre dientes.

–Sí que habla, sí... Bueno, pues eso, que deberíamos tener un plan, pastor. No hace falta que le diga lo mal que está el pueblo. Este pequeño milagro podría abrir muchas oportunidades.

–¿Oportunidades?

–Sí. No sé, de cara al turismo... Y algo tienen que comer los visitantes.

Warren juntó las manos en su regazo.

–¿Usted cree que es un milagro, Jeffrey?

–¡Ja! ¿A mí me lo pregunta?

Warren no dijo nada. Jeff bajó el bolígrafo y volvió a enseñar las fundas de los dientes.

–Bueno, está bien, pastor, le soy sincero: no tengo ni idea de lo que le pasa a Katherine. No sé si es verdad o se lo inventa, pero ¿se ha fijado en el movimiento que hay? Yo soy un hombre de negocios, y una cosa le puedo decir... –Señaló la ventana–. Esto es bueno para los negocios.

ᘰ

Su conversación más reciente solo había durado un minuto, pero Tess la tenía grabada en la memoria.

–Mamá, ¿en el cielo aún sientes cosas?

–Amor.

–¿Algo más?

–Una pérdida de tiempo, Tess.

–¿El qué?

–Todo lo demás.

–No te entiendo.

–Enfadarse, arrepentirse, preocuparse... Cuando estás aquí ya no existe nada de eso. No te pierdas... dentro de ti misma.

–Mamá, lo siento tanto...

–¿El qué?

–Todo. Haberme peleado contigo. Haber dudado de ti.

–Tess..., todo eso está perdonado. Ahora, por favor...

–¿Qué?

–Perdónate a ti misma.

–Ay, mamá...

–Tess.

–Te echo mucho de menos.

Una larga pausa.

–¿Te acuerdas de cuando hacíamos galletas?

Se cortó la comunicación.

Tess rompió a llorar.

ᘓ

Las galletas –y otros dulces– habían unido a Tess y a Ruth. Como era propietaria de una empresa pequeña de *catering,* y no se podía permitir pagar a otras personas, Ruth usaba de ayudante a su hija. Se mantenía por sus propios medios desde que se había divorciado de Edwin, su marido, cuando Tess tenía cinco años. Edwin salió pitando para Iowa sin hacer ni un solo gesto para que le dieran la custodia, y nadie volvió a verlo por Coldwater. «¡Lo que habrá pasado ahí!», murmuraban los del pueblo con los ojos en blanco. Con el paso de los años, siempre que Tess le preguntaba por su padre, Ruth solo decía: «¿De qué sirve hablar de cosas desagradables?». Al final Tess dejó de preguntar.

Sin embargo, como la mayoría de los hijos de familias rotas, echaba de menos la parte ausente, y se peleaba con la presente. En Coldwater no había muchas madres solteras. A Tess le molestaba que siempre le preguntaran «¿Cómo está tu madre?», como si el divorcio fuera una especie de enfermedad crónica que requería control médico. A menudo se sentía enfermera de la soledad de su madre. En las bodas, ella y Ruth organizaban en silencio los postres en la cocina, y cuando sonaba la música se miraban como las dos feas del baile. Dado que en aquellos eventos casi todo el mundo tenía un cónyuge a su lado, a Ruth y Tess las veían como una pareja. A la gente le resultaba menos incómodo que la señora Rafferty «tuviera a alguien».

La iglesia católica era otra historia. Aún veía con malos ojos el divorcio, y Ruth tenía que soportar las miradas de reproche de otras mujeres, cada vez más intensas a medida que Tess se convertía en una adolescente guapísima, a quien los hombres siempre parecían saludar muy amigablemente. Cansada de tanta hipocresía, Tess dejó de ir a misa cuando acabó el instituto. Ruth le imploraba que volviese, pero ella decía: «Es ridículo, mamá. Si ahí ni siquiera te aprecian».

Hasta el último momento, cuando Ruth iba en silla de ruedas, Tess se negó a llevarla a misa. Ahora, en cambio, sentada en el salón, delante de Samantha, se planteó llamar al cura.

En parte quería mantener las conversaciones con su madre dentro del espacio de la intimidad, al que pertenecen también los sueños mientras no se cuentan.

Por otra parte, en Coldwater estaba ocurriendo algo sobrenatural. Jack Sellers. La mujer de la tele. El otro hombre de Cosecha de Esperanza a quien habían mencionado.

Tess no estaba sola. Quizá la iglesia pudiera ofrecerle una respuesta.

«Todo eso está perdonado», había dicho Ruth.

Miró a Samantha.

—Llama al padre Carroll —propuso.

❦

Jack aparcó en el camino de entrada. El corazón le latía muy deprisa.

Había decidido no esperar ni un día más para hablarle sobre las llamadas a Doreen. Le había dicho por teléfono que tenían que hablar de algo, y pensaba ir al grano en cuanto entrase, sin esperar a que la distrajera algo y él se desinflara. Le daba igual que estuviera o no su nuevo marido, Mel. Se trataba del hijo de Doreen. Tenía derecho a saberlo. Jack suponía que se enfadaría porque hasta entonces no se lo hubiera dicho, pero ya estaba acostumbrado a sus enfados, y cada día de espera empeoraba las cosas.

Coldwater estaba cambiando. Se había desatado la afluencia de forasteros. ¡Hasta había gente que rezaba en el césped de una vecina! Cada día Jack y Ray iban en coche a algún sitio en respuesta a nuevas quejas: problemas de aparcamiento, molestias... Todo el mundo llevaba un teléfono móvil, y todos se ponían nerviosos cuando sonaba. Ahora se estaba organizando una reunión de vecinos para hablar sobre el fenómeno. Lo mínimo que podía hacer Jack era contarle a Doreen que formaban parte de él.

Subió al porche, respiró profundamente y agarró el pomo de la puerta. Estaba abierta. Entró.

—Hola, soy yo —anunció.

No hubo respuesta. Fue a la cocina. Recorrió el pasillo.

—¿Doreen?

Oyó un sollozo. Entró en la sala de estar.

–¿Doreen?

Estaba sentada en el sofá con una foto de Robbie. Le corrían lágrimas por las mejillas. Jack tragó saliva. Era uno de sus momentos. Tendría que esperar.

–¿Estás bien? –preguntó en voz baja.

Ella parpadeó para no llorar, y apretó los labios.

–Jack –dijo–, acabo de hablar con nuestro hijo.

 ᦿ

–El señor Harding, para hablar con Ron Jennings.

La recepcionista respondió al teléfono. Sully se sentó enseguida, con la esperanza de pasar desapercibido.

La *Northern Michigan Gazette* era un periódico modesto. La disposición de la redacción en una planta diáfana dejaba al desnudo la geografía inexorable del periodismo, con lo editorial a un lado y lo comercial al otro. A la izquierda imperaba el desorden en las mesas, con caos de papeles en todos los rincones. Un reportero canoso hablaba por teléfono. A la derecha las mesas estaban más ordenadas y las corbatas más ceñidas. Uno de los despachos superaba claramente en dimensiones a todos los demás. Era de donde estaba saliendo el director, Ron Jennings, un hombre con cuerpo en forma de pera, medio calvo, con gafas tintadas, que saludó a Sully con la mano y le llamó por señas. Sully se levantó y obligó a sus pies a situarse uno por delante del otro, como al salir de la cárcel.

–Me ha avisado Mark de que vendrías –dijo Jennings, tendiéndole la mano–. Fuimos juntos a la universidad.

–Ah, sí. Gracias por... –De repente a Sully se le secó la boca. Tragó saliva–. Recibirme.

Jennings lo observó atentamente. Sully odió el aspecto que debía de presentar: el de un hombre que aborrecía el puesto de trabajo que estaba a punto de solicitar. ¿Tenía elección? Necesitaba trabajo, y no había ningún otro. Entró en el despacho con una sonrisa forzada, y la sensación de ser lo menos parecido del mundo a un piloto de caza.

De comercial, pensó con desánimo. En un periódico. Se preguntó si habrían publicado alguna noticia sobre él.

૨૦

–Bueno, ya te imaginarás lo ocupados que estamos –comentó Jennings al otro lado de la mesa con una sonrisa burlona–. Con esto de las llamadas telefónicas del cielo, no paramos.

Enseñó la última edición y leyó el titular.

–«¿Fantasmas del más allá?» Vete a saber... Pero al periódico le beneficia. Hemos tenido que reimprimir las últimas dos ediciones.

–¡Vaya! –dejó caer Sully con educación.

–¿Ves a aquel de allá? –Jennings señaló con la cabeza al hombre canoso, el de la redacción, con camisa, corbata y teléfono en la oreja–. Es Elwood Jupes. Desde hace treinta y cuatro años es el único reportero del periódico. Ha escrito sobre tormentas de nieve, el desfile de Halloween, fútbol de instituto... Y de repente tiene entre manos la noticia más grande de la historia.

»Acaba de entrevistar a un experto en fenómenos paranormales que dice que hace años que se captan voces de muertos... ¡por la radio! No tenía ni idea. ¿Y tú? Por la radio. ¿Te imaginas?

Sully sacudió la cabeza. Odiaba aquella conversación.

–En fin... –Jennings abrió un cajón y sacó una carpeta–. Dice Mark que te interesa el puesto de comercial.

–Sí.

–Me sorprende un poco.

Sully no contestó.

–No tiene *glamour*.

–Ya lo sé.

–Solo es buscar anunciantes. A comisión.

–Sí, ya me lo dijo Mark.

–Somos una empresa pequeña. Salimos una vez a la semana.

–Ya lo sé.

–No es pilotar aviones, ni nada así.

–Yo no estoy buscando...

–Ya sé que no quieres hablar del incidente, y lo entiendo. Creo en las segundas oportunidades. Se lo dije a Mark.

–Gracias.

–Siento lo de tu mujer.

–Ya.

–Fue algo tremendo.

–Ya.

–¿Han llegado a encontrar las grabaciones?

Creía que no íbamos a hablar del tema, pensó Sully.

–No, nunca.

Jennings asintió y miró el cajón.

–Bueno, pues eso, que no es que sea un trabajo maravilloso...

–Me va bien.

–Ni que se cobre mu...

–Tranquilo, de verdad.

Se miraron, incómodos.

–Necesito trabajar –dijo Sully–. Es que tengo un hijo.

Intentó pensar en algo más que decir y se le apareció la cara de Giselle.

–Tengo un hijo –repitió.

ᗡ

Jules había nacido pocos años después de la boda. El nombre lo había elegido Sully por Jules Shear, un cantante que había escrito una de las canciones favoritas de Giselle, «If She Knew What She Wants».

A partir de entonces Sully se dio cuenta de que era exactamente lo que deseaba: una familia. Giselle y el niño eran como arcilla de una misma alma. Sully veía la curiosidad innata de Giselle en cómo investigaba Jules sus juguetes, y su dulzura en cómo abrazaba a los otros niños o acariciaba a un perro.

–¿Qué, feliz? –le preguntó una noche a Giselle, en el sofá, con el pequeño Jules dormido sobre el pecho de ella.

–Felicísima –respondió Giselle.

Habían hablado de tener más hijos. Ahora Sully era padre soltero de uno solo y acababa de aceptar un trabajo que no le gustaba. Salió de la *Gazette,* encendió un cigarrillo y subió a su coche. No veía el momento de llegar a la tienda de bebidas alcohólicas. En otros tiempos, en vida de Giselle, había pensado en el futuro. Ahora solo pensaba en el pasado.

ᗡ

Desde que existe la religión ha habido amuletos, colgantes, anillos, monedas, crucifijos... impregnados, se pensaba, de un poder sagrado. El apego de los antiguos creyentes a esos amuletos era el mismo que el de Katherine Yellin al móvil de color salmón que había sido de su hermana.

De día lo llevaba siempre encima, y por las noches dormía con él. Cuando iba a trabajar ajustaba al máximo el volumen del tono de llamada y se lo guardaba en el bolso, siempre colgado del hombro, al que abrazaba como una pelota de rugby. Lo cargaba constantemente. Se había comprado un cargador de repuesto para el de repuesto, por si se estropeaba alguno. También había pedido a todos sus conocidos que ya no la llamaran a ese número, sino a otro que había contratado con otra compañía. Su viejo teléfono –el que había sido de su hermana– estaba reservado a su Diane.

Adonde fuera Katherine iba también su móvil; y ahora, adonde fuera Katherine la seguía Amy Penn, de *Nine Action News*. Amy la había invitado a una buena cena –por consejo de Phil, que incluso se la había pagado– y había prestado oídos a un sinfín de anécdotas acerca de su querida hermana, con la promesa de que tanto ella, Amy, como todos los de la cadena no tenían ninguna otra intención que la de divulgar el milagro. Katherine estuvo de acuerdo en que un acontecimiento tan sagrado no podía restringirse a las fronteras de un sitio tan pequeño como Coldwater, y en que en el mundo actual la cámara de televisión que se llevaba a todas partes Amy, como si fuera su equipaje, era en realidad un instrumento de Dios.

Fue así como llegaron un martes por la mañana a la inmobiliaria Coldwater Collection, al lado de la oficina de correos, enfrente del supermercado. Cuando entraron había cuatro personas esperando, y todas le habían dicho a la chica de la recepción: «Queremos conocer a Katherine

Yellin». A la pregunta de si podía atenderlos alguien más habían contestado que no.

✑

A quienes no les sentó bien fue a los otros tres agentes de la delegación –Lew, Jerry y Geraldine–, carentes de clientes nuevos y con pocas perspectivas. El martes, antes de que llegara Katherine, se habían reunido alrededor de una mesa para quejarse de que los celestiales testimonios de su compañera de trabajo hubieran armado tanto revuelo.

–¿Cómo sabemos que es verdad? –preguntó Lew.

–Nunca ha superado lo de Diane –respondió Geraldine.

–Se pueden tener alucinaciones –dijo Jerry.

–¡Pero si hay gente rezando en su jardín, por Dios!

–Está atrayendo a más clientela que nunca.

–¿Y qué? ¿De qué sirve, si todos los clientes son para ella?

La conversación siguió en la misma línea, con más quejas: Lew tenía que mantener a sus nietos, que ahora vivían con él; a Geraldine nunca había acabado de gustarle la actitud beata de Katherine, y Jerry se preguntó si estaba a tiempo de cambiar de profesión, aunque solo tuviera treinta y ocho años.

En ese momento entró Katherine, seguida por Amy. La conversación cesó y surgieron las sonrisas falsas.

Se podría pensar que una persona que trae pruebas de que existe el cielo sería recibida con los brazos abiertos, pero incluso en presencia de un milagro el corazón humano dice: ¿Y por qué no yo?

✑

–Buenos días, Katherine –dijo Geraldine.

–Buenos días.

–¿Alguna novedad sobre tu hermana?

Katherine sonrió.

–Hoy no.

–¿Cuándo fue la última llamada?

–El viernes.

–Hace cuatro días.

–Eso.

–Qué interesante.

Geraldine miró a Amy como diciendo: «Puede que hayas venido para nada». Katherine miró a sus compañeros de trabajo, sopló y sacó una Biblia de su bolso.

Y el teléfono, claro.

–Tengo que atender a los clientes –comentó.

El primero era un hombre de mediana edad que dijo que quería una casa cerca de la de Katherine, donde quizá también pudiera recibir «llamadas». Los siguientes fueron una pareja de jubilados de Flint que hablaron de su hija, que había muerto seis años antes en un accidente de coche, y dijeron que querían reanudar el contacto con ella en Coldwater. La tercera clienta era una mujer griega con un chal azul marino que ni siquiera hizo referencia al negocio inmobiliario. Solo le preguntó a Katherine si podía rezar con ella.

–Pues claro –contestó Katherine, casi en tono de disculpa.

Amy se fue al fondo para dejarles intimidad, llevándose su gran cámara de televisión. Era absurdo que pesara tanto. Siempre tenía la impresión de llevar una maleta de plomo. Se prometió que un día trabajaría en una cadena que le asignase a un cámara, como tenía que ser. «Un día» en el sentido de «en otro trabajo».

–¿Qué, pesa, eh? –observó Lew cuando Amy dejó la cámara sobre la mesa con un impacto sordo.

–Pues sí.

–Ahora tendrían que hacerlas más pequeñas.

–No, si ya las hacen, pero son modelos que no tenemos.

–Se los quedan en Nueva York y Los Ángeles, ¿eh?

–Más o men...

Amy se calló de golpe. Lew estaba demudado. También Geraldine, y Jerry. Al darse cuenta del motivo, Amy sintió una descarga de adrenalina en sus venas.

Se había puesto a sonar el teléfono de Katherine.

&

Toda historia tiene un punto de inflexión. Lo que acto seguido sucedió en la agencia Coldwater Collection fue rápido y caótico, y quedó grabado de principio a fin gracias al trabajo, inexperto y trémulo, de Amy como cámara. Duró menos de un minuto, pero pronto lo verían millones de personas en todo el planeta.

Katherine sacó su móvil. Todos se giraron hacia ella. La mujer griega empezó a rezar en su idioma materno, mientras se balanceaba y se tapaba la nariz y la boca con las manos.

–*Pater hêmôn ho en toes ouranoes...*

Katherine tomó aire y se apoyó en el respaldo. Lew tragó saliva.

–¿Y ahora qué? –susurró Geraldine.

Amy, que se había apresurado a levantar su cámara y ponerla en marcha, trataba al mismo tiempo de situarla en equilibrio sobre un hombro, mirar por el visor y aproximarse. De pronto chocó con una mesa: ¡paf! Mientras se caía la cámara en marcha, Amy se derrumbó contra una silla y se dio un golpe en el mentón.

Volvió a sonar el teléfono.

—*Hagiasthêtô to onoma sou* —murmuró la mujer griega.

—¡Un momento! ¡Todavía no! —gritó Amy.

Aun así Katherine pulsó un botón.

—¿Diga...? —susurró—. Ay, Dios mío... Diane...

—*Hagiasthêtô to onoma sou...*

La cara de Katherine se había iluminado.

—¿Es ella? —preguntó Lew.

—Madre mía —susurró Geraldine.

Amy se levantó con dificultad. Le dolía el muslo por el golpe, y había empezado a sangrarle la mejilla. Centró a Katherine en el objetivo justo cuando decía:

—Sí, sí, Diane, claro que sí, lo haré...

—*Genêthêtô to thelêma sou, hôs en ouranô...*

—¿Es ella? ¿De verdad?

—*Kae epi tês gês. Ton arton hêmôn ton epiousion...*

—Diane... ¿Cuándo volverás a llamarme? ¿Diane...? ¿Hola...?

Katherine bajó el teléfono y se echó lentamente hacia atrás, como si la empujasen con una almohada invisible. Tenía los ojos vidriosos.

—*Dos hêmin sêmeron; kae aphes hêmin ta opheilê-mata...*

—¿Qué ha pasado? —preguntó Amy en su papel de reportera, con la cámara en el hombro—. ¿Qué te ha dicho, Katherine?

Katherine miró hacia delante con las manos en la mesa.

—Ha dicho: «Ha llegado el momento. No guardes el secreto. Cuéntaselo a todos. Los buenos serán bienvenidos en el cielo».

La mujer griega se tapó la cara con las manos y lloró. Amy le hizo un primer plano, seguido de otro del teléfono, que Katherine había dejado sobre la mesa.

–Cuéntaselo a todos –repitió Katherine, ensimismada, sin darse cuenta de que gracias a la luz que parpadeaba en la cámara de Amy ya lo estaba haciendo.

La octava semana

La historia da a entender que el teléfono de Alexander Bell causó sensación, literalmente, de la noche a la mañana.

Pero a punto estuvo de no hacerlo.

En 1876 los Estados Unidos de América celebraban el centenario de su independencia. Se organizó una exposición conmemorativa en Filadelfia en la que se expusieron nuevos inventos cuya grandeza se demostraría en los próximos cien años, como una máquina de vapor de doce metros de altura y una primitiva máquina de escribir. En el último minuto se le concedió al rudimentario utensilio de comunicación de Bell una mesita encajada entre una escalera y una pared, dentro de una sala que llevaba el nombre de Departamento de Educación. Estuvo ahí varias semanas sin llamar mucho la atención.

Por aquel entonces Bell vivía en Boston, y no tenía planes –ni dinero– para ir a la exposición, pero un viernes por la tarde fue a la estación de tren a despedirse de su novia, Mabel, que iba a visitar a su padre a Filadelfia. La idea de que se separaran arrancó lágrimas a Mabel, que insistió en que la acompañase. Justo cuando salía el tren, Bell saltó a bordo para consolarla... sin billete.

Dos días después, debido a aquel impulso, Bell se encontró en la exposición. Era una tarde calurosa de domingo. Pasó una delegación de jueces sudorosos. La mayoría solo tenía ganas de irse a casa, pero uno de ellos, el bienamado emperador de Brasil, Dom Pedro de Alcântara, reconoció al moreno inventor por su trabajo con alumnos sordos.

–¡Profesor Bell! –exclamó, saludándolo con los brazos abiertos–. ¿Qué hace usted aquí?

Tras oír las explicaciones de Bell, Dom Pedro accedió a ser testigo de su invento. Los jueces se resignaron a quedarse unos minutos más, a pesar del cansancio.

Había un cable tendido de una punta a la otra de la sala. Bell fue al extremo donde estaba el transmisor, mientras Dom Pedro se acercaba al receptor. Tal como había hecho meses antes con Thomas Watson –«Ven aquí, que quiero verte»–, Bell habló por su aparato mientras el emperador se llevaba el receptor al oído. La expresión de Dom Pedro se iluminó de golpe.

–¡Dios mío! ¡Habla! –declaró con asombro ante la mirada del público.

El día siguiente trasladaron el invento a un lugar preferente, donde acudieron a verlo miles de personas. Ganó el primer premio y una medalla de oro. Una idea hasta entonces inimaginable corrió como la pólvora por todo el mundo: la de hablar con alguien sin verlo.

Sin el amor de un hombre a una mujer, que le hizo saltar a bordo de un tren, quizá el teléfono de Bell nunca hubiera encontrado su público, pero lo encontró, y desde entonces cambió para siempre la vida en todo el mundo.

ꝋ

Huevos. No había bastantes huevos. Frieda Padapalous puso un billete de cincuenta dólares en las manos de su sobrino.

–Compra todos los que haya en el supermercado –ordenó–. Date prisa.

Frieda nunca había sido muy aficionada a los milagros, pero no pensaba desaprovechar el repentino aumento de los ingresos. El lunes había sido un día animado, y el martes aún más. Ese día en el bar había tanto ruido que la gente berreaba para hacerse oír. El aparcamiento estaba a reventar y las mesas llenas de caras desconocidas. Hasta entonces nunca había habido cola en la puerta un miércoles por la mañana. ¡Pero si ni siquiera eran las ocho!

–¿Más café, Jack?

Frieda se lo sirvió antes de que le diera tiempo a contestar, y se alejó corriendo hacia otra mesa.

Jack bebía el café con la cabeza inclinada, como quien guarda un secreto. Había prescindido voluntariamente del uniforme. Quería observar la peregrinación que no dejaba de crecer desde que un vídeo en Internet había puesto el pueblo patas arriba. Vio a tres personas con cámaras de televisión, y como mínimo a otras cuatro a las que etiquetó de reporteros, sin contar la marea de rostros nuevos y desconocidos, de todas las edades, que preguntaban sin cesar por Katherine Yellin, o por la iglesia, o por la inmobiliaria. Vio a dos parejas indias, y una mesa llena de jóvenes con vestiduras religiosas que no supo identificar.

–Perdone... Hola... ¿Es de aquí? –preguntó un hombre con una parka azul de esquí, acercándose al taburete de Jack.

–¿Por qué?

–Soy de Channel Four de Detroit. Estamos hablando con la gente sobre los milagros. Sabe, ¿no? Las llamadas telefónicas. ¿Podríamos filmarle un minutito? Solo será un momento.

Jack echó un vistazo a la puerta. Seguía entrando gente. Hacía tanto tiempo que empezaba el día con un café en el bar de Frieda que habría podido ir desde su casa al mostrador con los ojos cerrados, pero estaba incómodo. Aún no le había dicho nada a Doreen sobre las llamadas de Robbie, a pesar de que ella se lo había contado. Por alguna razón le parecía que primero tenía que escuchar. Para recabar información. Doreen le había dicho que Robbie le había explicado que estaba en el cielo, sano y salvo, y que «el final no es el final». Después le había pedido su opinión.

–¿Para ti es una alegría, Doreen? –había preguntado Jack.

Doreen se había puesto a llorar.

–No sé –había respondido–. Sí. Dios mío... No entiendo nada.

Jack no quería que aquellos reporteros se enterasen de lo de su exmujer. Tampoco quería que se enterasen de lo suyo. Pensó en Tess. Tampoco quería que se enterasen de lo de ella.

–Saldría por la tele –aseguró el del anorak, como si intentara venderle algo.

–Solo estoy de paso –dijo Jack mientras dejaba dos dólares en el mostrador y se iba hacia la puerta.

⁀

Jason Turk abrió con llave la puerta de empleados del centro de telefonía Dial-Tek y bostezó en voz alta. Era un joven larguirucho de veintisiete años, con un tatuaje del

91

gato Felix en el bíceps, y estaba agotado por haber jugado a videojuegos *online* hasta la madrugada. Sacó una lata de coca–cola de una neverita, bebió unos tragos y al eructar se acordó de lo que le decía su novia: «Jason, tienes unos modales espantosos».

Entró en el despacho, se quitó el jersey y se puso una camisa de manga corta, azul y plateada, donde ponía DIAL-TEK. Después echó un vistazo al correo del día anterior. Un sobre de la central. Otro sobre de la central. Un prospecto de una empresa de limpieza.

Sonó el timbre. Miró su reloj. Eran las ocho y diez de la mañana. Supuso que era uno de los camioneros del reparto. Al abrir la puerta trasera, sin embargo, se encontró con un hombre alto con una vieja chaqueta de pana.

–Hola, soy Sully, de la *Gazette.*

–Ah, sí. Yo me llamo Jason.

–Qué hay.

–Eres nuevo.

–Sí, empecé la semana pasada.

Jason pensó que no parecía muy contento.

–Pasa.

–Mira, es que habíamos pensado que estaría bien que renovarais para tres meses más...

–No te esfuerces –dijo Jason con un gesto de la mano–, que mi jefe ya me ha dado el cheque. –Rebuscó en un cajón–. ¿Qué le ha pasado a la que mandaron las últimas dos o tres veces, Victoria?

–No lo sé –respondió Sully.

Lástima, pensó Jason. Era mona.

–Bueno, da igual. Toma.

Le dio a Sully un sobre donde ponía GAZETTE: OCTUBRE-DICIEMBRE.

–Gracias –dijo Sully.

–De nada. –Jason bebió un trago de coca–cola y levantó la lata–. Mmm. ¿Quieres?

–No, gracias, ahora no. Me voy.

¡Bnnnp!

Se giraron.

–¿Qué ha sido eso? –preguntó Jason.

–No lo sé –respondió Sully.

¡Bnnnp!

Parecía que hubiera chocado un pájaro con un cristal. No, un momento... Otra vez. *¡Bnnnp!* Y otra. *¡Bnnnp!* Se hizo continuo y aumentó de volumen, como un redoble de tambor.

¡Bnnnpbnnnpbnnnpbnnnpbnnnp!

–Pero bueno, ¿qué pasa? –masculló Jason.

Sully lo siguió a la sala de ventas. Lo que vieron los dejó de piedra: contra el escaparate de la tienda se apretaban al menos dos docenas de personas envueltas en abrigos. Al ver a Jason y Sully avanzaron todos a la vez como suben los peces a la superficie cuando se les echa comida.

¡Bnnnpbnnnpbnnnpbnnnpbnnnp!

Sully y Jason se refugiaron en el despacho.

–¿Qué era eso? –exclamó Sully.

–¿Y yo qué coño sé? –dijo Jason, buscando las llaves.

Aún faltaba una hora para abrir. Ni que hubiera rebajas.

–¿Los dejarás entrar?

–Supongo, ¿no?

–¿Quieres que me quede?

–No. Bueno, sí. Con que esperes aquí ya me va bien. Pero qué locura...

Jason salió con las llaves en la mano y se acercó a la entrada. Titubeó. La gente se acercó un poco más.

Abrió la cerradura.

–Perdonen, es que no abrimos hasta...

Entraron todos de golpe, empujándolo, y corrieron hacia las vitrinas.

–¡Eh, un momento! –gritó Jason.

–¿Tenéis este modelo? –vociferó un hombre con chaqueta de cuero y jersey gris, poniendo una página impresa en las narices de Jason, que vio la imagen de una mujer con un teléfono de color rosa.

–Creo que es un Samsung –dijo.

–¿Lo tenéis? ¿Idéntico?

–Probablemente...

–¡Quiero todos los que tengáis!

–¡No!

–¡Compártelos!

–¡Yo quiero uno!

–¡Yo tres!

Jason quedó inmediatamente rodeado. Primero notó una mano en la espalda, y luego otra en el hombro. Alguien le agarró el brazo, y otro agitó un papel en su cara. Lo zarandeaban, arrojándolo a un convulso mar de cuerpos humanos.

–¡Un momento! –gritó alguien.

–¡Dejadle sitio! –ordenó otro.

Y de repente...

–¡QUE SE APARTE TODO EL MUNDO!

Era Sully, que se había puesto delante de Jason en actitud protectora, usando los brazos como escudo. Sus gritos silenciaron a la gente, que al retroceder unos centímetros dejó que Jason retomara aliento.

–¿Qué os pasa a todos? –preguntó Sully.

–Eso, ¿de qué vais? –dijo Jason con voz entrecortada. Con Sully a su lado se sentía más valiente–. Si ni siquiera hemos abierto. ¿Qué queréis?

Se adelantó una mujer mayor y delgada. Tenía ojeras y un pañuelo le cubría la cabeza. Parecía bastante enferma.

–El teléfono –dijo con voz ronca–. El que llama al cielo.

～

El vídeo de Amy corrió la misma suerte que muchas noticias en el mundo actual: se colgó en Internet y el ciberespacio se apoderó de él, sin filtros, ni edición, ni luz verde, ni comprobaciones: lo vio alguien, lo puso en circulación y se repitió el proceso no una ni dos veces, sino decenas de miles, en menos tiempo de lo que tarda en hervir el agua. El título del vídeo –«Llamadas telefónicas del cielo»– aceleró su rápida expansión. El temblor de la cámara, incluido el momento en que Amy tropezaba y la imagen se volvía borrosa, creaba un aura peculiar de autenticidad.

Donde primero se emitió fue en la cadena de noticias de Alpena, y se convirtió inmediatamente en el vídeo más visto de la historia de la web de *Nine Action News,* lo cual mereció una llamada de Phil dando la enhorabuena.

–Que no pare aquí –le recalcó a Amy.

Varios grupos religiosos etiquetaron el vídeo, y pronto se empezaron a repetir por todo el mundo las imágenes del rostro de Katherine, de la mujer griega que rezaba y del teléfono sobre la mesa. Era la versión actual del episodio en que el invento de Bell tomó por asalto la exposición del centenario, con la diferencia de que ahora las cosas iban a velocidad de vértigo.

En una semana Coldwater pasó a ser el sitio más buscado en Internet.

～

El pastor Warren se asomó al santuario. Pese a ser miércoles por la tarde, estaba casi lleno. Algunos fieles tenían la cabeza entre las manos. Otros estaban de rodillas. Warren se fijó en dos hombres con gorras de pescador que se balanceaban mientras rezaban, pero en cuyas manos tendidas no había una Biblia ni un himnario, sino... sus móviles.

Cerró la puerta sin hacer ruido y volvió a su despacho, donde lo esperaban los otros cuatro clérigos de Coldwater.

–Lo siento –se disculpó Warren cuando se sentó–. Estaba mirando si había mucha gente.

–Feligreses –dijo el padre Carroll.

–No son mis feligreses. Han venido por el testimonio de una feligresa.

–Han venido por Dios –aclaró el padre Carroll.

Sí, sí, refrendaron los demás a coro.

–Por fin acuden a nosotros los creyentes, Warren, no al revés.

–Ya, pero...

–Deberíamos comentarlo la semana que viene, en la reunión de vecinos, y aprovecharlo para inspirar a otras personas. ¿No estamos todos cansados de perseguir a la gente para que se le encienda la chispa de la fe?

Los demás asentían.

–Es verdad.

–Tiene razón.

–Amén.

–Este resurgimiento, Warren, es un regalo, más allá de que podamos estar hablando con voces del cielo.

–O no –interrumpió Warren.

–O quizá sí –respondió el cura.

Warren estudió la expresión del padre Carroll. Se le veía distinto, más tranquilo, casi sonriente.

–¿Usted cree en el milagro, padre?

Los clérigos se inclinaron. La de St. Vincent era la iglesia más grande del pueblo. Lo que pensara el padre Carroll sería decisivo.

–Soy... escéptico –dijo, midiendo sus palabras–, pero he llamado a mi obispo para concertar una visita.

Hubo muchas miradas. Era una noticia importante.

–Con el debido respeto, padre –intervino Warren–, los dos feligreses llevan mucho tiempo en nuestra iglesia. Baptista. Ya lo sabe.

–Sí.

–Por lo tanto, al no ser católicos, no tendría sentido que hablara con ellos el obispo...

–Exacto.

El padre Carroll bajó la barbilla y cruzó las manos en el regazo. Se sobrentendía.

Había otra persona.

⁓

Lo que no había desvelado el padre Carroll era que dos días antes había recibido un mensaje de una antigua feligresa, Tess Rafferty. ¿Podía ir a verla a su casa? Era importantísimo.

Hasta entonces Carroll había restado importancia a aquellas historias sobre el más allá, que consideraba paparruchas, engaños. Lo contrario habría sido difícil de aceptar: que el Señor, en su infinita sabiduría, hubiera prescindido de la Iglesia católica a la hora de revelar su paraíso eterno al mundo de los vivos..., y que por encima de él, del padre Carroll, hubiera preferido al proyecto pastor Warren.

Tess Rafferty lo cambió todo. En la cocina de su casa, que había sobrevivido a la prueba del fuego, aquella mujer delgada y de fe tambaleante reveló que también se habían puesto en contacto con ella desde el más allá. Se trataba en aquel caso de su madre, Ruth, a quien el padre Carroll recordaba. Lo más importante de todo era que según los cálculos la llamada inicial se había producido hacia las ocho y veinte de la mañana, varias horas antes que la de Katherine Yellin.

Era una noticia muy satisfactoria, que el padre Carroll pensaba compartir con un mundo expectante.

Si las almas del cielo se estaban poniendo en contacto con los mortales de la tierra, la primera mortal había sido Tess, una católica.

૭

El jueves por la tarde Sully fue a buscar a Jules al colegio, y lo encontró saliendo por la puerta.

–Hola, chaval.

–Hola.

–¿Cómo ha ido el día?

–Bien. He estado jugando con Peter.

–¿Peter, el que no tiene los dientes de delante?

–Sí.

Caminaron hacia el coche. Al bajar la mirada, Sully vio sobresalir algo de color azul claro del bolsillo de la chaqueta de su hijo.

–¿Qué llevas?

Su hijo no contestó.

–Jules, ¿qué tienes en el bolsillo?

–Nada.

Sully abrió la puerta del coche.

–Algo tiene que ser.

–Me lo ha dado la profesora. ¿Podemos irnos a casa?

Jules ocupó el asiento trasero y se tapó el bolsillo con el brazo. Sully suspiró y se lo apartó.

Era un teléfono de plástico.

—Pero bueno, Jules...

El niño quiso recuperarlo, pero Sully se lo impidió.

—¡No es tuyo! —gritó Jules, lo bastante fuerte como para atraer las miradas de los padres más cercanos.

—Vale, vale —admitió Sully, y se lo devolvió.

Jules se lo metió en el bolsillo.

—¿Es algo de mamá?

—No.

—¿Por eso lo has pedido?

—No.

—¿Qué te ha dicho la profesora?

—Que si quiero puedo hablar con mamá.

—¿Cómo?

—Cerrando los ojos y usando el teléfono.

—¿Y entonces?

—Entonces puede que mamá me llame, como a los demás.

Sully se quedó estupefacto. ¿Por qué decía eso una maestra? Ya era bastante grave que el niño hubiera perdido a su madre. ¿Ahora le daban falsas esperanzas? ¿Se había vuelto loco todo el pueblo, o qué? Las hordas de la tienda de teléfonos, el vídeo de Internet, los chalados que rezaban en el césped de Katherine Yellin como si fuera una especie de profetisa... Y ahora aquello.

—Jules, no quiero que te lo quedes, ¿vale?

—¿Por qué?

—Es un juguete.

—¿Y qué?

—Que no funcionará como quieres que funcione.

—¿Cómo lo sabes?

–Lo sé.

–¡Mentira, no lo sabes!

Sully puso el coche en marcha y exhaló con tanta fuerza que sintió que se le hundía el pecho. Cuando llegaron a la casa de sus padres, Julles abrió la puerta y salió corriendo sin mirar hacia atrás.

ᐒ

Un cuarto de hora después Sully conducía solo por la Ruta 8, la carretera de dos carriles que conectaba Coldwater con el mundo exterior. Seguía indignado. Tenía ganas de volver al colegio a toda velocidad, pillar a la maestra y gritarle: «¿Tienes alguna idea de lo que estás haciendo?». Mañana, se dijo. Lo haría mañana. Ahora tenía trabajo. Había que recoger un cheque de una tienda de muebles de Moss Hill. En las carreteras había un poco de aguanieve. Encendió el limpiaparabrisas para quitar la porquería que levantaban los coches que pasaban junto a él.

A la vuelta de la curva previa al gran espacio abierto que se conocía como Lankers Field vio el viejo letrero: SALE USTED DE COLDWATER. GRACIAS POR SU ESTANCIA.

Parpadeó.

El letrero tenía un adhesivo en la base: ¿HAS SIDO SALVADO? Detrás, en el prado, había como mínimo una docena de caravanas. También había carpas blancas, y treinta o cuarenta personas con abrigos gruesos. Algunos leían libros. Otros hacían un agujero para encender una hoguera, y uno tocaba la guitarra. A Sully le pareció una peregrinación religiosa, con la diferencia de que estas últimas tenían como escenario sitios como el Ganges, en la India, o Nuestra Señora de Guadalupe, en Ciudad de México; no

Lankers Field, donde de niño solía ir en bicicleta a tirar petardos con los otros chicos de la clase.

Esto se tiene que acabar, pensó mientras frenaba. ¿Sectas? ¿Expertos en lo paranormal? ¿Y qué más?

Paró y bajó la ventanilla. Un hombre de mediana edad, nariz aguileña y larga coleta plateada, dio unos pasos hacia él.

–¿Qué pasa aquí? –gritó Sully.

–Hola, hermano –respondió el hombre.

–¿Qué es todo esto?

–Un lugar sagrado. Aquí habla Dios con sus hijos.

La palabra «hijos» irritó profundamente a Sully.

–¿Quién se lo ha dicho?

El hombre se fijó en la expresión de Sully y sonrió enseñando los dientes.

–Lo notamos. ¿Quieres rezar con nosotros, hermano? Quizá también lo notes.

–Resulta que soy de aquí, y que es mentira lo que dice: nadie está hablando con nadie.

El hombre juntó las manos como si rezara y volvió a sonreír.

–Por Dios –murmuró Sully.

–Así me gusta, hermano –dijo el hombre.

Sully pisó el acelerador y derrapó. Tenía ganas de liarse a gritos con aquellos tontos crédulos, los que cavaban, el que tocaba la guitarra, los maestros de Jules, los compradores de teléfonos... Tenía ganas de decir: ¡despertaos! ¡Los vivos no pueden hablar con los muertos! ¿Qué os creéis, que no lo haría yo? ¿Que no daría mis próximas cien respiraciones por una sola palabra de mi mujer? No es posible. No hay ningún Dios que haga esas cosas. En Coldwater no está habiendo ningún milagro. ¡Es un truco, un timo, un engaño, una estafa colectiva!

Ya estaba harto. Hablaría directamente con la maestra de Jules, y si era necesario con todo el consejo escolar. Ah, y otra cosa: atacaría aquella farsa del teléfono y la dejaría en evidencia como lo que era, un engaño. Aunque hubiera estado en la cárcel, aunque hubiera caído en desgracia, aunque a duras penas se ganara las lentejas en su triste nueva vida, le quedaba su cerebro. Aún sabía diferenciar entre la verdad y las mentiras. Haría por su hijo –y por otros que estuvieran de luto, de luto de verdad– lo que no habían hecho por él.

Llegar hasta el final de la historia.

La novena semana

—Repítelo.

–Tres mil catorce.

–¿De una sola tienda?

–Sí, de una.

–¿Normalmente cuántos venden?

–Cuatro.

–Luego te llamo.

Terry Ulrich, vicepresidente regional de Samsung, colgó y anotó unos cuantos números. El concesionario Dial-Tek de Coldwater, Michigan, había hecho un pedido demencial de un solo modelo, el Samsung 5GH. Era un móvil de lo más corriente. Tenía tapa, servía para hacer llamadas y en función del plan contratado disponía de conexión a Internet. Nada más. Los móviles actuales ofrecían muchas más cosas: cámara, juegos... ¿Qué sentido tenía que una sola tienda vendiera miles de unidades de un modelo más antiguo y con menos prestaciones?

Acababan de informarle de que la respuesta era que el Samsung 5GH era el modelo que usaba una mujer que aseguraba estar hablando con el cielo.

Y que lo había comprado en la tienda de Coldwater.

Se acarició la barbilla con dos dedos y miró por su ventana el *skyline* de Chicago. Los beneficios del pedido ya se acercarían por sí solos al millón de dólares. Se giró otra vez hacia su ordenador, buscó en Internet y encontró varias noticias sobre el fenómeno de Coldwater. Vio un vídeo de *Nine Action News,* de Alpena, que le pareció bastante malo.

Después leyó el número de descargas y descolgó enseguida el teléfono.

–Que vengan los de marketing ahora mismo.

$\backsim$

La madre de Alexander Bell estaba sorda. La gente hablaba con ella a través de una trompetilla de caucho. No así Alexander, que intuyó desde muy pronto que la mejor manera de comunicarse con su madre era poner la boca cerca de su frente y hablar con voz grave y sonora. Así podían absorberse con más facilidad las vibraciones de su voz, un principio que más tarde sería decisivo para la invención del teléfono.

Cuando Giselle estaba en el hospital, Sully hablaba así con ella: acercando los labios a su frente y haciendo que en su voz vibrasen todos los recuerdos que pudiera encontrar.

«¿Te acuerdas de nuestro primer piso? ¿Te acuerdas del fregadero amarillo? ¿Te acuerdas de Italia? ¿Te acuerdas del helado de pistacho? ¿Te acuerdas de cuando nació Jules?»

A veces hablaba durante una hora, con la esperanza de que se transmitiesen las vibraciones. Siempre había sabido hacer reír a Giselle. Soñaba con encontrar un recuerdo tan incontrolablemente gracioso que la sacara del coma y la hiciera exclamar: «¡Dios mío, claro que me acuerdo!».

No fue así. Sully lo intentó sin descanso. Sentado a solas en la cárcel, cerraba los ojos y recitaba recuerdos como si los pensamientos pudieran ir volando hasta la cama de hospital de su mujer. Desde el día del accidente hasta el de la muerte de Giselle, el único deseo de Sully fue oír su voz.

Oír su voz.

No la había oído.

Por eso le encrespaba tanto lo que se decía en Coldwater, y por eso el lunes por la mañana sacó unas libretas y unas carpetas del armario de material de la *Gazette* y se compró una pequeña grabadora para emprender su propia investigación.

Lo que afirmaba aquella gente ya lo había intentado él. Había llamado a Giselle sin obtener respuesta. El cielo no existía. Morirse era morirse.

Ya iba siendo hora de que lo aceptase todo el mundo.

&

El mayor espacio cubierto de Coldwater era el gimnasio del instituto, que una vez desmontadas las gradas, y distribuidas sillas por la pista, podía dar cabida a casi dos mil personas.

El martes a las seis de la tarde todas las sillas estaban ocupadas.

Habían instalado un pequeño estrado contra la pared del fondo, bajo una bandera americana y un estandarte rojo y blanco donde ponía EQUIPO DE BALONCESTO DE COLDWATER − CAMPEONES DE DISTRITO 1973, 1998, 2004. Sentados en el estrado estaban el padre Carroll, el pastor Warren y un legislador del distrito de tripa desbordante sobre el cinturón, que se secaba la frente cada cierto tiempo con un pañuelo. También estaba Jack Sellers con su uniforme azul de policía, recordatorio de que había que mantener el decoro.

El alcalde, Jeff Jacoby, con el cuello de la camisa desabrochado y americana, se acercó al estrado y tomó el micrófono. Sus primeras palabras –«buenas tardes»– se acoplaron estridentemente. La gente se tapó los oídos.

–¿Hola? Probando, probando... ¿Así mejor?

La reunión era exclusiva para los residentes de Coldwater. Había que presentar el carné de conducir en la puerta. Los medios informativos no podían entrar. Fuera, sin embargo, había muchos reporteros dentro de coches en marcha. También estaban las personas que habían acampado en el pueblo. Reunidas al pie de una farola, en el aparcamiento, se calentaban las manos con el fuego encendido en un cubo metálico de la basura. Ray y Dyson, de la Policía, se turnaban para vigilar el recinto, aunque ninguno de los dos sabía muy bien qué hacer si se alborotaba la gente y tenían que plantarle cara ellos solos.

Dentro, el alcalde había resuelto el problema del micrófono.

–Bueno –empezó–, creo que ya sabemos todos por qué estamos aquí. Lo que ha pasado en Coldwater, concretamente a ti, Katherine, es algo excepcional.

Katherine, que estaba en primera fila, asintió con modestia. Se oyó un murmullo de aquiescencia.

–Pero también comporta muchos retos.

Más murmullos.

–Ahora tenemos que hacer frente a más visitantes, a problemas de tránsito, a cuestiones de seguridad pública y a los medios de comunicación.

Los murmullos aumentaron de volumen. Jack se movió en su silla.

–Son algunos de los temas que me gustaría que abordáramos esta noche. Padre Carroll, ¿abre usted la reunión?

El padre Carroll se acercó al micrófono y ajustó su altura. El pastor Warren observaba y esperaba. Le había dicho al alcalde que le incomodaba tomar la palabra ante un público seglar. Esas cosas se le daban mucho mejor al padre Carroll, incluso en su manera de moverse, casi majestuosa, pensó Warren.

–En primer lugar, oremos –dijo el padre Carroll–. Que el Señor nos dé fuerzas esta noche...

Mientras el público inclinaba la cabeza, Sully, que estaba al lado del pasillo, metió una mano en un bolsillo de su americana y palpó el lomo de su libreta de reportero. Después puso en marcha la minigrabadora que guardaba en el otro bolsillo.

–Amigos míos, los planes de Dios no nos son siempre conocidos –prosiguió el padre Carroll–. La Biblia nos presenta a muchos héroes inverosímiles, que se resisten a escuchar la llamada del Señor.

»Moisés no quería hablar con el Faraón. Jonás se escondía del Señor. El joven Juan Marcos abandonó a Pablo y a Barnabé. El miedo forma parte de nuestro ser. Dios lo sabe...

La gente asintió.

–¡Amén! –vociferaron algunos.

–Lo que os pido esta noche es lo siguiente: no tengáis miedo. Estáis entre amigos, entre vecinos. Las Escrituras nos enseñan que nuestra misión es divulgar la buena nueva. Y esta lo es.

El pastor Warren miró desconcertado a los otros clérigos. Pero ¿el padre Carroll no tenía que limitarse a una bendición?

–Por eso empezaré con una pregunta: ¿quién de entre vosotros ha recibido una llamada telefónica del cielo, o cree haberla recibido? Daos a conocer y contadnos cómo habéis sido bendecidos.

Corrió un rumor sordo entre el público. Era algo inesperado. ¿Pasar lista a los milagros? La gente giraba hacia ambos lados la cabeza.

En la primera fila, Katherine Yellin se levantó orgullosa, con las manos juntas.

–Mi hermana –declaró–, Diane Yellin. ¡Alabado sea Dios!

El público asintió. Lo de Katherine ya lo sabían. Varias cabezas se giraron en busca de alguien más. ¿Dónde está Elias Rowe? Tess, situada cinco filas más atrás, miró el estrado. El padre Carroll asintió. Tess cerró los ojos, vio la cara de su madre, respiró y se levantó.

–¡Mi madre, Ruth Rafferty! –anunció.

La gente se quedó muda; Katherine, boquiabierta.

La siguiente voz llegó de la izquierda.

–¡Mi hijo!

Volvieron a girarse las cabezas. Jack puso unos ojos como platos.

–Robbie Sellers. Murió en Afganistán –dijo Doreen.

Estaba de pie, con las manos en la espalda. Miró a Jack, que de repente tuvo la impresión de ser el centro de todas las miradas. Jack se fijó en Tess, que apartó la vista. La gente susurraba: «¿Tres? ¿Ahora son tres?».

Se levantó un hombre indio en las primeras filas.

–¡A mí me ha llamado mi hija! ¡Alabado sea Dios!

Algunas filas más atrás siguió su ejemplo otro hombre de mayor edad.

–¡Mi exmujer!

Luego una adolescente.

—¡Mi mejor amiga!

Un hombre trajeado.

—¡Mi antiguo socio!

Cada nuevo anuncio despertaba reacciones más sonoras, como los pianos de los antiguos cines en los momentos de tensión dramática. Sully, que había sacado la libreta, escribía a gran velocidad, intentando grabar todas las caras en su memoria.

Finalizadas las exclamaciones de sorpresa, eran siete residentes de Coldwater, siete, los que despuntaban como hierbas altas en un prado. Y todos afirmaban haber hecho algo hasta entonces inimaginable: hablar con el cielo.

Se hizo el silencio en el gimnasio. Jeff dio un pequeño tirón a la chaqueta del padre Carroll.

—Dios mío, padre —susurró—, ¿y ahora qué hacemos?

Cuatro días después

NOTICIAS
ABC News

PRESENTADOR: Esta noche, por último, visitaremos un pueblo de Michigan cuyos habitantes afirman haberse reencontrado con sus seres queridos de una manera francamente insólita. Les informa Alan Jeremy.

(Imágenes de Coldwater.)

ALAN: La población no llega a los cuatro mil habitantes. El principal edificio es una fábrica de sidra. Coldwater no se diferencia en nada de otros miles de pueblos del país, o al menos no se diferenciaba hasta que sus habitantes empezaron a recibir llamadas telefónicas que, según sus declaraciones, llegan desde el cielo.

(Breve sintonía.)

TESS: Mi madre me ha llamado muchas veces.

DOREEN: Yo mantengo contacto habitual con mi hijo.

ADOLESCENTE: El año pasado se mató mi amiga en un accidente. Hace tres semanas me llamó y me dijo que no llorase.

(Fotos de los fallecidos.)

ALAN: El denominador común es que todas las personas que llaman están muertas, en algunos casos desde hace años. Es algo que parece imposible, y a lo que ahora intentan dar respuesta los representantes religiosos.

PADRE CARROLL: Tenemos que estar abiertos a los milagros de Dios. Hay mucha gente que está volviendo a la iglesia al enterarse de estas llamadas. Tal vez sea la voluntad del Señor.

(Escenas de rezos multitudinarios.)

ALAN: Coldwater se está convirtiendo a gran velocidad en una meca para los creyentes. Se improvisan ceremonias religiosas en aparcamientos y campos. La Policía local no da abasto.

(Primer plano de Jack Sellers, el jefe de policía.)

JACK: Somos pocos, y no podemos estar en todas partes. Lo único que le pedimos a la gente es que sea respetuosa con la intimidad de los vecinos y rece a horas decentes, no a medianoche ni nada por el estilo.

(Material de archivo.)

ALAN: Desde los videntes a la guija, siempre ha habido quien dice conversar con los muertos. Según los investigadores de los fenómenos de voz electrónica, Coldwater no es el primer lugar donde se han oído voces del más allá.

(Primer plano de Leonard Koplet, experto en lo paranormal.)

LEONARD: Se conocen casos de grabaciones acústicas que captan la voz de una persona fallecida, y de aparatos que al barrer las señales radiofónicas encuentran cosas rarísimas, pero es la primera vez que se usa con tanta regularidad el teléfono. Solo es un paso más en nuestra conexión con el más allá.

(Imagen de una valla publicitaria de Samsung.)

ALAN: Incluso Samsung se ha apuntado al carro. Ahora en la Ruta 8 puede verse este cartel: un fondo de nubes, el teléfono usado por uno de los afortunados receptores y la palabra DIVINO.

(Primer plano de Terry Ulrich, directivo de Samsung.)

TERRY: No habíamos diseñado el teléfono para esta función, pero nos alegramos de que haya sido «elegido». Es un honor que recibimos con humildad. Por otra parte, hemos procurado que el modelo se pueda encontrar en muchos sitios.

(Imagen de un científico en su mesa.)

ALAN: Como era de esperar, han surgido inmediatamente voces críticas que rechazan las pretensiones de Coldwater. Daniel Fromman pertenece a Responsible Scientists International, en Washington.

(Primer plano de un científico que habla con Alan.)

FROMMAN: Las comunicaciones telefónicas son obra del hombre, como los satélites, y los dispositivos de enrutamiento. El contacto al que parecen referirse estas personas no solo es imposible, sino ridículo. Sencillamente, no se puede tomar en serio.

ALAN: Entonces, ¿cómo explica las llamadas?

FROMMAN: ¿Se refiere a las que dice la gente que recibe?

ALAN: ¿Insinúa que mienten?

FROMMAN: Lo que digo es que las personas que han perdido a un ser querido pueden imaginarse muchas cosas. Que las consuele no quiere decir que sea verdad.

(Alan junto a una gran tienda.)

ALAN: A pesar de todo, siguen acudiendo creyentes a Coldwater.

(Primer plano del hombre del pelo plateado.)

HOMBRE DEL PELO PLATEADO: Esto es una señal. La eternidad existe, el cielo existe, la salvación existe... ¡Más vale hacer las paces con el Señor! ¡Falta poco para el Juicio Final!

(Primer plano de Alan.)

ALAN: Sea verdad, o sean imaginaciones, algo pasa en este pueblo del Medio Oeste ahora que se acerca el invierno. Pero ¿de qué se trata, exactamente? Aquí muchos reconocen... que aún no saben de la misa la mitad. Alan Jeremy, desde Coldwater.

(La imagen vuelve al estudio.)

PRESENTADOR: Buenas noches por parte de todo el equipo de *ABC News*.

La décima semana

El 1 de noviembre ya no cabía un alma en Coldwater. Las calles estaban llenas de coches. No había donde aparcar. Se formaban largas colas en el supermercado, el banco, la gasolinera y cualquier sitio donde dieran de comer o beber.

El martes por la noche Sully caminaba a buen ritmo por la concurrida calle Lake, con las manos al fondo de los bolsillos. Pasó al lado de un grupo de jóvenes que se habían sentado a cantar gospel en el capó de un coche. Sully iba a la biblioteca municipal, un edificio de ladrillo blanco de una sola planta con una bandera americana junto a la entrada y un cartel donde cada semana se leía un mensaje diferente. El de aquella semana decía así: ¡SEA AGRADECIDO! ¡PARA ACCIÓN DE GRACIAS, DONE UN LIBRO DE SEGUNDA MANO!

Eran cerca de las ocho de la tarde. Se alegró de encontrar las luces encendidas. Para alguien como él, que no tenía Internet, y que no se planteaba recurrir a los ordenadores de la *Gazette* –no quería que nadie supiera lo que hacía, y menos que nadie los reporteros–, la biblioteca era la mejor y única opción para investigar. En aquel mismo sitio había escrito resúmenes de libros en primaria.

Entró. Parecía vacía.

–¿Hola?

Oyó que se acercaban pasos desde un mostrador de un rincón y vio asomarse a una chica de unos veinte años.

–¿Qué, hace frío?

–Un frío que te pelas –dijo Sully–. ¿Eres la bibliotecaria? ¿Aún se dice así?

–Depende. ¿Aún se dice lectores?

–Creo que sí.

–Pues entonces soy la bibliotecaria.

La joven sonrió. Tenía el pelo teñido de color berenjena, con un mechón muy rojo, y lo llevaba corto, a lo *pixie*. Sus gafas eran de color rosa claro; su piel, tersa y sin manchas.

–Pareces demasiado joven –comentó Sully.

–La anterior bibliotecaria era mi abuela, que daba más el tipo.

–Ah.

–Eleanor Udell.

–¿Es tu nombre?

–No, el de mi abuela.

–Yo de niño tuve una profesora que se llamaba señora Udell.

–¿En el colegio de Coldwater?

–Sí.

–¿En tercero?

–Sí.

–Pues era ella.

–Madre mía... –Sully cerró los ojos–. Eres la nieta de la señora Udell.

–Ahora sí que soy joven, ¿eh?

Sully sacudió la cabeza.

–Tenéis ordenador, ¿verdad?

–Sí, aquel de allá.

Sully miró hacia el rincón. Uno de sobremesa, beis, de aspecto vetusto.

–¿Puedo?

–Por supuesto.

Se quitó el abrigo.

–Por cierto, Liz.

–¿Mmmm?

–Que me llamo Liz.

–Ah. Hola.

Sully desplazó el ratón por la mesa –era de los de cable–, pero no vio ningún cambio en la pantalla.

–¿Tiene algún truco?

–No, es que primero hay que identificarse.

Liz se levantó. Sully la observó. Aunque su cara fuera la viva imagen de la juventud, el atractivo y la salud, su pierna izquierda estaba torcida e imprimía un cojeo muy pronunciado que la hacía apoyar todo su peso en el pie derecho. Parecía tener los brazos algo cortos en comparación con el resto del cuerpo.

–A ver, déjame a mí –dijo, pasando a su lado.

Sully se apartó con excesiva rapidez.

–Tengo esclerosis múltiple –comentó la chica con otra sonrisa–. Lo digo por si te habías pensado que era un nuevo paso de baile.

–No..., ya..., es que...

Sully tuvo la impresión de haber hecho el tonto. Liz tecleó una contraseña y la pantalla se iluminó.

–¿Investigas sobre el más allá?

–¿Por qué lo preguntas?

–Hombre, pues porque ahora mismo Coldwater parece un consultorio de videntes.

–No, no he venido por eso.

Sully buscó sus cigarrillos.

116

–En las bibliotecas no se puede fumar.

–Ah, claro.

Se los volvió a guardar.

–¿Fuiste a la reunión? –preguntó Liz.

–¿Qué reunión?

–La del instituto. Una locura. Todo eso de las llamadas de parientes muertos...

–¿Tú te lo crees?

–No, es demasiado raro. Algo pasa.

–¿Como qué?

–No lo sé.

Liz movió el cursor, observando el puntero que corría por el monitor.

–Aunque estaría bien, ¿no? Poder hablar con todas las personas que se te hayan muerto...

–Supongo.

Sully vio mentalmente a Giselle. Se habían conocido cuando tenía más o menos la edad de aquella chica. Fue un martes por la noche, justo al lado de la universidad, en Giuseppe's Pizza, donde trabajaba como camarera. Llevaba una blusa morada y ceñida, de uniforme, y una falda negra cruzada. Sus ojos eran tan bonitos, tan llenos de vida, que Sully le pidió su número de teléfono delante de todos sus amigos, y ella se rio, diciendo: «No salgo con universitarios». Al traerles la cuenta, sin embargo, Sully vio que al dorso había un teléfono y las palabras «menos si son guapos».

–Pues nada...

Liz se dio dos palmadas en los muslos.

–Gracias.

–No hay de qué.

–¿A qué hora cierras?

–Hoy y el jueves a las nueve, los otros días a las seis.

–Vale.

–Si necesitas algo, pega un grito. Aunque oficialmente deberías... –Bajó la voz–. Susurrar.

Sully sonrió. Liz volvió a su mesa. Sully vio la penosa cojera de su joven cuerpo, torcido de manera anómala.

–Sully –dijo–. Me llamo Sully Harding.

–Ya lo sé –respondió la chica sin girarse.

⁂

Unas horas después, sola en su dormitorio, Katherine deshizo la cama, se tapó con la manta y se quedó mirando el techo.

Empezó a llorar.

Hacía días que no iba a trabajar, ni dirigía la palabra a los fieles del jardín. Se sentía violada, traicionada. Una bendición privada se había convertido en un circo. Aún veía a la gente del gimnasio pasando de largo para rodear a las otras personas que decían estar en contacto con el cielo. Habían sido momentos de ruido y confusión, mientras el alcalde berreaba sin cesar por el micrófono: «¡Se organizará otra reunión! ¡Infórmense en el ayuntamiento, por favor!».

Fuera era aun peor. Las luces cegadoras de las cámaras, la cacofonía de gritos, rezos y conversaciones, los dedos o las cabezas señalando, la gente que asida del brazo comentaba el último detalle...

¿Seis personas más? Imposible. Era evidente que le tenían envidia por estar en contacto con Diane, y que se lo inventaban por pura desesperación. No había más que ver a Elias Rowe, que después de dar su testimonio había desaparecido, seguro que por vergüenza de su propia mentira. ¿Una amiga adolescente? ¿Un socio? No eran los lazos de sangre que harían honor al cielo. Se preguntó si toda aquella gente iba a la iglesia alguna vez.

Se oyó respirar aceleradamente. Tranquila. Sécate las lágrimas. Piensa en Diane. Piensa en el Señor.

Cerró los ojos. Su pecho subía y bajaba.

Y su teléfono sonaba.

 ⸺

Por la mañana, delante de su espejo, Tess se recogía el pelo con un clip de plástico. Se abrochó el primer botón. Los labios no se los pintó. Conocer a un obispo católico exigía recato.

–¿Estoy bien así? –preguntó al entrar en la cocina.

–Perfecta –respondió Samantha.

Últimamente pasaban mucho tiempo juntas. Si Tess tenía alguna obligación, era Samantha quien se quedaba pendiente del teléfono. Desde que las llamadas no eran solo los viernes, Tess tenía miedo de perderse un simple tono. Por un lado, dejarse consumir por un teléfono le parecía una tontería; por el otro, oír la voz de su madre la inundaba de un gozo incomparable, que hacía desaparecer todo lo malo de la vida.

–No te agobies por todo esto, Tess –le había dicho su madre.

–Mamá, necesito contárselo a alguien.

–¿Y qué te lo impide, corazón? ... Cuéntaselo a todo el mundo.

–He llamado al padre Carroll.

–Por algo se empieza.

–Es que hace tanto tiempo que no voy a la iglesia...

–Pero... has ido a Dios. Cada noche.

Tess se quedó perpleja. Rezaba a solas antes de acostarse, pero solo desde que su madre había muerto.

–Mamá, ¿cómo lo sabes?

Se había cortado la llamada.

Miró a Samantha. Oyeron la puerta de un coche.

Poco después sonó el timbre.

∞

El padre Carroll entró tras su acompañante, el obispo Bernard Hibbing, de la diócesis católica de Gaylord, un hombre rubicundo, de cara ancha, gafas con montura metálica y crucifijo en el pecho. Al dejarlos pasar, Tess vio una multitud al otro lado de la calle y se apresuró a cerrar la puerta.

–¿Les apetece un café, o un té? –preguntó.

–No, gracias.

–Podemos sentarnos aquí.

–Muy bien.

–Bueno. –Tess miró a los dos hombres–. ¿Cómo lo hacemos?

–Pues la manera más sencilla –empezó el obispo Hibbing– es que me cuentes qué ha pasado. Desde el principio.

Se apoyó en el respaldo de la silla. Entre sus obligaciones como obispo figuraba la de investigar supuestos hechos milagrosos... y ser escéptico, ya que al final la mayoría resultaban ser coincidencias o exageraciones. Si consideraba que había ocurrido algo realmente divino, tenía que informar con la mayor premura al Vaticano, el cual remitiría la investigación a la Congregación para las Causas de los Santos.

Tess empezó por el triste fallecimiento de su madre, víctima del Alzheimer. Acto seguido explicó en detalle las llamadas telefónicas. El obispo Hibbing escuchaba, atento a posibles pistas. ¿Se consideraba una «elegida»? ¿Creía ser la iniciadora del fenómeno? Eran dos indicadores importantes. Los milagros reales, siempre pocos, parecían elegir a sus testigos, no a la inversa.

–Háblame de tu infancia. ¿Alguna vez oíste voces?

–No.

–¿Alguna visión o revelación?

–Nunca he estado tan metida como para eso.

–¿A qué te dedicas?

–Dirijo un parvulario.

–¿Para niños sin recursos?

–Algunos sí. Cuidamos a niños con padres que no se lo pueden permitir. Como negocio no es muy bueno, pero en fin...

Se encogió de hombros. El obispo Hibbing tomó notas. Desde el punto de vista eclesial veía con escepticismo lo que ocurría en Coldwater. Había una diferencia entre lo milagroso y lo paranormal. ¿Sangre en una estatua de la Virgen? ¿El encuentro entre santa Teresa de Jesús y un ángel con una lanza? Al menos en esos casos había un contacto sagrado. En oír fantasmas no.

Por otra parte, las llamadas tenían un aspecto de lo más preocupante, que era el principal motivo de la visita del obispo y de que sus superiores de la Iglesia católica esperasen cuanto antes, en privado, un informe.

Si tan convencida estaba la gente de hablar con el cielo, ¿cuánto tardaría en esperar que hablara con ellos el Señor?

‍ ∾

–En estas conversaciones –continuó el obispo–, ¿tu madre habla de Jesús?

–Sí.

–¿Y del Padre Santo?

—Muchas veces.

—¿De la gracia de Dios?

—Dice que estamos todos perdonados. Son llamadas muy cortas.

—¿Qué te ha pedido que hagas con los mensajes?

Tess miró a Samantha.

—Que se lo cuente a todo el mundo.

—¿Qué se lo cuentes a todo el mundo?

—Sí.

El obispo y el padre Carroll se miraron.

—¿Puedo ver el teléfono?

Tess se lo enseñó. Reprodujo el primer mensaje en el contestador, con la voz de su madre. La escucharon muchas veces. A petición del cura fue a buscar varias fotos de familia y la necrológica de su madre en la *Gazette*.

El padre Carroll y el obispo Hibbing recogieron sus cosas.

—Gracias por recibirnos —dijo el obispo.

—¿Ahora qué haremos? —preguntó Tess.

—¿Rezar y esperar? —propuso el padre Carroll.

—Ni más ni menos —añadió el obispo Hibbing.

Los dos hombres sonrieron y se despidieron.

Cuando abrieron la puerta, se encontraron con toda una horda de reporteros televisivos.

ᕝ

La actividad de la comisaría había sufrido un cambio drástico. Desde la reunión de vecinos no habían dejado de sonar los teléfonos. Cuando no eran problemas de aglomeraciones, denuncias por ruido, coches aparcados en el césped o gente de fuera del pueblo que llamaba pidiendo indicaciones, eran emisoras de radio o periódicos interesados por que Jack Sellers comentara las declaraciones de su exmujer, o le pidiera hablar del más allá en una iglesia o un congreso. El número de Doreen no aparecía en el listín. En cambio, era fácil encontrar «Policía de Coldwater». La primera vez que le habían preguntado «¿Y se han puesto en contacto con usted?», Jack había mentido, y desde entonces no tenía más remedio que seguir con el engaño. Su jornada era una mezcla de omisión personal y omisión profesional: le decía a la gente que se dispersara, que no se detuviera, que se tranquilizase, y mientras tanto sabía que era cierto lo que sospechaban. Al final de cada día se sentía exprimido como un trapo.

Lo que lo hacía soportable –lo único que lo hacía soportable– era la voz de Robbie. Al sucederse las llamadas, Jack se había dado cuenta de cuánto echaba de menos hablar con su hijo, cuánto se había esforzado desde el funeral por tapar el dolor. Volver a oírlo era como zurcir un agujero de su corazón, cubriéndolo de nuevas venas y tejidos.

–Hijo, tu madre se lo ha contado a todo el mundo.

–Ya lo sé, papá.

–Estaba todo el pueblo.

–Mola.

–¿Ha hecho bien?

–Dios quiere que la gente sepa...

–¿Sepa qué?

–Que no hay que tener miedo... Papá, en la guerra tuve tanto miedo... Cada día temía por mi vida, tenía miedo de perder mi vida... Pero ahora ya lo sé.

–¿Qué sabes?

–Que como se pierde la vida es por el miedo... un trozo cada vez... Lo que le damos al miedo se lo quitamos a... la fe.

Jack se estremeció al oírlo. ¿Y su fe? ¿Dónde estaba? ¿Por qué tenía miedo de hacer lo mismo que Doreen, contar la verdad? ¿Tanto le importaba su reputación?

–Robbie...

–¿Qué?

–Seguirás llamándome, ¿verdad?

–No tengas miedo, papá... El final no es el final.

La llamada se cortó. «El final no es el final.» Jack sintió brotar lágrimas, pero no se las secó. También las lágrimas formaban parte del milagro, y quería conservarlas todo el tiempo posible.

ᘓ

Sully clicó con el ratón y se frotó los ojos. Era media mañana. No se había movido de la biblioteca desde que había dejado a Jules en el colegio. Le parecía increíble haber encontrado tanta información con una simple búsqueda sobre «contactos con el más allá». ¡Se decían tantas cosas! Desde voces oídas en sueños hasta «canalizadores» que transcribían mensajes del mundo de los espíritus, pasando por videntes que aseguraban ver a los muertos. Mucha gente insistía en haber recibido llamadas telefónicas de sus seres queridos horas después de su muerte, antes de que aparecieran los cadáveres. También había muchas investigaciones sobre los FVE –fenómenos de voz electrónica– mencionados por *ABC News,* que consistían en la captación por grabaciones de audio, o mediante supuestas «cajas fantasma», de sonidos emitidos por los muertos. Sully leyó que medio siglo atrás un pintor sueco había grabado cantos de pájaros, y al reproducirlos había oído la voz de su difunta esposa.

Pasó a otro tema con un clic.

Una hora después se apartó de la pantalla y suspiró al volver a contemplar las anotaciones de su libreta amarilla. En el gimnasio se habían levantado siete personas, pero no había por donde pillarlas. Solo tenía la sospecha de que las llamadas eran falsas. Pero claro, ¿entonces qué eran? Y si no las enviaba el cielo, ¿quién las enviaba? Recogió información y buscó elementos en común, como cuando estaba en el ejército. «Sé metódico y sistemático», le habían enseñado en la Marina. Entonces eran mapas, información meteorológica, fallos de aviones, datos de inteligencia... En esta ocasión juntó los siete nombres, buscó sus direcciones en las bases de datos del condado, encontró casi todos sus números de teléfono en Internet desde el ordenador de la biblioteca y gracias a una conversación informal a la hora de comer con Ron Jennings, de la *Gazette,* obtuvo bastante información personal de cada uno de ellos. Se lo apuntó todo en el lado izquierdo de la libreta. En el derecho, abrió un epígrafe: ¿RELACIONES?

No. No. No. No.

Movió el bolígrafo sin rumbo por la página. En un momento dado miró a Liz, que estaba al otro lado de la mesa, con auriculares. Ella, al ver que la miraba, sonrió, moviendo exageradamente la cabeza al ritmo de la música.

¡Piruririt...! ¡Piruririt...!

Era el móvil de Sully. Le habían dado uno en la *Gazette* con instrucciones de estar localizable, sin duda para asegurarse de que no holgazaneara en horario laboral, justamente lo que estaba haciendo.

—Mmm... ¿Diga? —contestó en voz baja.

—Soy Ron Jennings. ¿Dónde estás?

—Aquí, pagando en la gasolinera. ¿Qué pasa?

–Se me ha olvidado un cliente en la hoja de datos. ¿Podrías llamar esta tarde?

Sully ni siquiera había llamado a los tres a quienes tenía que visitar por la mañana.

–¿Qué cliente es?

–Davidson & Hijos.

Se quedó callado.

–¿La funeraria?

–¿La conoces?

–He estado una vez.

–Ah, claro, claro... Perdona, Sully.

Un silencio incómodo.

–No pasa nada –dijo Sully–. No sabía que se anunciasen.

–Es uno de nuestros clientes más antiguos. Pregunta por Horace.

–¿Es el alto, uno tirando a pálido?

–Ese.

Se estremeció. Había tenido la esperanza de no verlo nunca más.

–Háblale de la edición especial de *El cielo al habla*, por si les interesa una página completa.

–Vale, Ron.

–¿Te sabes la tarifa?

–Sí, ya la tengo.

–Estaría bien toda una página.

–Lo intentaré, Ron.

–Tengo que colgar –dijo Jennings–. Me espera fuera del despacho un reportero de la tele. Qué locura, ¿eh?

Colgó. Sully se tocó la frente. ¿Otro reportero de la tele? ¿Una edición especial? ¿La funeraria?

–Eh, oye, que están prohibidos los móviles.

Sully levantó la cabeza. Era Liz, al lado de la mesa.

–Te recuerdo que esto es una biblioteca.

–Perdona.

–¿Tengo que confiscártelo?

–No, señorita, ya lo apago.

–¿Me lo prometes?

–Se lo prometo.

–Bueno, por esta vez pase.

–Gracias.

–Con una condición.

–¿Cuál?

Liz se sentó, apoyando sus manos menudas en la mesa, y se miró las puntas de los dedos.

–¿Cuál? –repitió Sully.

–Que me cuentes lo que te pasó.

Sully apartó la vista.

–¿Por qué lo dices?

–¡Que trabajo en una biblioteca, hombre! Me paso el día leyendo. Tú eres de aquí, y tus padres aún viven en el pueblo. Se habló mucho de lo que pasó, de cuando tu avión chocó con otro y tuviste que ir a la cárcel.

–¿Ah, sí? ¿Qué decía la gente?

Liz entrelazó los dedos y se encogió de hombros.

–Bueno, más que nada lo sentían por ti. Con lo de tu mujer, y todo eso... –Lo miró a los ojos–. ¿Qué pasó de verdad?

Sully respiró hondo.

–Venga, que no se lo contaré a nadie –afirmó Liz.

Sully golpeó la mesa con los nudillos.

–Mejor apago el teléfono, ¿vale?

&

«¿Qué pasó de verdad?» Se lo habían preguntado desde el día del accidente hasta el de su ingreso en prisión.

El aeródromo de Airfield era una pequeña instalación de Ohio para aviación civil y militar. Era un sábado por la mañana. Sully se disponía a aterrizar. Había aceptado sustituir a Blake Pearson en su misión de cruzar el país con el Hornet F/A-18 porque así tenía la oportunidad de ver unas horas a Giselle durante sus dos semanas de servicio obligatorio como reservista. Después continuaría hacia la costa Oeste, donde esperaban el avión al anochecer.

El avión estaba rodeado de nubes. Encajado en la pequeña cabina de un solo asiento –era como estar sentado en una canoa estrecha y de lados altos–, Sully miró los indicadores. Se acercaba una tormenta eléctrica, pero no estaba tan cerca como para poner en peligro su ruta de vuelo. Llamó por radio y habló a través de la máscara de oxígeno, cuyo tubo parecía un hocico.

–Firebird 304 pidiendo permiso para aterrizar –dijo.

Aquel sábado por la mañana había pocas personas de servicio, y casi todas estaban terminando el turno de noche y se disponían a irse a casa. Elliot Gray, el controlador aéreo, acababa de llegar. Tenía una voz nasal, de pito, de esas que no dan ganas de oírlas cantar.

Sully jamás la olvidaría.

Por ella lo perdió todo.

«Recibido, Firebird 304 –contestó rápidamente la voz–. Asignación veintisiete derecha.»

–Aquí Firebird 304. Recibido –respondió Sully.

Era un aterrizaje de rutina. Le indicaban qué pista le correspondía. Desplegó el tren de aterrizaje y oyó el ruido de las ruedas al extenderse. Pensó que en unos minutos vería a Giselle.

«Quiero verte.»

«Yo también quiero verte.»

Quizá pudieran ir a aquella crepería cerca de Zanesville. A Jules le encantaban los gofres con nata.

–Torre de Lynton, Firebird 304 en las últimas cinco millas veintisiete derecha –dijo.

«Recibido, Firebird 304. Permiso para aterrizar en veintisiete derecha. Tráfico activo en veintisiete izquierda.»

Redujo la velocidad. Con el tren de aterrizaje desplegado ya no era como pilotar un cohete aerodinámico, sino un tanque volador. Ajustó la inclinación y la velocidad y se colocó en la senda de planeo para la maniobra de aterrizaje. Fuera solo se veían nubes como de jabón.

Oyó un chisporroteo por la radio, y unas palabras ininteligibles. Tal vez fuera el tráfico de la 27 izquierda, la otra pista. Esperó por si decían algo más, pero no dijeron nada.

A tres millas del aeródromo salió de la niebla y vio la tierra dividida en enormes rectángulos de cultivos, árboles y granjas. Reconoció la pista. Estaba en el rumbo correcto. En diez minutos hablaría de *crêpes* con su mujer.

Y de repente...

¡Porrommm!

Una brusca sacudida por la parte inferior. Una tremenda vibración. El avión sufrió un impacto brutal.

–Pero ¿qué es esto? –se preguntó Sully.

Parecía que hubiera pasado por encima de algo, a ochocientos pies de altura sobre el suelo.

❧

Vuelo. Orientación. Comunicación.

Es lo que te enseñan cuando aprendes a volar. Te lo graban en la cabeza todos los instructores, como pauta de eficacia comprobada para cuando se tienen problemas en el aire.

Vuelo: cuando surge algún problema lo primero es que el avión siga volando.

Orientación: lo siguiente es pensar adónde hay que ir.

Comunicación: por último, explicar lo que sucede a los de tierra.

Como cambies el orden, lo tienes crudo. Por eso, antes aún de haberse explicado el brusco impacto, Sully dio más potencia al avión e intentó estabilizarlo.

Vuelo. ¡Venga, levántate ya! En cuestión de segundos se dio cuenta de que era imposible. El panel de advertencia parpadeaba en rojo. Todos los indicadores se estaban reduciendo. Un pitido constante resonaba en sus oídos. Setecientos pies. Estaba perdiendo potencia. El fuselaje empezó a temblar. Seiscientos pies. Oyó a través del casco que se debilitaba el ruido del motor, y que empezaba a disminuir la inclinación.

Orientación. ¿Aún podía llegar al aeródromo? Consultó la senda de planeo, miró por el cristal y se dio cuenta de que la pista no quedaba a su alcance. Con los daños sufridos por el avión había que descartar otra pasada. Quinientos pies. Estaba bajando demasiado deprisa. Al no haber lugar seguro para aterrizar, la solución estaba clara: orientar el avión lejos del poblado y despedirse de él. Cuatrocientos pies. Vio un claro a unos ochocientos metros del aeródromo y se dirigió hacia allí.

Comunicación.

—¡Firebird 304 declarando emergencia! —gritó con todas sus fuerzas—. Avión incontrolable. Preparando la eyección.

Lo había ensayado una vez al año en un simulador de una base naval, y como todos los pilotos rezaba por no ponerlo en práctica. Su corazón latía muy deprisa. Se le habían electrizado los nervios. De repente había empezado a sudar. Ajustó los controles para que el avión bajara en picado. Después soltó el mando y se apoyó con fuerza en el respaldo para no partirse el cuello con la fuerza de la eyección. Levantó las dos manos sobre la cabeza en busca del asa.

¡Estirar!

Debajo de él se disparó un cohete. Atravesó de inmediato el cristal y salió despedido por los aires.

Vuelo. Orientación. Comunicación. Evacuación.

ॐ

En el porche de la funeraria Davidson & Hijos había nieve. Sully se quitó la gorra de esquiador, dio unos pisotones en el felpudo y entró. Tenía la esperanza de no encontrar a Horace, pero como era lógico lo vio salir del despacho con su pelo revuelto y pajizo, su larga barbilla y aquella expresión adusta y enfermiza.

—Hola de nuevo —dijo Sully, tendiendo la mano.

—Hola.

—¿Se acuerda de mí?

—El señor Harding.

—Llámeme Sully.

—De acuerdo.

—Saludos de Ron Jennings.

—Dele recuerdos de mi parte.

—Esta vez vengo para otra cosa.

—Ajá.

—Trabajo para la *Gazette.*

—Ah, ¿le gustan los periódicos?

Sully inhaló. Tenía ganas de decir: «La verdad es que los odio».

–A final de mes caducan los anuncios que tienen contratados...

Hizo una pausa con la esperanza de que Horace dijese «Sí, sí, aquí está el cheque», pero el director se quedó plantado donde estaba, más tieso que un cuchillo en vertical.

–Ron me ha comentado que son uno de los anunciadores más antiguos, y..., vaya...

Nada, que no se movía.

–Pues que... ¿quieren renovar el anuncio?

–Sí, claro –afirmó Horace–. Acompáñeme.

Por fin. Sully siguió a Horace, que al volver al despacho sacó un sobre donde estaba todo preparado.

–Aquí tiene –dijo.

Sully se lo metió en la bolsa.

–Ah, otra cosa, Ron quiere que le comente que están preparando una sección especial sobre... –Hizo una pausa–. Sobre lo que ha estado pasando en el pueblo.

–¿En el pueblo?

–Sí, las llamadas telefónicas; lo de la gente que habla con los...

Tragó saliva antes de decir «muertos».

–¡Ah! –exclamó Horace–, sí.

–*El cielo al habla* es como se llama el especial.

–*El cielo al habla*.

–¿Les interesaría contratar un anuncio?

Horace se tocó la barbilla.

–¿A Ron le parece buena idea?

–Sí, sí. Está convencido de que lo leerá mucha gente.

–¿Y a usted qué le parece?

Sully lo estaba pasando fatal. Tenía ganas de decir que era una gran sandez. Ni siquiera podía mirar a Horace a los ojos.

–Yo creo que Ron tiene razón, que le interesará a muchos lectores.

Horace se lo quedó mirando.

–Probablemente a muchos –masculló Sully.

–¿De qué tamaño sería el anuncio?

–Ron propone una página entera.

–Muy bien –aceptó Horace–, pues que me prepare la factura.

࿇

Al salir con Sully, Horace se acordó de algo.

–¿Puede esperar un momento?

Volvió con otro sobre.

–¿Puede darle este otro cheque a Ron, por las necrológicas? Se lo iba a mandar por correo, pero ya que está usted aquí...

–Sí, claro, no faltaba más. –Sully tomó el sobre–. Perdón por la pregunta, pero ¿a qué se refiere con «las necrológicas»?

–Es un servicio que ofrecemos.

–¿En serio?

–Sí. La mayoría de las personas que vienen a vernos están muy afectadas. Es comprensible. No quieren hablar con cualquiera. Nosotros tenemos a Maria, una mujer maravillosa que se apunta todos los datos y escribe un obituario. Salen cada semana en la *Gazette*.

–Ah.

–A menudo van acompañados por bonitas fotos.

–Ya.

–Que también ponemos nosotros.

–Está bien.

–Cobramos de parte de la *Gazette,* y les pagamos a ustedes a final de mes. Una factura menos para la familia.

Sully asintió con la cabeza y desvió la mirada.

—¿Algún problema? —preguntó Horace.

—No, es que..., es que pensaba que los obituarios los escribía un periodista.

Horace esbozó una sonrisa.

—Esto es un pueblo, y la *Gazette* un periódico pequeño. Además, no habría ningún periodista capaz de reunir mejor los datos que Maria. Es muy amable y concienzuda, tiene mucho don de gentes.

Qué frase más rara en alguien como Horace, pensó Sully.

—Bueno, pues nada, se lo llevo a Ron y todo resuelto.

—Muy bien —declaró Horace.

Acompañó a Sully a la puerta, y de sopetón le puso una mano en el hombro.

—¿Usted cómo está, señor Harding?

Sully se quedó tan desconcertado que solo pudo tragar saliva. Miró a Horace a los ojos, que de pronto parecían compasivos. Se acordó de cuando había salido de la funeraria con las cenizas de Giselle contra el pecho.

—Pues no muy bien —susurró.

Horace le apretó el hombro.

—Lo entiendo.

ᙅ

Salir disparado de un avión comprime la columna vertebral. En el momento de tirar del asa, Sully medía un metro ochenta y ocho. Cuando llegó al suelo su estatura se había reducido en más de un centímetro.

Mientras flotaba hacia la tierra, sin silla y con el paracaídas desplegado, le dolía todo el cuerpo. Lo observaba todo en un estado de aturdimiento, como si estuvieran derramando lentamente miel sobre el mundo. Vio estrellarse el avión. Lo vio incendiarse. Sus manos se aferraban a los tirantes, mientras sus pies se balanceaban en el vacío. Bajo su nariz colgaba el tubo del oxígeno, pegado todavía a la mascarilla. Había nubes muy grises a lo lejos. Todo estaba bañado en un silencio etéreo.

Y de repente... ¡zas! Su cerebro volvió a despertar, como cuando se levanta un boxeador después de un golpe. Se quitó la mascarilla para respirar mejor. Le ardían los cinco sentidos, y sus pensamientos chocaban entre sí como átomos.

Lo primero, pensar como un piloto. Estaba vivo. Bien. Había funcionado el paracaídas. Bien. Su avión se había estrellado en un claro despoblado. Bien.

Después, pensar como un oficial. Acababa de destruir un avión que valía varios millones de dólares. Mal. Le someterían a una investigación. Mal. Se pasaría varios meses entre papeles e informes. Mal. Y aún no sabía con qué había chocado, ni qué daños había provocado su avión. Mal.

Al mismo tiempo, pensar como un marido. Giselle, pobre Giselle... Tenía que informarle de que estaba bien, de que no se consumía en esa pira de metal que desprendía una columna de humo negro. Estaba flotando en el aire como una mota de polvo. ¿Lo había visto ella? ¿Lo había visto alguien?

Lo que no podía conocer allí arriba, encima de la tierra, eran las acciones hechas por los que estaban abajo. Lo que no podía saber era que en los diez minutos siguientes Elliot Gray, el controlador aéreo, el dueño de la voz nasal de pito, huiría de la torre y desaparecería.

Lo que no podía saber era que faltaban pocos minutos para que Giselle, que llegaba con retraso, viera desde su coche, en una carretera de un solo carril, subir el humo negro en la distancia; ni que, siendo como era esposa de piloto, pisaría a fondo el acelerador con el peor de los presagios.

Lo que no podía saber era que lo último que diría su mujer al tomar una curva a toda velocidad sería una oración.

«Dios, por favor, que no le haya pasado nada.»

Sully se aferró a las cuerdas y fue descendiendo.

℃

Estaba sintonizada una emisora de gospel. Amy echó un vistazo por la ventanilla al pasar junto al bar de Frieda. Había mucha gente y muchos coches aparcados en la calle.

—Me alegro por Frieda —comentó Katherine con las manos en el volante y la vista en la carretera—. Antes de que empezara todo, me comentó que tendría que venderse la casa.

—¿Ah, sí? —contestó Amy, que ahora respondía a casi todo lo que decía Katherine con «¿Ah, sí?».

—Encima tienen tres hijos. Les habría costado encontrar algo que pudieran pagar.

Katherine sonrió. Estaba de mejor humor desde la última llamada de Diane, que llegó cumpliendo sus ruegos.

—Kath... No estés triste.

—Diane, ¿y los otros?

—Tienen su bendición... Pero a nosotras también nos ha bendecido Dios. Estamos juntas para que puedas curarte... Conocer el cielo... es lo que nos cura en la tierra.

Repitió las palabras para sus adentros: «Conocer el cielo es lo que nos cura en la tierra».

—¿Soy yo? ¿Me han elegido a mí para divulgar el mensaje?

136

–Sí, hermana.

Le había serenado oírlo.

En cambio, Amy se ponía cada día más nerviosa.

✑

Había tenido la esperanza de que no circulase la noticia. Quizá le dieran un premio, y despertase el interés de un mercado más amplio. Sin embargo, la reunión en el gimnasio lo había convertido en una quimera. Ahora había como mínimo cinco cadenas de televisión acampadas en el pueblo. Incluso habían ido informativos nacionales. ¡Informativos nacionales! Amy había estado a tres metros de Alan Jeremy, el famoso reportero de la ABC, que vestía unos vaqueros, camisa azul y corbata bajo una parka de esquiar de aspecto caro, con el logotipo de ABC NEWS. En cualquier otro momento se habría acercado a él, y tal vez hubiera tonteado un poco. Nunca se sabe cómo puede ayudarte alguien en la esfera profesional.

Sin embargo, dadas las circunstancias, Alan Jeremy era la competencia. Quería hablar con Katherine, pero Amy le había aconsejado de inmediato que no se fiara mucho. Jeremy venía de Nueva York. ¿Con qué intenciones?

–Bueno, pues entonces no hablaré con él –había dicho Katherine.

–Vale –fue lo que respondió Amy.

Se sentía un poco culpable, pero Phil le había dicho: «Ve un paso por delante de los otros. Fuiste la primera. Recuerda que es nuestra noticia más importante del año».

«Nuestra noticia más importante del año.» Cuánto había ansiado Amy aquella oportunidad... Pero estaba siendo una locura. Los informativos nacionales allí, y ella con su cámara a cuestas... Se sentía una aficionada. Era insultante que la pisoteasen las mismas televisiones en las que aspiraba a entrar.

Así que hacía lo que no podían hacer ellos: pegarse a Katherine como una lapa y volverse indispensable. Se brindaba a hacerle la compra y los recados, a recoger los innumerables mensajes del buzón de voz y a mediar con las visitas del jardín. Actuaba como una amiga, y como tal se definía. Las últimas noches, Katherine le había permitido incluso dormir en el cuarto de invitados, que era donde Amy guardaba su equipaje.

Ese día iban a un hospital de la zona para visitar a un paciente con leucemia avanzada que había escrito a Katherine para pedirle que le hablase de lo que sabía del cielo. Al principio Katherine quiso que la acompañase el pastor Warren, pero algo en su interior le había dicho que no, que se bastaba ella sola.

—¿No estás de acuerdo? —le había preguntado.

—¡Ah, sí! —había contestado Amy.

e

En el hospital, Katherine sujetó la mano de Ben Wilkes, un jubilado de setenta y cuatro años que había trabajado en una fábrica de coches. Mermado por meses de quimioterapia, apenas le quedaba pelo en la cabeza, tenía las mejillas chupadas y al hablar parecía que se le resquebrajasen las arrugas de las comisuras de la boca. Estuvo encantado de que Katherine hubiera ido a verlo, y mostró un gran interés por su historia.

—Y su hermana —preguntó—, ¿describe el mundo que la rodea?

—Dice que es precioso —comentó Katherine.

—¿Y explica las normas?

–¿Las normas?

–Para entrar.

Katherine sonrió con dulzura.

–Entran todos los que aceptan al Señor.

En realidad, Diane nunca lo había dicho así, pero Katherine sabía que era la respuesta correcta.

–¿Seguro que está en el cielo? –preguntó Ben, apretándole mucho la mano–. No es que quiera faltarle al respeto, pero es que tengo tantas ganas de creer que es verdad...

–Es verdad –dijo Katherine. Sonrió, cerró los ojos y puso su otra mano sobre la de Ben–. Hay otra vida después de esta.

El anciano abrió un poco la boca. Aspiró débilmente y sonrió.

También sonrió Amy, que estaba al otro lado del objetivo de la cámara. Lo había grabado todo. Aquella perspectiva no la tenía ninguna otra cadena. «Hay otra vida después de esta.»

Y otro trabajo mejor después de este.

೨

El día siguiente murió Ben.

Los médicos estaban perplejos. Sus constantes vitales habían sido muy buenas. No había cambiado de medicación. Nada hacía sospechar un fallecimiento repentino.

La mejor conclusión a la que pudieron llegar fue que después de la visita de Katherine su organismo se había apagado «voluntariamente».

Para decirlo simplemente, Ben se había dejado ir.

La undécima semana

La mañana del 14 de febrero de 1876 Alexander Graham Bell solicitó patentar su invento del teléfono. El mismo día, Elisha Gray, el ingeniero de Illinois, pidió una patente provisional para su versión. Muchos creen que fue Gray el primero en presentar la documentación, pero que los tejemanejes entre el abogado de Bell y el examinador de patentes, un alcohólico que le debía dinero al abogado, hicieron que al final ganara Bell. Su solicitud constaba como la quinta del día, y la de Gray como la trigésimo novena. Si Gray hubiera actuado antes, aunque solo fuera con un día de diferencia, su lugar en la historia podría haber sido distinto.

Siglos después, es Bell quien sigue beneficiándose del mérito y el prestigio que acompañan a los primeros.

En Coldwater había empezado una carrera parecida. Según la archidiócesis, el mensaje de la madre de Tess Rafferty, el que había hecho que a Tess se le cayera el teléfono del susto, se había producido el viernes a las 8.17 de la mañana, tal como indicaba la voz informatizada de su contestador. Eran casi dos horas antes de la que hasta entonces se había considerado como primera llamada, la que alegaba Katherine Yellin, de la iglesia baptista de Cosecha de Esperanza.

Según la archidiócesis, la cronología era importante. Inmersa todavía en deliberaciones sobre la naturaleza del «milagro», la Iglesia católica podía decir sin miedo a equivocarse que, sucediera lo que sucediese en aquel pueblo de Michigan, la primera en recibir una llamada había sido Tess Rafferty.

–¿Y eso qué quiere decir? –le preguntó Samantha a Tess cuando se enteraron de la declaración de la Iglesia.

–Nada –dijo Tess–. ¿Qué más da?

Por la tarde, sin embargo, al descorrer las cortinas, se dio cuenta de que algo quería decir.

El césped de delante de su casa estaba cubierto de fieles.

ᘓ

Sully llevó a Jules al coche de la mano. El teléfono de plástico azul seguía en el bolsillo del pequeño.

Sully había pedido explicaciones a la maestra de Jules y a la directora del colegio con una vehemencia que hasta a él le había sorprendido.

Exigió saber desde cuándo le correspondía a una maestra adoctrinar a un niño sobre el más allá, darle un teléfono de juguete y decirle que podía hablar con su madre muerta.

–Es que lo veía tan triste... –se defendió la maestra, Ramona, una mujer baja y robusta que no llegaba a los treinta años–. Ha estado muy introvertido desde el primer día de colegio. No conseguía que contestara a las preguntas, ni siquiera a los cálculos más fáciles.

»Un día levantó la mano, inesperadamente, y dijo que había visto por la tele que la gente podía hablar con el cielo. Dijo que como su madre estaba en el cielo, quería decir que estaba viva.

»Los demás se lo quedaron mirando, hasta que uno se echó a reír, y ya sabe cómo son los niños... Al final se reían todos. Jules se encogió en la silla y se puso a llorar.

Sully apretó los puños. Tenía ganas de romper algo.

–Durante el recreo encontré un teléfono de juguete en la clase de parvulario. Si quiere que le diga la verdad, señor Harding, pensaba explicarle que los teléfonos no tenían nada de mágico, pero cuando le dije que pasara, y vio el teléfono, sonrió enseguida y lo pidió con tanta rapidez que... Lo siento. No lo hice por nada en especial. Solo le expliqué que podía creer lo que quisiera.

La maestra rompió a llorar.

–Yo voy a la iglesia –añadió.

–Pues yo no –dijo Sully–. Aún está permitido en este pueblo, ¿no?

La directora, una mujer seria, vestida con *blazer* de lana azul marino, le preguntó si quería presentar una queja.

–La política del centro es no tocar la religión. La señorita Ramona lo sabe. Somos un colegio público.

Sully inclinó la cabeza. Intentaba mantener viva la rabia, pero sintió que se apagaba. Si hubiera estado con él Giselle, le habría puesto una mano en el hombro como diciendo: «Tranquilo. Sé amable y perdónala». ¿De qué servía? ¿Presentar una queja? ¿Y luego qué?

Se fue con la promesa de que no volvería a suceder.

Una vez en el coche se giró hacia su hijo, esa preciosidad de casi siete años, con el pelo rizado, la caja torácica estrecha y los ojos alegres de la madre con quien no había hablado desde hacía casi dos años, desde el día del accidente. Tuvo ganas de volver a creer en Dios, solo para preguntarle cómo podía ser tan cruel.

–¿Me dejas que te hable de mamá, chaval?

–Vale.

–Ya sabes que yo la quería mucho.

–Sí.

–Y también sabes que ella te quería más que a nada en el mundo.

Jules asintió.

–Pero Julio –dijo, como lo llamaba en broma Giselle–, no podemos hablar con ella. Ya me gustaría, pero no podemos. Es lo que pasa cuando se muere alguien, que se va.

–Pues tú te fuiste.

–Ya lo sé.

–Y has vuelto.

–No es lo mismo.

–¿Por qué?

–Porque yo no me he muerto.

–Puede que mamá tampoco.

Sully notó que se le empañaban los ojos.

–Ella sí, Jules. Aunque no nos guste, ella sí.

–¿Cómo lo sabes?

–¿Cómo que cómo lo sé?

–Tú no estabas.

Sully tragó saliva y se pasó la mano por la cara. No se giró, porque de pronto le costaba demasiado mirar a su hijo, el cual, mediante tres simples palabras, había repetido la tortura a la que se sometía diariamente.

જ

«Tú no estabas.»

Mientras se propagaba por el cielo el humo negro de los restos de su avión, Sully tocó tierra con las piernas cruzadas y rodó de costado. Cumplido su deber, el paracaídas se desinfló y se quedó aplastado sobre el suelo. La hierba estaba húmeda, y el cielo de un gris plomizo.

Se desabrochó el arnés, se liberó del paracaídas y sacó de su chaleco la radio de emergencia. Estaba dolorido, desorientado y con unas ganas enormes de hablar con Giselle, pero conocía el protocolo militar. Seguir el procedimiento. Llamar por radio. Sin nombres. Ya le informarían los de servicio.

–Torre de Lynton, aquí Firebird 304. La eyección se ha producido sin problemas. Me encuentro a ochocientos metros al suroeste del aeródromo. El avión se ha estrellado en un claro. El lugar del impacto debe de quedar a ochocientos metros al suroeste. Espero recogida.

Aguardó. Nada.

–Torre de Lynton, ¿ha recibido mi anterior mensaje?

Nada.

–¿Torre de Lynton? No he oído nada.

Seguían sin contestar.

–¿Torre de Lynton?

Silencio.

–Firebird 304... Corto.

¿Qué pasaba? ¿Dónde estaba la torre? Recogió el paracaídas. Al principio intentó doblarlo, pero algo se agitó en su interior, y a medida que cobraba fuerza la imagen preocupada de Giselle empezó a ponerse nervioso y recogió el paracaídas de cualquier manera, contra el pecho, como si sujetara almohadas enormes. Vio a lo lejos un coche blanco que iba hacia los restos del avión.

Vuelo. Movió los brazos.

Orientación. Corrió hacia la carretera.

Comunicación.

–¡Estoy bien, estoy bien! –gritó como si su mujer pudiera oírlo de algún modo.

Un día después

NOTICIAS
Canal 9, Alpena

(Amy delante de la iglesia baptista de Cosecha de Esperanza.)

AMY: Ya lo llaman el milagro de Coldwater. Desde que Katherine Yellin empezó a recibir lo que ella dice que son llamadas telefónicas de su hermana muerta, la gente ha querido saber más. Una de esas personas es Ben Wilkes, que sufre leucemia avanzada.

(Imágenes del hospital.)

BEN: Y su hermana, ¿describe el mundo que la rodea?

KATHERINE: Dice que es precioso.

(Imágenes de Ben.)

AMY: Los médicos le han dicho a Ben que no tiene muchas esperanzas, pero las llamadas telefónicas de Katherine le han animado.

(Imágenes del hospital.)

BEN: ¿Seguro que está en el cielo? No es que quiera faltarle al respeto, pero es que tengo tantas ganas de creer que es verdad...

KATHERINE: Es verdad... Hay otra vida después de esta.

(Amy delante de la iglesia.)
AMY: Aunque llegan noticias de que otras personas también reciben llamadas celestiales, el foco de atención sigue siendo Katherine.

KATHERINE: Si el Señor me ha elegido a mí para difundir el mensaje, tengo que hacerlo. Me alegro de que hoy hayamos podido darle un poco de esperanza a Ben. Me ha hecho sentirme bien.

AMY: Amy Penn, Coldwater, *Nine Action News.*

Phil paró la grabación y miró a Anton, el abogado de la cadena.

–Yo no veo que se nos pueda acusar de nada –dijo.

–A nosotros no –contestó Anton–, pero a Katherine Yellin quizá sí. Está claro que le dice al paciente que no tiene nada que temer. Podrían usar la grabación en una demanda.

Amy miró a uno y luego al otro: Phil, con su barba de vikingo, y Anton, rapado y con traje gris marengo. Por la mañana la habían llamado a Alpena diciéndole que podía haber un problema. Su reportaje –montado a toda prisa, porque los de Canal 9 no se cansaban de lo de Coldwater– se había emitido el mismo día de la visita al hospital, por la noche, y como de costumbre se había difundido a gran velocidad a través de Internet.

Ben había muerto.

Ahora el cibermundo era un enjambre de reproches.

–Están organizando manifestaciones –informó Phil.

–¿De qué tipo? –preguntó Amy.

–De gente que no cree, o no quiere creer, en ningún cielo. Según ellos, Ben se suicidó por culpa de una mentira.

–Bueno, suicidarse no se suicidó –intervino Anton.

–¿Le están echando la culpa a Katherine? –preguntó Amy.

–Es que le dijo a Ben que había otra vida después de esta...

–Es lo que dicen todas las religiones del mundo –señaló Anton.

Phil pensó en lo que había dicho.

–O sea, que no tienen ninguna base...

–A saber. Se puede ir a juicio por cualquier cosa.

–Un momento –dijo Amy–. Las manifestaciones esas...

–¿Qué dice la familia? –preguntó Anton.

–De momento nada –contestó Phil.

–Tened cuidado con eso.

–¿Y las manifestaciones? –repitió Amy.

–No lo sé –respondió Phil, girándose hacia ella–. Creo que serán mañana. Depende del blog que leas.

–Vosotros solo dais la noticia –les recordó Anton–. No lo olvidéis.

–Exacto. –Phil asintió–. Tienes razón. –Se giró otra vez hacia Amy–. Vuelve.

–¿Y las manifestaciones? –dijo ella.

Phil la miró como si la respuesta fuera de una obviedad demencial.

–Informa de ellas –propuso.

ॐ

«Estate preparada a las diez de la mañana que tengo una sorpresa», le había escrito Samantha en un correo electrónico.

Tess se maquilló por primera vez en varias semanas. Durante los últimos tiempos había tenido demasiadas sorpresas, pero dentro de casa se volvía loca, y francamente agradecía cualquier cambio en su rutina.

Cruzó la cocina e hizo lo que ya se había convertido en un hábito: echar un vistazo al teléfono para cerciorarse de que estuviera colgado. Faltaban dos semanas para el día de Acción de Gracias. Ella no había hecho planes. De todos modos aborrecía esa fiesta. Después del divorcio, su madre siempre abría la casa a todo el mundo para el día de Acción de Gracias, e invitaba a la mitad del vecindario: todos los que no tenían familia, o acababan de quedarse viudos, o eran viejos, o estaban solos. Era como aquella película de Woody Allen donde reúne a artistas de medio pelo –un ventrílocuo tartamudo, una mujer que hace música con copas de cristal– para una comida de Acción de Gracias a base de pavo congelado y coca-cola *light*. Ruth siempre se ponía como loca con lo de partir el hueso del esternón y ver quién se quedaba el trozo más largo. «¡Un deseo! ¡Un deseo!» Tess se imaginaba que todas las personas de la casa deseaban lo mismo: no tener que volver un año más.

Ahora, sin embargo, se daba cuenta de lo bondadosa que había sido su madre en momentos de vulnerabilidad, y de que así había tenido un arma para combatir su propia soledad. Por aquel entonces Tess siempre soñaba con que pasara su padre en coche, tocara la bocina y se la llevase con él.

—Hay que ver, Tess —susurró, enfadada consigo mismo por su ingenuidad.

En ese momento un rayo de sol atravesó el tragaluz de la cocina. Pensó en las personas del jardín. ¿No se estarían congelando?

Buscó unos vasos de cartón y el jarro de la cafetera que estaba lleno.

Cuando abrió la puerta, la gente empezó a murmurar. Muchos se levantaron.

–¡Buenos días! –exclamaron algunos–. ¡Que Dios te bendiga, Tess!

De repente todos gritaban algo. Debían de ser doscientos.

Tess enseñó los vasos, deslumbrada por el sol de la mañana.

–¿Alguien quiere café? –preguntó a pleno pulmón.

Se sintió tonta al comprender que el jarro solo daba para una pequeña parte de la multitud. ¿Café? ¿Quieren milagros y les ofreces café?, se dijo.

–Puedo hacer más –balbuceó.

–¿Hoy tu madre ha hablado contigo, Tess?

Tragó saliva y sacudió la cabeza.

–¿Te ha explicado por qué te han elegido?

–¡Fuiste la primera!

–¿Rezarás con nosotros?

–¡Bendita seas, Tess!

El bullicio se vio interrumpido bruscamente por tres breves bocinazos. En el camino de entrada había aparecido la camioneta amarilla de Bright Beginnings, su guardería. La multitud se hizo a un lado, al tiempo que Samantha se apeaba y abría la puerta corredera. Saltaron al suelo una docena de niños con abrigos, que miraron a la gente.

Tess se tapó la mano con la boca. En vista de que ella no podía ir a trabajar, su amiga le había traído el trabajo a casa.

Nunca había estado tan contenta de ver a los niños.

Ꮼ

Doreen llevó dos coca–colas y se sentó en un extremo de la mesa. En el otro estaba Jack, y en medio, los invitados. Doreen seguía sin sentirse cómoda en presencia de su exmarido. El divorcio, el papeleo, las llaves de la casa que había dejado en la repisa de la entrada... Cuando tenía cerca a Jack, revivía todas las instantáneas de su vida conyugal deshecha.

¿Cómo podía ser que hubieran pasado ya seis años? Ahora estaba casada con otro hombre, y su vida era distinta, pero ahí estaba Jack, en la mesa de siempre, en la casa de siempre, la que se había quedado ella tras la ruptura; la misma casa en la que Mel, su nuevo marido, se había negado a que pusiera Jack un pie hasta que Doreen le dijo: «Los amigos de Robbie quieren hablar con nosotros». Entonces Mel dijo que bueno, que vale, que él se iba a tomar una cerveza.

–Gracias, señora Sellers –intervino el joven cuyo nombre era Henry.

–Gracias, señora Sellers –repitió el que se llamaba Zeke.

–Ahora soy la señora Franklin –les corrigió Doreen.

Los dos se miraron.

–No pasa nada –añadió ella.

Eran chicos guapos y fuertes, de hombros anchos, amigos de infancia de Robbie, del antiguo barrio. Cuando eran pequeños llamaban al timbre y Robbie bajaba corriendo por la escalera con una pelota.

–Hasta luego, mamá –decía al pasar al lado de Doreen.

–Súbete la cremallera –contestaba ella.

Y sus palabras perseguían a Robbie como el aire de un ventilador.

Se habían alistado los tres chicos al acabar el instituto. Habían hecho juntos la instrucción, y gracias a un conocido de un conocido los destinaron a Afganistán. Ni Henry ni Zeke estaban con Robbie el día de su muerte. De eso Doreen se alegraba.

–¿Cuándo habéis vuelto, chicos? –preguntó Jack.

–En septiembre –respondió Zeke.

–Sí, en septiembre –repitió Henry.

–¿Estáis contentos de haber acabado?

–¡Ya lo creo!

–Sí, señor.

Los chicos asintieron. Zeke dio un trago a la coca–cola.

–Pues nada, que..., que estábamos hablando y... –apuntó Henry.

–Sí –tomó el relevo Zeke–. Nos preguntábamos los dos si... –Miró a Henry–. ¿Quieres empezar tú?

–No, tranquilo, si por mí...

–No, en serio.

–Vaya, que...

Se quedaron callados.

–Tranquilos –dijo Jack–. Podéis decirnos lo que sea.

–Sí –dijo Doreen, violenta por el «nos»–. Claro, chicos. Podéis hablar de lo que queráis.

Al final habló Zeke.

–Solo nos preguntábamos... ¿Qué les dice Robbie? Cuando llama.

Jack se echó hacia atrás con un escalofrío.

–Solo llama a su madre. ¿Doreen?

Doreen se lo contó. Eran más que nada conversaciones para tranquilizarla: Robbie estaba bien, sano y salvo en un lugar precioso.

–Suele decir algo que me gusta –añadió–. Dice: «El final no es el final».

Zeke y Henry se sonrieron, cohibidos.

–Qué curioso –observó Henry.

–¿El qué? –preguntó Jack.

Henry toqueteó la botella de coca-cola.

–No, nada, es que... hay un grupo de rock que a él le encantaba, House of Heroes.

–Y tienen un CD... –dijo Zeke–. *El final no es el final.* Robbie siempre pedía que se lo enviasen.

–Sí, es verdad, durante meses. *El final no es el final.* Mandadme *El final no es el final.* Es un grupo tirando a punk.

–Sí, pero me parece que es cristiano.

–Eso.

–House of Heroes.

–Su CD favorito.

–*El final no es el final.*

Jack miró a su exmujer. ¿Un grupo?

–Bueno, y aparte de eso –continuó Henry– ¿dice algo sobre los de su escuadrón?

℘

Jason Turk, el encargado de la tienda de telefonía, se frotó enérgicamente las manos después de darle un portazo a la nevada. Había vuelto a olvidarse los guantes. Una vez más tenía razón su novia: «A ti el cerebro te funciona a medias, Jason».

Abrió el armario donde ponía SOLO PARA EMPLEADOS DE DIAL-TEK. Tenía las mejillas húmedas y le goteaba la nariz. Justo cuando bajaba la caja de clínex de la estantería oyó que llamaban a la puerta.

–Pero bueno –murmuró–, si ni siquiera son las ocho.

Al abrir la puerta se encontró con Sully, arrebujado en su chaqueta de ante y su gorra de esquiador.

–Hombre, si es Iron Man –dijo Jason con una sonrisa.

–¿Qué tal?

–Pasa, pasa.

–Gracias.

–Tío, que no tengo dinero para ti.

–Ya lo sé.

–¿Te apetece una coca-cola?

–No, gracias.

Entraron en el despacho.

–¿Qué, qué te cuentas?

Sully soltó un suspiro y se sacó de la bolsa una libreta amarilla.

–Necesito que me hagas un favor.

⁓

Una hora después Sully volvió a su coche, no muy seguro de qué había descubierto.

Siguiendo una corazonada le había enseñado a Jason los nombres, números y direcciones de los siete habitantes de Coldwater que decían tener contacto con el cielo. Sabía que Katherine Yellin había comprado su teléfono en aquella tienda, algo que al parecer sabía todo el condado, y tenía curiosidad por saber si los otros también.

Jason había introducido los datos en su ordenador, con resultados curiosos: cuatro de los siete aparecían como clientes –algo normal, dentro de lo que cabía, teniendo en cuenta la escasez de tiendas de telefonía en Coldwater y sus alrededores–, pero seis de los siete, todos a excepción de Kelly Podesto, la adolescente, tenían contrato con la misma compañía.

Y el mismo tipo de servicio.

–¿Cuál? –le había preguntado Sully a Jason.

–Uno de estos de almacenamiento web, que tienen todo como en la nube, ¿sabes? Todo en la misma cuenta: el correo electrónico, las fotos...

Sully miró su libreta y pasó el dedo por los epígrafes que había creado. Uno de ellos era «FM», la fecha de la muerte.

–¿Puedes buscar cuánto tiempo tuvieron contratado el servicio?

–Me imagino que sí, aunque puede que tarde unos minutos. –Jason empezó a teclear. Después se echó hacia atrás–. Por enseñarte esto me puede caer un puro de los gordos.

–Ya, ya me lo suponía –dijo Sully.

Jason tamborileó los dedos en sus rodillas.

–Bueno, mira, total... Vamos a hacerlo. –Sonrió–. De todos modos odio este trabajo. Mi novia dice que debería ser fotógrafo profesional.

–Puede que tenga razón.

–Es una pesada. ¿Tú tienes novia?

–No.

–¿Estás casado?

–Lo he estado.

–¿Te dejó ella o al revés?

–Se murió.

–Uf. Lo siento, tío.

Sully suspiró.

–Yo también.

⁓

Alexander Bell conoció a Mabel, la mujer de su vida, como alumna aquejada de sordera. Bell le llevaba diez años, pero se enamoró perdidamente de ella y con el paso de los años los ánimos de Mabel le ayudaron a seguir con su trabajo. Si el llanto de Mabel no hubiera hecho subir a Bell al tren de Filadelfia, quizá nunca hubiera prosperado su mayor invento. Aun así, el teléfono fue siempre algo que Mabel, sorda por culpa de la escarlatina, no pudo compartir con su marido.

A veces nos une el amor aunque la vida nos separe.

Después del accidente, en la ambulancia, Sully pidió un móvil –el suyo se estaba quemando entre los restos del avión, al igual que el resto de sus pertenencias– y llamó una docena de veces a Giselle, pero no contestaba. Después llamó a sus suegros. Nada. Volvió a intentar hablar con el aeródromo a través de la radio de emergencia. Nada. Pasaba algo muy raro. ¿Dónde estaban todos? Tenía la cabeza como un bombo, y dolores tremendos en la base de la espalda. En el hospital –un centro pequeño, regional– le hicieron las pruebas estándar, le controlaron las constantes vitales, le sacaron sangre, le limpiaron varios cortes y le hicieron una radiografía de la columna vertebral. También le dieron varios analgésicos que le dejaron atontado. Alguien le dijo que el avión contra el que había chocado, un pequeño bimotor Cessna, había aterrizado sin percances. Sully no preguntó por qué estaban los dos aviones en la misma ruta de aterrizaje. Lo único que hacía todo el rato era preguntar por su mujer.

–Deme su número –le dijo una enfermera– e interaremos localizarla.

–Y llamen también al aeródromo –graznó Sully.

Deslizándose por la frontera entre la conciencia y el sueño, vio hablar a la enfermera, que dio una serie de instrucciones. Después Sully vio que entraba alguien y le decía que saliera. Acto seguido regresó la enfermera, habló con alguien más y desaparecieron todos.

Se le cerraron los ojos y se sosegó. Fueron los últimos minutos, dichosos minutos, en los que no supo lo que no podía saber:

Que al ver el humo Giselle había acelerado hacia el aeródromo con su Chevrolet Blazer.

Que Elliot Gray, el controlador aéreo, había huido del aeródromo y había subido a su Toyota Camry azul.

Que Giselle había entonado una oración –«Dios, por favor, que no le haya pasado nada»– mientras asía el volante con tal fuerza que sus manos temblaban.

Que el Camry de Elliot Gray alcanzó ciento un kilómetros por hora en la estrecha carretera de acceso al aeródromo.

Que el Chevrolet de Giselle tomó una curva a gran velocidad, y en un instante cegador se estampó contra el Camry.

Que Elliot Gray salió despedido a siete metros de altura.

Que Giselle, sujeta por el cinturón, dio tres vueltas de campana del Chevrolet. Que su coche acabó en una zanja. Que llevaba un jersey azul lavanda. Que en la radio sonaba el *Hey, Jude*, de Beatles.

Que tuvieron que cortar los trozos retorcidos de metal para sacarla. Que se la llevaron en ambulancia a un hospital de Columbus.

Que al llegar estaba inconsciente.

Que ya no se despertaría nunca.

Que Elliot Gray estaba muerto.

La duodécima semana

—¡AQUÍ Y AHORA, NO EN EL MÁS ALLÁ! ¡AQUÍ Y AHORA, NO EN EL MÁS ALLÁ! ¡AQUÍ Y AHORA, NO EN...!

Katherine se tapó las orejas.

—Dios bendito, ¿por qué no paran?

—No sé si no sería mejor ir al piso de abajo —dijo Amy—. Se está más tranquilo.

—¡No! —replicó Katherine—. Es mi casa. No pienso esconderme en ningún sótano.

Fuera seguía la manifestación.

—¡AQUÍ Y AHORA, NO EN EL MÁS ALLÁ! ¡AQUÍ...!

Al menos cincuenta personas se habían congregado justo antes de mediodía en la calle, muchas de ellas con pancartas como ¡EL CIELO PUEDE ESPERAR! u otras más duras: ¡LAS CREENCIAS MATAN!, o ¡MUERTO POR UN ENGAÑO!

Tras divulgarse la noticia de la muerte de Ben Wilkes, su vídeo había circulado aún más deprisa que el primero, el de «Llamadas desde el teléfono del cielo». Después habían llegado noticias sobre otros seis pacientes terminales de diversos puntos del planeta que al parecer habían visto los vídeos de Coldwater y habían muerto inesperadamente, como si se abandonasen a propósito.

Tarde o temprano habrían fallecido todos, pero lo misterioso de la muerte es por qué elige un determinado momento. Al no haber respuesta terrenal, las coincidencias pueden convertirse en conspiraciones; y dado el insaciable apetito de los medios de comunicación por Coldwater, cualquier noticia de que el cielo pudiera matar se convertía en irresistible.

–Estos locos religiosos no deberían acercarse a los enfermos –declaraba con rabia un hombre ante una cámara de televisión.

–No son mejores que los terroristas, que te prometen una recompensa si llevas una bomba encima y la detonas –añadía una joven.

–Yo a Ben Wilkes lo conocí hace años –aseguraba un hombre mayor que trabajaba en una fábrica–, y era un luchador. Si esta gente no lo hubiera hipnotizado, o lo que hagan, no se habría dejado morir.

No tardó mucho tiempo en formarse un grupo que se hacía llamar «Cuélgale al Cielo», ni en organizarse manifestaciones, como la que se estaba desarrollando ante la casa de Katherine.

–¡AQUÍ Y AHORA, NO EN EL MÁS ALLÁ! ¡AQUÍ Y AHORA...!

Dentro, Amy puso agua a hervir y preparó té a la menta. Le llevó una taza a Katherine, pero estaba tan ensimismada que ni siquiera la vio.

–Bebe un poco –trató de convencerla.

–Ah. –Katharine parpadeó–. Gracias.

Amy vivía un conflicto interior. Sabía que Phil quería un reportaje sobre los manifestantes, pero ¿cómo hablar con ellos sin perder la confianza de Katherine, que era lo que le daba ventaja sobre los otros reporteros?

–Tú eres mi amiga –demandó Katherine.

–Pues claro –masculló Amy.

–¿A que ha empezado todo desde que se han metido los demás? Tess Rafferty... Increíble. Pero si hace años que no va a la iglesia. ¡Lo ha reconocido ella misma!

Katherine agitó las manos como si intentara convencer a un testigo invisible. Apretó el teléfono salmón, lo giró en la palma de la mano y se quedó mirándolo unos segundos. Después cambió de tono.

–Amy...

–¿Qué?

–¿Tú me crees?

–Sí.

En realidad, lo que creía Amy era que Katherine creía. Bastante parecido, ¿no?

–He llamado a mis hijos, que viven en Detroit –dijo Katherine–, ¿y sabes qué me han dicho?

–¿Qué?

–Que dedico demasiado tiempo a la religión. –Estuvo a punto de reírse–. Yo esperaba que vinieran para estar conmigo, pero John dice que está hasta arriba de trabajo, y Charlie que...

Se tragó una palabra.

–¿Qué?

–Que le doy... vergüenza. También me lo dijeron las hijas de Diane. Por eso no han venido a verme.

Empezó a llorar. Amy apartó la vista. ¿Cómo no compadecerse de ella, por muy engañada que pudiera estar?

Los cánticos de los manifestantes aumentaron de volumen. Al echar un vistazo por el ventanal, Amy vio un coche patrulla aparcado en la acera. Jack Sellers, el jefe de policía, hablaba con las manos en alto. Un equipo de televisión había acercado las perchas con los micros. La noticia se veía en todas partes. Phil se pondría furioso.

–Yo no he matado a nadie –susurró Katherine.

–Pues claro que no –dijo Amy.

Katherine se tapó la cara con las manos.

–¿Cómo pueden decir cosas así? Mi hermana está en el cielo. Dios nos ve a todos. ¿Por qué iba a matar yo a alguien?

Amy miró su cámara, que estaba en la mesa de la cocina.

–¿Sabes qué? –dijo–. Que se lo vamos a decir a todos.

༄

Cada tarde, sentado en el sofá de piel marrón de su despacho, el pastor Warren leía un pasaje de la Biblia. Aquel día se centró en el libro de Isaías y encontró un versículo en el capítulo 60:

Alza los ojos en torno y mira:
todos se reúnen y vienen a ti.
Tus hijos vienen de lejos,
y tus hijas son llevadas en brazos.
Tú entonces al verlo te pondrás radiante,
se estremecerá y se ensanchará tu corazón.

Le encantaba aquel fragmento. En otro momento lo habría subrayado y se lo habría guardado para el sermón del domingo, pero esta vez se preguntó si no lo usarían como prueba de aquellas llamadas telefónicas de los muertos. «Alza los ojos en torno y mira: todos se reúnen y vienen a ti.» Odiaba tener que filtrar de esa manera sus mensajes. Se sentía como un papel rasgado en dos mitades una y otra vez, cada vez más pequeño. Servir a Dios. Servir a la gente. Dios. La gente.

Sus colegas le decían que tenía que estar contento. Todas las iglesias de Coldwater estaban llenas, y la mayor parte de los fieles tenía que seguir la misa de domingo de pie. La congregación que más había crecido era la del padre Carroll, St. Vincent, que se había cuadruplicado desde el testimonio de Tess Rafferty y la visita del obispo.

¡Rinnng!

–¿Sí?

–Soy yo, pastor.

–Adelante, señora Pulte.

La señora Pulte entró con su libreta de mensajes. El pastor Warren vio en su expresión que sucedía algo malo.

–Pastor, tengo que decirle una cosa. No me resulta fácil.

–Puede decirme lo que quiera.

–Tengo que irme.

–¿Antes de la hora?

–No, del trabajo. Es demasiado... –Se le pusieron los ojos llorosos–. Llevo aquí siete años.

–Y ha sido usted una magnífica...

–Yo quería ayudar a la iglesia...

La respiración de la señora Pulte se hizo más veloz.

–Siéntese, por favor. Estése tranquila, señora Pulte.

Ella siguió en pie. Hablaba muy deprisa, como si se le escaparan las palabras.

–Esto de que llamen desde todo el mundo... me supera. Me preguntan cosas... y yo les digo que no lo sé, pero siguen y siguen... Algunos lloran, otros gritan... y yo... no sé qué hacer. Algunos me hablan de un ser querido y me suplican volver a hablar con él. En tantos años nunca habría pensado... Cada noche, al llegar a mi casa, me derrumbo, pastor. Tengo la presión... La semana pasada me la tomó el médico y está muy alta. A Norman le preocupa. Lo siento. No sabe cuánto lo siento. Yo no quiero dejarlo en la estacada, pero es que no puedo...

Lloraba demasiado para seguir hablando. Warren sonrió, compasivo.

–Lo entiendo, señora Pulte.

Se acercó y le puso una mano en el hombro. Oía sonar constantemente los teléfonos en el despacho.

–¿Dios me perdonará? –susurró la señora Pulte.

Mucho antes de que me perdone a mí, pensó Warren.

ᥰ

Jack Sellers giró la luz de encima del coche patrulla y encendió un momento la sirena. Los fieles del jardín de Tess prestaron atención. Jack bajó del coche.

–Buenos días –dijo con frialdad.

–Buenos días –respondieron unos cuantos.

–¿Qué hacen ustedes aquí?

Jack no dejaba de mirar la puerta. En realidad quería lo mismo que ellos: que saliera Tess.

–Estamos rezando –contestó una mujer flaca.

–¿Para qué?

–Para oír algo del cielo. ¿Quiere rezar con nosotros?

Jack apartó a Robbie de sus pensamientos.

–No pueden reunirse en el jardín de otra persona.

–¿Usted es creyente?

–Lo que yo crea no tiene importancia.

–Al contrario, es lo que más importancia tiene.

Jack clavó en el suelo la punta de un zapato. Primero los manifestantes delante de la casa de Katherine Yellin. Ahora aquello. Si algo no había previsto nunca era hacer de antidisturbios en Coldwater.

–Tendrán que irse –dijo.

Se acercó un joven con una parka verde.

–Por favor, que no molestamos a nadie.

–Solo queremos rezar –añadió una chica arrodillada en el césped.

–Eh, un momento. Yo de usted he leído algo –dijo el joven–. El policía. Su mujer. Tuvo noticias de su hijo. Es una de las elegidas. ¿Cómo puede pedirnos que nos vayamos?

Jack apartó la vista.

–Mi exmujer. Además, a ustedes no les importa.

Tess apareció en la puerta con una manta a cuadros rojos por los hombros, unos vaqueros gastados, unas botas azules y el pelo recogido en una larga coleta. Jack hizo lo posible por no quedarse mirándola.

–¿Necesitas ayuda? –dijo en voz muy alta.

Tess miró por encima de los fieles.

–¡No, estoy bien! –respondió.

Jack preguntó con gestos ¿Puedo entrar? Ella asintió. Jack se abrió camino entre la multitud, que a su paso se calló, algo a lo que estaba acostumbrado desde que llevaba uniforme.

〰

Jack daba el tipo de poli –boca fina y recta, mandíbula fuerte, ojos hundidos, penetrantes–, pero nunca había estado loco por serlo. Siendo como era hijo y nieto de policías, se esperaba que siguiera su ejemplo al salir del ejército. Empezó en Grand Rapids. Estuvo seis años de patrulla. Después nació Robbie, y Jack y Doreen se fueron a vivir a Coldwater. Hacían vida de pueblo. Era lo que querían. Jack se quitó la placa y abrió una tienda de material de jardinería.

–Es mejor no tener jefes –le dijo a su padre.

–Los policías son policías, Jack.

A los tres años la tienda quebró, y Jack, que no sabía hacer nada más, se reintegró al oficio familiar, ingresando en la Policía de Coldwater.

Al cumplir los treinta y siete ya era jefe.

Desde entonces habían pasado ocho años, y nunca había tenido que usar la pistola. Solo la había desenfundado seis veces, y en una de ellas había resultado ser un zorro (no un ladrón) lo que merodeaba por el sótano de la casa de una mujer.

—Durante la reunión no hablaste —le comentó Tess al darle una taza de café.

—No.

—¿Por qué?

—No sé. ¿Por miedo? ¿Por trabajo?

Apretó los labios.

—Al menos eres sincero.

—Mi hijo dice que tendría que explicárselo a todo el mundo. Lo del cielo. Cuando llama.

—Mi madre también.

—¿Le estoy fallando?

Tess se encogió de hombros.

—No lo sé. A veces tengo la impresión de que ya no importa nada. Pienso que esta vida solo es una sala de espera, que mi madre está arriba... y que volveré a verla.

»Pero luego me doy cuenta de que siempre lo he creído. O decía creerlo.

Jack deslizó la taza por la encimera.

—Quizá solo quisieras una prueba.

—¿Y ahora la tengo?

Jack pensó en su conversación con los amigos de Robbie. «El final no es el final.» Había algo que no le cuadraba.

—No sé qué tenemos.

Tess lo miró.

–¿Fuiste buen padre?

Nunca se lo había preguntado nadie. Se acordó de cuando había animado a Robbie a alistarse, y de las discusiones con Doreen.

–No siempre.

–Vuelves a ser sincero.

–¿Tú fuiste buena hija?

Tess sonrió.

–No siempre.

∾

La verdad era que Tess y Ruth también habían tenido años problemáticos. Nada más salir del instituto, Tess destacaba por su belleza, y había empezado a tener novios que a Ruth nunca le gustaban. Sobre sus conversaciones flotaba en todo momento el espíritu del padre ausente.

–¿Y tú qué sabes de conservar a un hombre? –le gritó Tess en una ocasión.

–¡No son hombres, son niños!

–¡No te metas!

–¡Intento protegerte!

–¡No necesito que me protejas!

Y así una vez, y otra... Después de graduarse Tess vivió con tres hombres distintos, siempre lejos de Coldwater. Un día, a los veintinueve años, recibió una extraña llamada de Ruth, que le pidió un número de teléfono, el de una tal Anna Kahn.

–¿Para qué quieres el número de Anna?

–Es que este fin de semana vamos a su boda.

–Pero mamá, si se casó cuando yo tenía... no sé, quince años.

—¿Qué dices?

—Vive en New Jersey.

Una pausa perpleja.

—No entiendo.

—Mamá, ¿te encuentras bien?

Se lo diagnosticaron como Alzheimer precoz. Fue un caso galopante. Los médicos avisaron de que no había que dejarla sola, que las personas en su estado podían perderse, cruzar calles transitadas, olvidarse de las normas de seguridad más básicas... Aconsejaron que tuviera a alguien en casa para cuidarla, o que la ingresaran en una residencia, pero Tess sabía que a lo que más valor daba su madre era justamente a lo que se llevaría la enfermedad: su independencia.

De modo que volvió con ella. Y fueron independientes las dos juntas.

⁂

Sully y su madre tenían otro tipo de relación. Ella preguntaba y él contestaba. Ella deducía y él negaba.

—¿Qué haces? —le había dicho la noche anterior.

Jules estaba comiendo, y Sully en el sofá, estudiando sus apuntes.

—Nada, miro unas cosas.

—¿Para el trabajo?

—Más o menos.

—¿Llamadas a clientes?

—Algo así.

—¿Y por qué te interesa tanto?

Sully levantó la vista. Su madre estaba delante de él, con los brazos cruzados.

—Si la gente quiere hablar con fantasmas, que hable.

—¿Cómo sabes que estoy...?

–Sully...

Bastó una sola palabra.

–Vale –dijo él, bajando la voz–. No me gusta. Jules lleva un teléfono. Vive en una fantasía. Alguien tiene que denunciarlo.

–¿O sea, que eres detective?

–No.

–Te apuntas cosas.

–No.

Deducir. Negar.

–¿Crees que todos mienten?

–No lo sé.

–¿No crees que Dios haga milagros?

–¿Ya has acabado?

–Casi.

–¿Qué más?

Su madre echó un vistazo a Jules, que estaba viendo la tele, y bajó la voz.

–¿Lo haces por él o por ti?

Jack pensó en sus palabras mientras descansaba tomándose un café en el interior del Buick, aparcado cerca de Davidson & Hijos. Quizá en parte lo hiciera por él mismo, para sentir que su vida tenía alguna utilidad, y quizá para que el resto del mundo sintiera el mismo dolor que él: el de que los muertos estaban muertos y que Giselle nunca volvería a ponerse en contacto con él, ni tampoco las madres o hermanas o hijos de las otras personas.

Cambió de postura. Llevaba más de una hora esperando y observando. Finalmente, justo después de las doce, vio salir a Horace con una gabardina. Vio que subía a su coche y se alejaba. Esperó que se hubiera ido a comer. Sully tenía que consultar algo.

Se acercó rápidamente a la puerta y entró.

Dentro reinaban el silencio y el calor de siempre. Fue al despacho principal. No había nadie. Recorrió el pasillo asomando la cabeza por varias salas. Se oía un hilo musical. Siguió sin ver a nadie. Al doblar una esquina oyó las teclas de un ordenador. Dentro de un despacho estrecho con moqueta había una mujer menuda con mofletes de querubín, nariz respingona, pelo a lo paje, brazos carnosos y una cruz plateada al cuello.

–Buscaba a Horace –dijo Sully.

–Anda, pues lo siento mucho. Acaba de irse a comer.

–Puedo esperar.

–¿Seguro? Puede que tarde más o menos una hora.

–No pasa nada.

–¿Quiere un café?

–Estaría bien, gracias. –Tendió la mano–. Me llamo Sully.

–Y yo Maria –dijo ella.

Ya lo sé, pensó él.

∾

Era verdad lo que había dicho Horace: Maria Niccolini tenía don de gentes. Hablaba, hablaba... Si le decías una frase, ella contestaba con tres. Su interés era inagotable. Al oír mencionar algún hecho o lugar, levantaba la vista y decía: «¡Oh! Cuénteme, cuénteme». Tampoco le iba mal ser del Rotary Club y de la Comisión Histórica de Coldwater, ni trabajar los fines de semana en la panadería de Zeda, donde compraba el pan la mitad del pueblo. Si no te conocía, conocía a alguien que te conocía.

Por eso, cuando las familias de luto se entrevistaban con ella en la funeraria no tenían que hacer ningún esfuerzo para hablar sobre sus seres queridos. Todo lo contrario:

estaban encantadas de compartir recuerdos. Las consolaba un poco. Anécdotas, detalles graciosos... Dejaban en manos de Maria la redacción de la necrológica. Sus textos para la *Gazette* siempre eran largos y elogiosos.

–¿Coordinador de ventas? Cuente, cuente –le pidió a Sully.

–Muy fácil: vas a las empresas, les preguntas si quieren anunciarse y les vendes un espacio.

–¿Ron Jennings es buen jefe?

–Sí, está bien. Por cierto, sus necrológicas están francamente logradas. Me he leído unas cuantas.

–Caramba, gracias. –Parecía emocionada–. Antes, cuando era más joven, quería ser escritora de verdad, pero esto es una buena manera de ayudar. Hay que ser riguroso y concienzudo, porque las familias se las quedan. Llevo ciento cuarenta y nueve, ¿eh?

–¿Ciento cuarenta y nueve necrológicas?

–Sí, las tengo todas aquí.

Abrió un archivador que estaba reluciente. Había clasificado cada necrológica por año y nombre, junto a otras carpetas con etiquetas de plástico perfectamente alineadas.

–¿Y esas qué son?

–Mis apuntes. Transcribo las conversaciones para que no se me pase nada por alto. –Bajó la voz–. A veces, cuando la gente habla conmigo, llora tanto que al principio no es fácil entenderla. Por eso uso una minigrabadora.

Sully estaba impresionado.

–Es más concienzuda que todos los reporteros de ciudad que conozco.

–¿Conoce a reporteros de verdad? –preguntó ella–. ¡Oh! ¡Cuente, cuente!

꧁

La primera vez que Sully salió en la prensa fue por el peor momento de su vida. «Un piloto estrella su avión después de chocar en pleno vuelo», decía el titular, sobre otro en letras más pequeñas: «Su mujer y un controlador mueren en un accidente».

Vio el periódico en la cafetería del hospital de Ohio, donde estaba ingresada Giselle, llena de tubos y goteros, con el cuerpo tan amoratado que los colores de su piel, entre lo violáceo y lo naranja, no parecían humanos. Sully ya llevaba dos días en el hospital, sin dormir, y todo era borroso.

Le había dado la noticia la enfermera de Lynton, en el hospital al que le habían llevado tras el choque. Sully recordaba haber oído «accidente», «mujer» y «Columbus». Luego estaba en un taxi, medio ido, gritándole al taxista que corriera más. Después, sin saber muy bien cómo, corría medio cojo por una sala de Urgencias gritando a los médicos: «¿Dónde está? ¿Dónde está?». Al verla se dejó caer junto a la cama –Ay, Dios mío, ay, Dios mío, ay, Dios mío– y sintió en su cuerpo muchos brazos, primero del personal médico y después del de seguridad; luego de su familia política y, por último, sus propias manos aferradas a su cuerpo tembloroso.

Dos días. Dos noches. Le dolía horrores la espalda. No podía dormir. Se mareaba y estaba hecho un desastre. Para mover un poco el cuerpo había ido a la cafetería de la planta baja a tomar un café. Alguien se había dejado un periódico en una mesita. Lo miró de reojo y se fijó mejor. Se había reconocido de más joven, en una vieja foto del ejército. Al lado había otras fotos: del Cessna accidentado, que había aterrizado sin percances, y de los restos del F/A-18. Pedazos del fuselaje dispersos por un prado, la punta de un ala, un motor quemado... Lo contempló como quien mira un cuadro. Se preguntó cómo decidían los periódicos los titulares. ¿Por qué iba primero «Un piloto estrella su avión», y no «Su mujer y un controlador mueren en un accidente»? Para él era infinitamente más importante «mujer». Giselle, la pobre, inocente y hermosa Giselle, que no había hecho nada malo, solo ir en coche a recoger a su marido, ese marido que no había hecho nada malo, solo hacer caso a un controlador aéreo, ese controlador aéreo que había cometido un grave error y, demasiado cobarde para responder de él, se había ido corriendo como un pusilánime, hasta matarse y estar a punto de matar a la mejor persona que conocería nunca Sully... Ese era el titular. Estaban muy equivocados.

Arrugó el periódico y lo tiró a la basura. Hay dos versiones de la historia de cada vida: la que vives y la que cuentan los demás.

&

Una semana antes del día de Acción de Gracias, todos los hoteles de Coldwater y quince kilómetros a la redonda estaban llenos. En ese momento se calculaba que eran cinco mil los peregrinos reunidos en Lankers Field, y como mínimo trescientos los manifestantes delante de la casa de Katherine Yellin, la mitad a favor y la mitad en contra. La policía de Coldwater, con Jack al frente, estaba tan superada que había pedido agentes a Moss Hill y otros pueblos de la zona, pero seguían faltando efectivos. Poner multas a los coches mal aparcados ya les habría llevado todo el día. Ahora el supermercado recibía varios camiones diarios de reparto, mientras que antes era uno por semana. La gasolinera se veía obligada a cerrar cada dos por tres al agotar existencias. El bar de Frieda contrató más personal y se convirtió en el primer negocio abierto veinticuatro horas de la historia de Coldwater. A la ferretería del pueblo se le acabaron el contrachapado y la pintura, entre otras razones porque la gente hacía pancartas que salían como setas en todos los jardines: primero PARKING $5, luego PARKING $10 y luego PARKING $20.

La histeria parecía no tener fin. En el pueblo iban todos con móvil, y algunos con dos o tres. Jeff Jacoby, el alcalde, recibía docenas de solicitudes de apertura de nuevos negocios, desde tiendas de camisetas a *merchandising* religioso. Todos querían instalarse cuanto antes en los locales cerrados de la calle Lake.

Mientras tanto habían mandado de Los Ángeles a un equipo de un *talk show* nacional, el más visto del país –¡incluida la presentadora, toda una celebridad!–, para un programa especial. Muchos residentes se quejaban de la intromisión, pero si algo no le faltaba a Jeff eran ofertas discretas de localizaciones.

Los nombres de los siete receptores de las llamadas telefónicas ya eran conocidos en todo el pueblo, al igual que sus historias. Además de Katherine, Tess y Doreen, estaban Eddie Doukens y su difunta exmujer, Jay James y su antiguo socio, Anesh Barua y su hija fallecida y Kelly Podesto y su mejor amiga de la adolescencia, que había muerto el año anterior por culpa de un conductor borracho.

Todos habían accedido a participar en el programa, salvo Katherine.

Ella tenía sus propios planes.

Dos días después

NOTICIAS
Canal 9, Alpena

(Primer plano de Katherine.)
KATHERINE: Yo no he matado a nadie. Sería incapaz. He difundido las palabras que recibí del cielo.
(Amy frente a la manifestación.)
AMY: Es un mensaje que Katherine Yellin desea que entiendan estos manifestantes. Lo que le ocurrió a Ben Wilkes, el obrero jubilado enfermo terminal, fue lo que quería él.
(Imágenes de Ben en el hospital.)
BEN:Tengo tantas ganas de creer que es verdad...
(Amy frente a la manifestación.)
AMY:Ben Wilkes murió de un cáncer en fase terminal. Sin embargo, estos airados manifestantes afirman que de alguna manera la culpable fue Katherine Yellin. Para ella ha sido duro llevar el peso de ser supuestamente una elegida, tal como expresó en una conversación exclusiva para *Nine Action News*.
(Primer plano de Katherine llorando.)
KATHERINE: Yo esta bendición no la he pedido. Dios me ha devuelto a mi hermana por algo.

AMY: ¿Qué ha sido lo más difícil?

KATHERINE: Que no me crean.

AMY: ¿Los que se manifiestan aquí fuera, por ejemplo?

KATHERINE: Exacto. Se pasan el día gritando. Dicen cosas horribles. Algunas pancartas...

(Se derrumba.)

AMY: Tranquila.

KATHERINE: Lo siento.

AMY: Tranquila.

KATHERINE: Es que son ellos los que se lo pierden. Son ellos los que no oyen el mensaje de Dios: que el cielo existe, y que nadie debería seguir teniendo miedo.

(Imágenes de los manifestantes.)

MANIFESTANTES: ¡AQUÍ Y AHORA, NO EN EL MÁS ALLÁ!

(Amy delante de la casa.)

AMY: Katherine Yellin se ha mostrado tan segura de los mensajes que está dispuesta a hacer lo que no ha hecho nadie.

(Primer plano de Katherine.)

KATHERINE: Compartiré con todos una llamada.

AMY: ¿Con los manifestantes?

KATHERINE: Con todo el mundo. No tengo miedo. Pediré a mi hermana que hable con esta gente y le diga la verdad. Cuando oigan sus palabras lo sabrán.

(Amy en la calle.)

AMY: Aún no se conocen los detalles de esta chocante novedad, pero es posible que pronto todo el pueblo tenga la oportunidad de saber cómo suena el cielo. Desde *Nine Action News* les mantendremos informados, en todo momento y antes que nadie.

Amy Penn, Coldwater.

En su despacho de Alpena, Phil vio el último fotograma del reportaje y sonrió.

174

Brillante, se dijo.

No, si al final triunfaría y todo, aquella Amy Penn...

෴

Jules estaba sentado a una mesa de la biblioteca, hojeando un ejemplar de *Jorge el curioso*. Al lado estaba Liz, de pie.

–¿Te gustan los monos?

–Sí, están bien –murmuró Jules.

–¿Solo bien?

–Me gustan más los tigres.

–Quizá pueda encontrarte un libro de tigres.

Jules levantó la vista.

–Ven –dijo Liz.

Jules saltó de la silla y le dio la mano. Al verlo, Sully tuvo emociones encontradas. Le encantaba que su hijo fuera de la mano de una mujer, pero no dejaba de desear que fuera la de Giselle.

Tenía delante las necrológicas de la *Gazette* de todas las personas que supuestamente habían llamado desde el cielo. Gracias a Maria estaban repletas de detalles: antecedentes familiares, trayectoria laboral, sitios preferidos para las vacaciones, muletillas favoritas... Se había resistido a pedirlas en las oficinas de la *Gazette*. (¿Qué razón podía alegar sin parecer entrometido?) Menos mal que se lo había comentado a Liz, y que ella había abierto dos cajones de un archivador.

–¿Qué necesitas? Aquí tenemos guardados todos los números.

Claro, ahora lo entendía: periódico local, biblioteca local... ¿Cómo no iban a tenerlos? Se estaba apuntando los datos en su libreta amarilla. Cuanto más escribía, más pensaba en las otras carpetas del despacho de Maria, las transcripciones de sus conversaciones con las familias.

Aún contendrían más datos, tantos que se podría hacer un retrato completo de los fallecidos, revelando tal vez un vínculo que hasta entonces se le había pasado por alto. Naturalmente, el auténtico misterio seguían siendo las propias voces. Todos los receptores juraban que eran auténticas. No podía tratarse de ningún imitador. Eso no podía salirle bien a nadie. ¿Existía alguna máquina capaz de cambiar el tono de voz, algo por lo que se pudiera hablar haciendo que pareciese otra persona?

Su móvil empezó a vibrar. Miró la pantalla. Ron Jennings. No hizo caso. Un minuto después apareció un mensaje de texto: «¿Dónde estás?».

Dejó el teléfono.

—Mira, papá.

Jules tenía un libro ilustrado en las manos, con un tigre en la cubierta.

—Qué rapidez —observó Sully.

Liz sonrió, burlona.

—Es que me paso mucho tiempo mirando las estanterías.

Jules subió a su silla y empezó a hojear el libro.

—Es un sol —habló Liz.

—Sí —afirmó Sully—. ¿Qué, chaval, es chulo el libro?

—Sí. —Jules siguió hojeándolo—. Voy a decirle a mamá que me lo he leído todo.

Liz apartó la vista. Sully siguió con las necrológicas, en busca de pruebas de que la muerte es silenciosa.

಄

Las malas noticias son un pozo sin fondo. A menudo tenemos la impresión de que deberían tener un límite, como las tormentas, que a más no pueden ir, pero siempre puede llover más, y también pueden empeorar las cargas de la vida.

El avión de Sully estaba destrozado, su mujer había sufrido un accidente mortal, las grabaciones de la torre de control eran ininteligibles y el dueño de la voz grabada –el único hombre capaz de justificar los actos de Sully– estaba muerto y enterrado, tan destrozado, decían, que ni siquiera había sido posible abrir el ataúd durante el funeral.

Era más de lo que podía soportar cualquier persona, pero a los ocho días del impacto, mientras Giselle seguía debatiéndose entre la vida y la muerte, Sully levantó la vista y vio entrar a dos oficiales de la Marina en la habitación del hospital.

–Tiene que acompañarnos –informó uno de ellos.

Más malas noticias.

Ya habían salido los resultados del análisis de sangre del hospital y daban presencia de alcohol en el organismo de Sully. Aunque no lo mencionasen en ningún momento, en cuanto los investigadores del pequeño despacho de la Marina de Columbus empezaron a hacerle preguntas –«repase con nosotros lo ocurrido durante la noche anterior»– Sully lo intuyó enseguida y sintió como si hubiera recibido un mazazo gigante en la barriga. En la espiral de desgracias que lo había arrastrado, no había pensado ni una vez en la noche anterior al vuelo. Al no tener previsto ir en avión, no había pensado en el alcohol. ¡Piensa, piensa!, se decía. Antes de irse a dormir se había tomado un vodka con tónica con dos compañeros de escuadrón en el restaurante del hotel. ¿Pero a qué hora? ¿Un vodka o dos? ¿A qué hora había despegado? La norma era «doce horas entre la botella y el despegue»...

Dios mío, pensó.

Vio que su futuro se desmoronaba ante sus propios ojos.

–Quiero un abogado –pidió con voz temblorosa.

La decimotercera semana

Cayó una gran nevada sobre Coldwater, y el día de Acción de Gracias las calles amanecieron cubiertas por un grueso manto blanco. La gente salía a recoger el periódico o pasar la pala por la entrada de la casa, y respiraba un aire frío y silencioso que era un bálsamo contra la histeria de las últimas semanas.

Dentro de su casa de Cuthbert Road, Tess se ajustó el albornoz y entró en la cocina. Esperaba que los visitantes del jardín se hubieran refugiado en algún lugar por la nieve. La verdad era que muchos ya se habían resguardado en las iglesias de Coldwater.

Aun así, cuando abrió la puerta de la casa y vio los vivos reflejos del sol en el polvo blanco recién caído, comprobó que quedaban al menos treinta personas cubiertas con mantas o protegidas dentro de tiendas de campaña. Vio una cuna de bebé vacía, con nieve acumulada en su interior. La madre y el hijo se asomaron por la lona de una tienda.

–Buenos días, Tess.

–Que Dios te bendiga, Tess.

–Reza con nosotros, Tess.

Sintió un nudo en el pecho, como si estuviera a punto de llorar: tanta gente soportando el frío, gente que no recibía llamadas, que llevaba siempre el móvil con la esperanza de que les sucediese lo mismo que a ella, como si los milagros fueran contagiosos... Pensó en su madre y en la casa abierta para Acción de Gracias.

—Pasad —dijo cordialmente—. ¡Por favor! —añadió con más fuerza—. ¡Pasad todos y entrad en calor!

∽

En la iglesia baptista de Cosecha de Esperanza, la cocina parroquial olía a patatas fritas. Estaban cortando y repartiendo pavo. La salsa se servía con un cucharón de una olla de acero inoxidable.

El pastor Warren circulaba entre los desconocidos para ofrecer té helado y dar ánimos. La mayoría de los voluntarios eran habituales de la iglesia que habían cancelado sus comidas de Acción de Gracias para dar de comer a otras personas. La nieve había aumentado más de lo previsto el número de forasteros. Trajeron sillas plegables del almacén.

Después de varias semanas, Warren había recibido una llamada de Katherine Yellin.

—Feliz día de Acción de Gracias, pastor.

—Lo mismo digo, Katherine.

—¿Se encuentra bien?

—Esta mañana me ha sacado el Señor de la cama... contra todo pronóstico.

Aunque fuera un chiste viejo, oyó que era acogido con una risita. Warren ya casi no se acordaba de que antes de todo aquello Katherine lo había visitado con frecuencia, no solo para sobrellevar el luto por su hermana, sino para pedirle consejos y estudiar la Biblia. Había sido una buena feligresa, para quien el pastor era como un miembro más de la familia, hasta el punto de que una vez le había llevado en coche al médico porque él se empecinaba en curarse un catarro sin ayuda.

–Pastor, me gustaría colaborar en la comida de hoy.

–Ya.

–¿Le parece bien?

Warren titubeó. Ya había visto el alboroto que se armaba en presencia de Katherine: manifestaciones, equipos de televisión...

–Normalmente estaríamos encantados de que nos ayudases, querida, ya lo sabes, pero creo que...

Una pausa.

–Tranquilo, que lo entiendo.

–Es difícil...

–No, no, si...

–Quizá pudiéramos...

–No pasa nada. Solo quería desearle una buena fiesta.

Warren tragó saliva.

–Que Dios te acompañe, Katherine.

–Sí, pastor, y a usted también.

༄

No todas las bendiciones bendicen por igual. Mientras los otros elegidos (por decirlo de algún modo) sentían un balsámico fulgor cada vez que hablaban con sus seres queridos en el cielo, a Doreen no le ocurría lo mismo, por desgracia. Su euforia inicial había dejado paso a algo inesperado: una tristeza acentuada, un estado incluso depresivo.

Lo constató por la mañana del día de Acción de Gracias, mientras hacía cálculos en la cocina para la cena. Al contar los nombres –«Lucy, Randy, los dos niños, Mel y yo»– había incluido a Robbie como si también fuera a venir, pero claro, no vendría... En ese sentido no había cambiado nada. Cuando Robbie se había puesto en contacto con ella, Doreen empezaba a curarse de la herida de su muerte. Por fin había hecho caso a Mel, que en los últimos dos años siempre se había quejado de lo mismo: «Ya basta. La vida es para vivirla. Tenemos que seguir».

Y de pronto sufría un retroceso. Robbie volvía a formar parte de su vida. Pero ¿en qué sentido? La alegría inicial de oír su voz se había trocado en una insatisfacción desasosegante. En vez de sentir que retomaba el vínculo con su único hijo, experimentaba su pérdida de un modo tan palpable como cuando recibió la noticia de su muerte. ¿Llamadas esporádicas, inesperadas? ¿Una conversación escueta? ¿Un fenómeno que desaparecería como había aparecido, de un día para otro? Lo peor no cambiaría. Robbie no volvería nunca a casa. Ya no se sentaría en la cocina, inclinado hacia la mesa, con su cuerpo de joven musculoso cubierto por una sudadera holgada con capucha. Nunca volvería a llenarse la boca de Frosted Flakes impregnados de leche, ni a repantigarse descalzo en el sofá para hacer *zapping* en busca de dibujos animados, ni a aparecer al volante de su viejo Camaro con Jessica, su novia, la del pelo *pixie,* con la música a tope. Nunca volvería a sorprender a Doreen por detrás y, estrujándola en sus brazos, frotarle la nuca con la nariz, mientras decía: «mamámamámamámamá».

«El cielo», le decía todo el mundo. «Es la prueba. Tu hijo está en el cielo.» Pero de eso Doreen ya estaba convencida mucho antes de haber oído la voz de Robbie. Y de alguna manera el cielo era más reconfortante cuando solo estaba en su cabeza.

Siguió con los dedos el cable del teléfono, hasta llegar a la pared. Bruscamente lo desconectó y dejó caer la clavija.

Recorrió la casa desconectando los teléfonos y enrollando los cables en los aparatos. Después los metió todos en una caja, sacó su abrigo del armario y fue en coche por la nieve al punto de reciclaje de la calle principal.

Se acabaron las llamadas. Se acabó, se dijo, desafiar a la naturaleza. Hay un momento para decir hola y otro para decir adiós. Por eso parece natural el acto de enterrar las cosas, y no el de desenterrarlas.

～

Sully y Giselle debían en gran parte a la Marina el haber vivido en cinco estados: Illinois –donde se conocieron, en la universidad–, Virginia, California, Florida, donde había nacido Jules, y Michigan, en los alrededores de Detroit, donde se habían instalado después de que Sully entrara en la reserva, porque así estaban a medio camino de sus respectivas familias.

Lo que no cambiaba era la visita de los padres de Sully para Acción de Gracias. Aquella era la primera vez desde el instituto en que se invertían los términos: Sully había vuelto a la mesa familiar, que compartía con sus tíos Theo y Martha, ambos octogenarios, Bill y Shirley Castle, los vecinos de toda la vida, Jules, que tenía la cara llena de puré... y Liz, la bibliotecaria, a quien Jules había invitado la semana anterior mientras ella le leía *Tilly el tigre*, y que había aceptado de inmediato.

–¿Puede venir? –había preguntado Jules más tarde a su abuela, por insistencia de Sully–. Es que Liz es mi amiga.

–Pues claro, cielo. ¿Cuántos años tiene?

–Veinte.

La abuela se había girado hacia Sully con las cejas en alto.

–Espera a que le hayas visto el pelo –había añadido él.

En su fuero interno Sully se alegraba. Para Jules, Liz era como una hermana mayor. Sully le dejaba a su cuidado mientras se dedicaba a su investigación. De todos modos, peores sitios había donde pasar el tiempo libre para un niño que una biblioteca.

La madre de Sully entró con el pavo.

–¡Aquí está! –anunció.

–Qué maravilla –comentó el tío Theo.

–Qué buena pinta –dijo Liz.

–Lo tuve que encargar un mes antes. Del supermercado ya no te puedes fiar. Con tanto loco suelto vas a comprar ketchup y ya no les queda.

–¿Cómo es posible que se acabe el ketchup en un supermercado?

–Es que el pueblo se ha vuelto tarumba –observó Bill.

–¿Y el tráfico? –añadió su mujer.

–Yo, si no hiciera tanto frío, iría caminando a todas partes.

–Ni que lo digas.

–Tarumba.

Siguieron en la misma línea, como en casi todas las cenas del pueblo: familias reflexionando sobre cuánto había cambiado Coldwater desde los milagros; quejas, gestos de incredulidad, más quejas...

Aunque también se hablaba del cielo. Y de la fe. Y de Dios. Se rezaba más que en años anteriores. Se pedía más perdón. Los voluntarios que se ofrecían a colaborar en las comidas benéficas eran muy superiores en número a los necesitados.

Pese a los embotellamientos, las colas y los aseos portátiles que se habían instalado en las calles del pueblo, aquel día de Acción de Gracias nadie pasó hambre en

183

Coldwater, detalle que no fue consignado en ningún periódico, ni divulgado por ningún servicio informativo.

❧

–¿Hacemos un brindis?

Se sirvieron vino en las copas. Sully tomó la botella de manos del tío Theo, miró a sus padres de reojo y se la pasó directamente a la tía Martha.

Ya no bebería nunca más alcohol delante de su padre. Fred Harding había estado en las fuerzas aéreas durante la guerra de Corea, y pese a los sesenta años transcurridos aún llevaba el corte de pelo anguloso de los militares, de quienes conservaba también una visión práctica de la vida. En su momento le había enorgullecido que Sully se apuntase a la instrucción para oficiales al salir de la universidad. Durante la infancia de Sully, él y su padre no hablaban mucho, pero a medida que ascendía dentro de la jerarquía de los aviadores fueron encontrando temas en común, como el de comparar la tecnología actual con la de los tiempos de Corea, cuando los cazas eran una novedad.

«Mi hijo pilota un F/A-18», le explicaba Fred a la gente con orgullo. «Casi dobla la velocidad del sonido.»

El informe de toxicología lo había cambiado todo. Fred, furioso, había regañado a su hijo, diciendo que hasta los más novatos se sabían la regla de no beber en las doce horas antes del despegue. Era tan fácil como leer la hora.

–Pero bueno, ¿dónde tenías la cabeza?

–Solo fueron dos copas, papá.

–¡Doce horas!

–No tenía pensado pilotar.

–Deberías habérselo dicho a tu superior.

–Ya, ya. ¿Qué te crees, que no lo sé? No cambia nada. Yo estaba perfectamente. ¡El que la cagó fue el controlador! Parecía que el dato no tuviera importancia, ni para su padre ni para nadie más. Al principio, después del accidente, todo era compasión: por suerte el otro avión había aterrizado sin percances, Sully había tenido que pasar por una eyección traumática y Giselle era una víctima inocente, sin la menor duda. Pobre pareja.

Sin embargo, al filtrarse el informe de toxicología la percepción pública de Sully había sufrido un vuelco, como cuando un luchador se zafa de otro y lo inmoviliza en el suelo. El primero en recibir el informe fue un periódico, que publicó la noticia con el titular «¿Estaba ebrio el piloto en el momento del impacto?». Después llegó el turno de las cadenas de noticias, que convirtieron la pregunta en algo más parecido a una acusación. Poco importaba que la cantidad de alcohol fuera mínima, y que las facultades de Sully no se hubieran visto en absoluto mermadas. El ejército, con su política de tolerancia cero, se tomaba muy en serio esas cosas, y al ser el informe la última novedad del caso (y al buscar los medios siempre el rastro más fresco), se difuminó el trasfondo y Sully quedó como el Culpable. Ya no se volvió a hablar de que hubieran desaparecido las grabaciones del avión –cosa que no sucede nunca–, ni de que Elliot Gray hubiera salido huyendo y hubiera provocado un accidente de tráfico.

De repente Sully Harding era un aviador borracho cuya irresponsabilidad, en palabras de un comentarista sin escrúpulos, «hizo aterrizar a su mujer en el coma».

Después de leerlo, Sully ya no leyó nada más.

Lo que hacía, un día tras otro, era quedarse sentado al lado de la cama de Giselle, en el hospital de Grand Rapids adonde la habían trasladado para que estuviera más cerca de la familia. Le daba la mano, le acariciaba la cara y susurraba: «Quédate conmigo, cariño». Con el tiempo se borraron los moratones de la piel de Giselle, que recuperó un color más natural, pero su cuerpo esbelto se iba marchitando, y sus ojos permanecían cerrados.

Pasaron los meses. Sully no podía trabajar. Se lo gastaba todo en abogados. Al principio, a instancias de ellos, presentó una demanda contra el aeródromo de Lynton, pero al haber fallecido Elliot Gray, y no ser de ninguna utilidad los escasos testigos, se vio obligado a renunciar y centrarse en su defensa. Los abogados lo animaron a ir a juicio; decían que su posición estaba muy fundamentada, y que el jurado sería compasivo, pero lo cierto era que de fundamentada nada. Los tribunales militares tenían muy claro el reglamento. Beber menos de doce horas antes del despegue constituía una clara infracción del NATOPS, la biblia de la aviación naval. Por si fuera poco, podían condenarlo por haber destruido bienes del Gobierno. Poco importaba quién hubiera metido la pata en la torre de control o quién hubiera perdido a su mujer en circunstancias trágicas. Había dos testigos que afirmaban que Sully había bebido en el restaurante del hotel, y darían fe de la hora.

Para Sully fue un infierno, o peor, un purgatorio. Tenía una espada sobre su cabeza. Era un hombre sin trabajo, con su esposa en el hospital, su padre avergonzado, una familia política que no le dirigía la palabra, un hijo que preguntaba sin descanso por su madre, unas pesadillas tan atroces que odiaba dormir y un mundo real tan lleno de pesadillas que odiaba despertarse. Lo que más le importaba no era lo que más les importaba a sus abogados. Lo decisivo era el tiempo. Si se declaraba culpable cumpliría una condena más corta y saldría antes. Para estar con Jules. Y con Giselle.

Pactó declararse culpable, contra el parecer de su abogado.

Lo sentenciaron a diez meses.

Ingresó en la cárcel recordando lo último que le había dicho a su mujer.

«Quiero verte.»

«Yo también quiero verte.»

Era su mantra, su meditación, su rezo, las palabras que le hacían persistir y creer, hasta el día en que le dijeron que Giselle había muerto.

El día en que también murió dentro de Sully cualquier tipo de creencia.

$\backsim$

La noche de Acción de Gracias Sully volvió a su casa con Jules dormido en el asiento de atrás. Lo llevó por la escalera, lo acostó y dejó que durmiera con la misma ropa. Después fue a la cocina y se sirvió un vaso de bourbon.

Arrellanado en el sofá, con la barriga llena, encendió la tele y haciendo *zapping* encontró un partido de fútbol americano. Bajó el volumen y se quedó absorto en la pantalla. Quería pasar una noche de olvido.

Justo cuando se le cerraban los ojos le pareció oír golpes, y parpadeó.

–¿Jules?

Nada. Cerró los ojos. Otra vez. ¿La puerta? ¿Había alguien en la puerta?

Se levantó, y al acercarse a la mirilla notó que se le aceleraba el corazón.

Giró el pomo y tiró.

Tenía delante a Elias Rowe, vestido con ropa de trabajo y unos guantes de color mostaza.

–¿Puedo hablar un minuto con usted? –preguntó Rowe.

La decimocuarta semana

NOTICIAS
Canal 9, Alpena

(Amy en la calle principal.)
AMY: Hoy nos llegan noticias sorprendentes de Coldwater. Kelly Podesto, una adolescente que aseguraba haber recibido una llamada de su mejor amiga desde el cielo, dice que se lo inventó.
(Kelly en rueda de prensa, entre flashes.)
KELLY: Quiero decirle a todo el mundo que lo siento. La verdad es que echaba mucho de menos a mi amiga.
(Preguntas a gritos de los reporteros.)
REPORTERO: ¿Por qué lo hiciste?
KELLY: No lo sé. Supongo que porque me sentía bien. Con tanta gente recibiendo llamadas...
(Más gritos.)
REPORTERO: Kelly, ¿solo lo hiciste para llamar la atención?
KELLY *(llorando):* Lo siento mucho. Se lo digo a la familia de Brittany, lo siento mucho.
(Amy en la calle principal.)
AMY: Aún quedan seis personas que en una reunión de vecinos celebrada el mes pasado dijeron haber recibido

llamadas telefónicas del cielo. De momento ninguna ha modificado su versión. A algunos, como Eddie Doukens y Jay James, les da lástima Podesto.

(Primeros planos de Doukens y James.)

DOUKENS: Es una cría. Seguro que no lo hizo con mala intención.

JAMES: No cambia nada de lo que nos ha pasado a nosotros.

(Amy enfrente de la iglesia baptista de Cosecha de Esperanza.)

AMY: Ayer, después de ser entrevistada por adelantado en un *talk show* nacional, Kelly contó la verdad a sus padres, que insistieron en que se lo explicara a todo el mundo. Ahora hay quien comenta: «Ya os lo decía yo».

(Caras de manifestantes.)

PRIMER MANIFESTANTE: No, no nos sorprende. ¡Yo siempre he dicho que era todo teatro!

SEGUNDO MANIFESTANTE: Nunca han tenido pruebas. Me apuesto lo que sea a que la semana que viene todos los demás habrán reconocido el engaño.

AMY: De momento, sin embargo, los demás siguen en sus trece.

(Imagen de Katherine.)

KATHERINE: El amor de Dios no tiene nada de falso. Si es necesario enseñárselo a todo el mundo, se lo enseñaremos.

(Amy caminando por la calle principal.)

AMY: Katherine Yellin dice que aún piensa transmitir en público una llamada con su difunta hermana. Seguiremos informando en exclusiva y en directo sobre la noticia.

(Amy mirando a la cámara.)

Amy Penn, Coldwater, *Nine Action News.*

Jeff Jacoby pidió a su secretaria agua mineral y algo de picar para sus invitados. Tenía que tranquilizarlos como fuera.

–Bueno, vamos a ver. Ya sé que nos ha pillado un poco por sorpresa...

Examinó las caras de la mesa de reuniones. Había cuatro hombres de los nuevos puestos de recuerdos, tres productores del programa de televisión nacional, dos representantes de la marca de artículos deportivos que vendía tiendas de campaña y prendas de abrigo en la fábrica de sidra, tres mujeres de una empresa de *merchandising* religioso y el hombre de Samsung.

–Quiero darles garantías –continuó Jeff– de que todo va bien y...

–No va bien –replicó Lance, uno de los productores. Tenía el pelo ondulado y llevaba un jersey negro de cuello alto–. Quizá tengamos que cancelarlo.

–Yo diría que es probable –añadió su colega, Clint.

–Pero si Kelly solo es una adolescente –objetó Jeff–. Los adolescentes siempre hacen tonterías.

–Se ha convertido en un riesgo –afirmó Lance.

–Nadie quiere que lo engañen –dijo Clint.

–Tiene razón –asintió Terry, el ejecutivo de la Samsung–. Siembra dudas sobre todo el asunto.

–¿Solo por una adolescente? –preguntó Jeff–. Aún quedan todos los demás.

–Da igual. De momento lo mejor es que paremos el pedido de las vallas. Queremos ver por dónde va la cosa.

Jeff se mordió el labio inferior. Samsung había alquilado ocho vallas publicitarias en el pueblo, como parte de un «patrocinio» oficial de Coldwater que Jeff había negociado por un precio absurdamente alto. ¿Y ahora se retiraban?

Tenía que salvarlo. Respiró. Estaba tan furioso con Kelly Podesto que le daban ganas de gritar.

–Les voy a hacer una pregunta –dijo con la más profesional de sus sonrisas–. ¿Creen sinceramente que todos los demás pueden habérselo inventado? No son niños. Tienen que proteger su reputación. ¡Anesh Barua es dentista, por Dios! No va a jugarse a su clientela. Tess Rafferty dirige una guardería. ¡Y Doreen Sellers estuvo casada con el jefe de policía del pueblo!

»Yo estoy convencido de que es un incidente aislado.

Sus invitados no decían nada. Algunos daban golpes con los dedos en la mesa.

–Quizá ya no pueda salvarse –dijo Lance.

–Se le ha dado mucha publicidad –afirmó Clint.

–¿No dicen que la mala publicidad no existe? –observó Jeff.

–Eso es para las estrellas de cine.

–No para las noticias.

–Ni para la venta de teléfonos –añadió Terry.

Jeff apretó los dientes. Piensa, piensa, se decía.

–Miren, yo lo que quiero es que se tranquilicen. ¿Qué necesitan de mí?

–¿Francamente? –Lance miró a los demás–. ¿No dicen que hablan con el cielo? Pues no estaría de más alguna prueba.

Los otros asintieron. Jeff también.

Pensó en Katherine Yellin.

⁓

No es lo mismo el silencio de una habitación en un pueblo que en una ciudad, porque en la ciudad desaparece en cuanto se abre una ventana, mientras que en los pueblos

191

muchas veces no se puede distinguir entre dentro y fuera, a no ser por el canto de los pájaros.

Era una de las cosas que siempre le habían gustado al pastor Warren de Coldwater, pero esta vez le despertó de una siestecita matinal algo que nunca había oído en su pueblo: gritos al otro lado de la ventana.

Frente a la iglesia se estaban formando dos grupos rivales, incitados, según parecía, por la confesión de Kelly Podesto. Al principio solo se miraban con odio, pancartas en mano. Después empezaron a entonar consignas, hasta que alguien gritó, otra persona contestó y el grupo de las pancartas donde ponía ARREPENTÍOS: ¡EL CIELO EXISTE! quedó a dos pasos del de las pancartas en las que se leían LOS QUE OYEN VOCES SUELEN ESTAR LOCOS.

Se sucedían los insultos y las amenazas.

–¡Dejadnos en paz!

–¡Sois todos unos engañabobos!

–¡Alabado sea el Señor!

–¡Hacedlo en otro sitio!

–¡Estamos intentando ayudar a la humanidad!

–¡Estáis dejando que se suicide la gente!

–¡Esto es América! ¡Tenemos derecho a nuestra religión!

–¡Pero no tenéis derecho a imponérnosla!

–¡Dios lo ve todo!

–¡Mentirosos!

–Salvad vuestras almas...

–¡Timadores!

–Los ángeles de Dios...

–¡Callaos!

–Acabar en el infierno...

–Locos...

–¡Estáis locos!

—¡Aparta!

Voló un puñetazo, luego otro, y los grupos se mezclaron como el agua derramada, fundiéndose sin orden ni concierto, y adquiriendo formas nuevas. Se caían las pancartas. Los gritos se habían vuelto incomprensibles. La gente se daba empujones y salía corriendo, algunos para meterse en la refriega, otros para huir de ella.

El pastor Warren salió arrastrando los pies, con las manos en la cabeza.

—¡Paren, por favor! ¡Paren todos!

Llegó un coche de policía del que saltó Jack Sellers, que empezó a correr junto a Dyson.

—¡Sepárense! —gritaba—. ¡Que se separe ahora mismo todo el mundo!

Pero eran demasiados, alrededor de varios centenares.

—¡Hagan algo! —Oyó gritar Jack.

Luego otra voz.

—¡Ayuda! ¡Aquí!

Miró a ambos lados. La mayoría de los creyentes estaban encogidos. Los que protestaban eran más agresivos.

—¡Avisa a Moss Hill y Dunmore! —le gritó a Dyson.

Iban a necesitar muchos más hombres. En las grandes ciudades la Policía dispone de escudos, chalecos, cascos y equipos antidisturbios, pero Jack solo llevaba su parka de invierno, una porra en la cintura y una pistola enfundada, que de ningún modo pensaba blandir ante una multitud de esas características. En medio de la confusión, de los zarandeos y los empujones, vio a varios reporteros y cámaras que se acercaban por la calle, corriendo con su equipo.

Al abrirse camino e intentar distinguir entre ambos bandos, vio que un hombre joven con chaqueta marrón —que parecía de la edad de Robbie— se protegía la cara con el codo y entonaba:

—¡Sálvame, Padre, sálvame, Padre!

Al correr hacia él sintió que algo duro golpeaba su cabeza y cayó al sueldo, a cuatro patas, con la vista desenfocada y un corte en el cuero cabelludo, mientras el coro de gritos se elevaba en el aire de la antaño tranquila Coldwater como el humo de una hoguera de hojas secas.

$$\backsim$$

Samantha sacó pan de cinco tostadoras y lo llevó en una bandeja a la sala de estar, donde Tess se había sentado en el suelo con varias docenas de fieles. Desde el día de Acción de Gracias los invitaba a desayunar todos los días. Entraban por turnos, comían algo, volvían a salir y cedían su sitio a otros. Algunos se habían ido al supermercado a comprar pan, mermelada y cereales.

Al principio la dinámica estuvo marcada por la incomodidad. A pesar de que Tess vistiera jerseys y vaqueros viejos, la gente la consideraba una bendita, una elegida, y Tess se dio cuenta de que se la quedaban mirando cuando creían que ella no los veía.

Sin embargo, lo que les interesaba de verdad eran las llamadas telefónicas. Por eso se quedaron embelesados cuando les contó lo que le decía su madre.

—No trabajes hasta tan tarde, ni te esfuerces tanto, Tess.

—¿Por qué, mamá?

—Tómate tu tiempo... para admirar la creación de Dios.

—¿Cómo pasa el tiempo en el cielo?

—El tiempo lo hizo el ser humano... Estamos por encima del sol y de la luna...

—¿Hay luz?

—Luz siempre, pero no como piensas.

—¿Qué quieres decir?

–¿Te acuerdas de cuando eras pequeña, Tess? ¿Cuando yo estaba en casa... te daba miedo la oscuridad?

–No. Sabía que si estabas tú me protegerías.

–El cielo... es la misma sensación. No hay miedo. No hay oscuridad. Cuando sabes que eres querida... eso es luz.

Al oírlo los fieles inclinaron la cabeza, sonrieron y se tomaron de la mano. Se notaba que la propia Tess se emocionaba al citar a su madre. Ruth había pasado su último año de vida en una silla de ruedas, como una estatua viva que se dejaba peinar, vestir y de vez en cuando poner un collar por Tess. Era Tess quien la alimentaba y la bañaba. Ansiaba oír su voz. Rechazamos tantas veces las voces más cercanas...

Y sin embargo las buscamos cuando ya no están.

–Tu madre –dijo una mujer con acento hispano, que llevaba una crucetita en el cuello– es una santa.

Tess se imaginó a Ruth en aquella misma mesa, haciendo minibocadillos de jamón o de ensaladilla de huevo.

–No. –Sonrió–. Ella daba de comer.

༺

Sully salió de la tienda de muebles con un cheque en la bolsa.

–Feliz Navidad –le deseó una vendedora cuando iba hacia la puerta.

Aún faltaban tres semanas para las vacaciones, pero las casas y negocios de Coldwater estaban decorados con luces de colores. En muchas puertas había coronas navideñas. Sully puso el coche en marcha, encendió la calefacción y se frotó las manos. Después echó un vistazo a su reloj de pulsera: aún faltaban dos horas para que Jules saliera del colegio. Fue a la tienda de Dial-Tek, donde había quedado con Elias Rowe.

Se acordó de la semana anterior, de la noche en que Elias se había presentado en la puerta de su casa. Sully le había ofrecido una copa. Se habían sentado a la mesa de la cocina.

—Vengo de estar varias semanas fuera —había dicho Elias.

Se había refugiado en su cabaña de la península Superior, donde evitaba a «todos los locos» que intentaban ponerse en contacto con él. Solo había vuelto a casa por Acción de Gracias para estar con la familia de su hermano, pero después de ver el pueblo —los coches, las furgonetas, los campamentos, el gentío—, y las dimensiones poco menos que irreconocibles que había adquirido, se sentía en la obligación de encontrar a Sully antes de marcharse.

—Pienso constantemente en el día en que vino a mi camión. He estado pensando mucho, preguntándome si no habría hecho mejor en quedarme callado... Total, que si le he dado algún problema con su hijo, lo siento.

Sully desvió la mirada hacia la habitación de Jules, y se planteó enseñar a Elias el teléfono de plástico azul que tenía su hijo debajo de la almohada.

En vez de eso le hizo una pregunta.

—¿Por qué se fue?

Elias le habló de Nick Joseph, del percance entre ambos y su triste muerte. También le habló de las llamadas en que Nick le preguntaba «¿por qué lo hiciste?», y de cuando había arrojado el teléfono al lago Michigan.

Sully, a su vez, habló de su convicción de que todo era un engaño, y de su descubrimiento de que seis clientes habían compartido el mismo plan telefónico. No era de extrañar que la única que no lo hubiera contratado fuera Kelly Podesto.

Elias echó la cabeza hacia atrás.

—¡Anda, pero si yo también lo tuve! Hace un par de años.

—No puede ser una coincidencia —dijo Sully.

Elias se encogió de hombros.

—Quizá no, pero no explica que yo haya hablado con Nick.

Sully bajó la vista. Ahí estaba el problema.

—Pero desde entonces no ha tenido ningún otro contacto, ¿verdad?

—No tenía teléfono.

—¿Estaría dispuesto a probar algo? ¿Para demostrar si es verdad o no?

Elias sacudió la cabeza.

—Lo siento, pero no, ni hablar. Tenía la impresión de estar jugando con una especie de magia muy potente. Si le soy sincero, me ponía los pelos de punta.

Sully se pasó la mano por el pelo, tratando de disimular su frustración. Hablar con el cielo hipnotizaba a algunos y aterraba a otros. ¿Por qué no había nadie que quisiera desenmascararlo?

Se fijó en que Elias miraba por encima de su hombro, y al girarse vio a Jules en el pasillo, frotándose los ojos.

—Papá...

El niño se apoyó en el marco de la puerta y bajó la barbilla hacia el pecho.

—¿Qué pasa, chaval?

—Me duele la barriga.

Sully fue a levantarle en brazos y se lo llevó otra vez a la cama. Se quedó varios minutos sentado a su lado, acariciándole la cabeza hasta que se volvió a dormir. A su regreso se encontró con que Elias tenía entrelazadas sus grandes manos, y la frente apoyada en ellas.

–¿Echa de menos a su madre?

–Una barbaridad.

–¿Usted cree que es un engaño? ¿De verdad?

–Tiene que serlo.

Elias suspiró.

–¿Qué necesita que haga?

Sully casi sonrió.

–Comprarse otro teléfono.

〜

Amy se metió en una gasolinera de la carretera y frenó al lado de una bomba de aire, sin apagar el motor. Phil salió del coche y se desperezó como un oso.

–¡Uf, qué frío! –exclamó mientras se restregaba los codos con vigor–. ¿Quieres un café?

–Gracias.

–¿Con leche?

–Solo.

Salió corriendo.

Amy estaba llevando a Phil –por insistencia de él– a Coldwater, donde se había instalado hacía dos meses. A Phil le había parecido que tenía que supervisar personalmente la propuesta de retransmisión de una llamada telefónica a Katherine Yellin. A Amy le daba igual. De hecho se alegraba de que estuviera allí. Así se daría cuenta de cuánto había trabajado para la cadena, hasta el punto de vivir prácticamente en aquel pueblucho, ganándose a Katherine. Si esta última se había negado a salir en el futuro programa de la tele nacional era exclusivamente gracias a Amy, como lo era que Katherine hubiese accedido a que *Nine Action News* tuviera precedencia en transmitir una llamada de su hermana. Eso lo vería Phil en aquel viaje. Como mínimo el fenómeno de Coldwater sería el billete que sacase a Amy de las noticias del fin de semana. Ya salía más que ningún otro reportero de la cadena en los programas de lunes a viernes, y se referían a ella en broma como «Amy la de Coldwater».

Sacó el teléfono y marcó el número de Rick, su novio.

–¿Diga?

–Hola, soy yo.

–Ah, hola –respondió él con voz de enfado.

❧

Aunque Alexander Bell inventase el teléfono, no tuvo que sufrir sus peculiares efectos en las relaciones de pareja. Al ser sorda la mujer de su vida, Mabel, nunca tuvo en sus manos el auricular, y Bell nunca oyó cómo se apagaba su voz, o se volvía insulsa o distante; nunca sufrió la desazón de oír a nuestros seres queridos sin verlos, y tener que interpretar su decepción con una sola pregunta: «¿Qué te pasa?».

Era lo que llevaba semanas diciendo Amy cuando llamaba a Rick desde Coldwater después de haber enviado sus reportajes. Rick se había vuelto retraído, irritable. La noche anterior, en una de sus pocas visitas al piso en que vivían, Amy había descubierto la razón.

–¿En serio que quieres dedicarte a esto? –le preguntó Rick, adoptando el tono de las discusiones.

–¿A qué te refieres?

–¿Ordeñar a la gente para que te cuente cosas frikis?

–Se llama noticias, Rick, y es mi trabajo.

–Es una obsesión. Te quedas a dormir. ¡Jo, Amy, conozco a directores de empresa que trabajan menos horas!

–¡Yo no te digo cómo tienes que hacer tu trabajo!

–¡Es que yo vuelvo a casa del trabajo! Tengo ganas de hablar sobre otro tema. Tú solo hablas de Coldwater, de lo que ha dicho Katherine, de lo que ha hecho la ABC, de lo que han publicado los periódicos, de que los vas a ganar, de que necesitas a un cámara... ¿No te escuchas, Amy?

–¡Lo siento! Funciona así, ¿vale? ¡A todos los que llegan a algo los sitúa en el mapa una noticia!

Rick sacudió la cabeza con la boca entreabierta.

–Deberías oírte. ¿En el mapa? ¿Qué mapa? ¡Pero si no hay ningún mapa, coño! De ti y de mí no has hablado ni una vez. Y eso que en principio tenemos que casarnos... ¿De ese mapa qué me dices?

–¿Y qué quieres que haga? –replicó Amy con una mueca de rabia.

Más que una pregunta era una amenaza.

La decimoquinta semana

Cuando estaban casados, Doreen solía visitar a Jack en la comisaría, que quedaba a poco más de un kilómetro de su casa. A veces ella y el pequeño Robbie llevaban bocadillos de rosbif para todos, y los agentes de menor graduación le enseñaban a Robbie sus pistolas, que fascinaban al pequeño y molestaban a su madre.

Hacía seis años, desde el divorcio, que no pisaba la comisaría. Por eso el lunes por la mañana se giraron todas las cabezas cuando la vieron aparecer en recepción y desenvolverse la bufanda.

—Hola, Ray.

—¡Hombre, Doreen! —exclamó Ray con un entusiasmo excesivo—. ¿Cómo estás? ¡Te veo muy guapa!

—Gracias. —Doreen llevaba un viejo abrigo rojo, y ni una pizca de maquillaje, así que sabía que de guapa nada—. ¿Puedes decirle a Jack que estoy...?

—Vente para aquí —dijo Jack, de pie en su puerta.

Era una comisaría demasiado pequeña para no saber que había entrado tu exmujer. Doreen, tensa, sonrió y fue hacia el fondo. Saludó con la cabeza a Dyson y a dos hombres que no le sonaban. Jack cerró la puerta.

—Mel no quería que viniese —empezó Doreen.

–Mmm... ya –dijo Jack.

–Me tenías preocupada. ¿Es grave la herida?

–No, qué va.

Jack se tocó la cabeza. Tenía vendada la sien, con una cicatriz de más de un centímetro. La semana anterior, durante la escaramuza en la iglesia, alguien le había dado un golpe con una pancarta –se concluyó que involuntariamente– y le había dejado en el suelo, de rodillas, espectáculo captado por las cámaras de televisión. La imagen del primer policía del pueblo a cuatro patas había hecho cundir el pánico entre los habitantes de Coldwater, con el resultado de que el gobernador había asignado al pueblo a siete policías del estado por tiempo indefinido. Dos de ellos –los que no le sonaban a Doreen– estaban sentados fuera del despacho.

–¿Qué hacías tú en aquel follón? –preguntó Doreen.

–Intentar que no se pelearan. Vi a un chico que me recordó...

–¿Qué?

–Da igual.

–¿A Robbie?

–Da igual. Intenté ayudarle. Fue una tontería. Pero ya estoy bien. Me han herido más en el orgullo que en la cabeza.

Doreen vio que tenía en la mesa una foto enmarcada: los tres, Robbie, Jack y Doreen, con chalecos naranjas, durante una excursión en lancha de propulsión a chorro, cuando Robbie era adolescente.

–He quitado los teléfonos, Jack.

–¿Qué?

–De la casa. Me los he quitado de encima. Ya no puedo más.

–¿Has dejado de hablar con él?

Doreen asintió.

202

–No lo entiendo.

Ella lanzó un profundo suspiro.

–No me hacía feliz. Si quieres que te diga la verdad, solo me servía para echarle más de menos.

Volvió a mirar la foto y, a pesar de las lágrimas que se le estaban formando en los ojos, emitió una risa entrecortada.

–¿Qué pasa? –preguntó Jack.

–Esta foto. Mira qué llevamos.

–¿Qué llevamos?

–Salvavidas.

෴

Aunque Doreen no lo supiera, Jack había hablado con Robbie el viernes anterior.

–Papá, ¿estás bien?

Suponiendo que se refería a la herida, le había hablado de las manifestaciones.

–Ya lo sé, papá. Estuviste increíble.

–La gente no sabe qué hacer con esto, Robbie.

–Mola. Todo mola.

Jack se había estremecido. Robbie siempre había hablado así, pero por algún motivo ahora Jack se esperaba otro vocabulario.

–Robbie...

–Cuando la gente no cree en algo está perdida.

–Sí, supongo que sí.

Una pausa.

–Todo mola.

–Oye, hijo, ¿qué quieres decir con que «el final no es el final»?

Otra pausa, más larga de lo acostumbrado.

–El final no es el final.

–¿Te refieres a la vida? Es que pasaron tus amigos, Zeke y Henry, y dijeron algo sobre un grupo de música. ¿Es una canción de un grupo?

–Te quiero, papá.

–Yo a ti también.

–Papá...

–¿Qué, Robbie?

–La duda... es la manera de encontrarlo.

–¿Qué quieres decir?

Pero se había cortado la llamada.

༄

Sully anotó el encabezamiento «¿Detalles?» en su libreta amarilla, y repasó los nombres de la lista: Tess Rafferty, Katherine Yellin, Doreen (Sellers) Franklin, Anesh Barua, Eddie Doukens, Jay James y Elias Rowe. Había tachado el nombre de Kelly Podesto con una raya roja.

Dio unos golpes rítmicos con el bolígrafo.

–¿Qué, qué tal, CSI?

Era Liz, mirándolo desde su mesa, donde estaba Jules en un taburete, coloreando un elefante de los dibujos animados.

–Ahhhh... –Sully suspiró y se echó hacia atrás–. Estoy intentando entenderlo.

–¿Entenderlo? ¿El qué?

–Cómo ha podido encontrar alguien tantos datos sobre esta gente.

–¿Sobre los muertos?

Jules levantó la vista.

–Discreción, por favor –dijo Sully.

–Perdón.

–Yo ya sé qué quiere decir muerto –afirmó Jules–. Es lo que le pasó a mi mami.

Dejó una cera azul y cogió una roja.

–Oye, Jules... –empezó Liz.

–Mamá aún habla. Va a llamarme.

Liz suspiró y se acercó a Sully, que tuvo un estremecimiento al ver su pierna lisiada y sus movimientos de cadera. Se preguntó si llegarían a encontrar una manera de curarla. Era muy joven. Algo podían descubrir.

–De verdad que lo siento –se excusó ella, sentándose a su lado.

–No te preocupes.

–Oye, los datos esos que buscas... ¿Y las necrológicas?

–¿Qué pasa con las necrológicas?

–Que el que las escribió debe de saber mucho de toda esta gente.

–Cuando tú vas, yo vuelvo. Hay una mujer...

–Maria Nicolini.

–¿La conoces?

–¿Quién no?

–Es la que escribe las necrológicas. Tiene unas carpetas llenas de información.

–Ya. ¿Y?

–¿Y qué? –Sully sonrió, burlón–. ¿Maria? Si es la que está detrás de las voces, me apuesto lo que sea a que no tiene nada que ver con las voces.

Liz sacudió la cabeza.

–No. Maria nunca le haría daño a nadie. Bueno, sí, hablando hasta que se les caigan las orejas.

–Es lo que digo.

–Pero si tiene tantas carpetas, ¿quién más las ve?

–Nadie. Se las queda ella.

–¿Estás seguro?

–¿Por dónde vas?

Liz echó un vistazo a Jules, que estaba concentrado en colorear.

–Lo único que sé es que cuando iba a la universidad hice unas asignaturas de periodismo y decían que para escribir un artículo siempre había que tenerlo todo bien archivado, por si alguna vez te interrogaban. «Guarden todos sus apuntes y todo el material de investigación», decían.

–Un momento. –Sully clavó en Liz una mirada elocuente–. ¿El periódico? ¿Me estás diciendo que alguien tiene los archivos y podría dirigirlo todo... desde el periódico?

Liz arqueó una ceja.

–Para el que trabajas tú.

❧

De haber sabido que sería tan difícil ser alcalde, Jeff Jacoby no se habría presentado al cargo. Solo lo había hecho porque para él la autoridad era algo natural; la tenía como presidente del banco, la tenía como presidente de su patronal y la tenía en el club de campo del lago Pinion, cuyo consejo presidía. ¿Por qué no en Coldwater? Tampoco podía ser tan duro el puesto de alcalde, caramba. Ni siquiera se cobraba.

¿Cómo podía haber adivinado que su mandato coincidiría con la mayor noticia en la historia del condado? Sin embargo, ahora que Coldwater estaba en el punto de mira de medio mundo, no pensaba renunciar a ello solo porque aquella cría, Kelly Podesto, no se hubiera podido resistir a llamar la atención.

«No estaría de más alguna prueba.» Lo había dicho Lance, el productor de la tele. Por eso el miércoles por la tarde Jeff organizó una comida en el bar de Frieda e invitó a Lance, Clint, Jack Sellers (lo que tenía pensado Jeff requeriría seguridad) y –la clave de todo– Katherine Yellin, que a la pregunta de si iría Jeff había contestado que tenía que consultarlo con «su amiga», la reportera televisiva Amy Penn, la cual había dicho que tenía que consultarlo con su jefe, el director de informativos Phil Boyd, el cual había dicho que tenía que consultarlo con sus superiores de la cadena, la cual, según se alegró Jeff de descubrir, era la misma que emitía el programa nacional que había llevado a Coldwater a Lance y Clint.

Jeff estaba aprendiendo muy deprisa que los medios de comunicación tenían dos caras: la que quería conseguir la noticia y la que quería asegurarse de que no la consiguiera nadie más.

Eran deseos con los que podía jugar. En el mundo de la banca se lo conocía como «la máquina de hacer dinero». Sentar en la misma mesa a Katherine, Jack, Amy, Phil, Lance y Clint era una nueva demostración de sus habilidades. Se fijó en que todos tenían el móvil delante. Echó un vistazo al modelo plegable de Katherine, de color salmón, con el que había empezado todo.

—Bueno —dijo después de que Frieda llevara agua fría para todos—, gracias por haber venido.

—¿Puedo hacer una pregunta? —lo interrumpió Katherine—. ¿Por qué tenemos que reunirnos aquí? Hay mucha gente.

En efecto, el bar de Frieda estaba a reventar, y el grupo era objeto de atención constante. Los clientes se los quedaban mirando, y los reporteros les hacían fotos. Que era justamente lo que quería Jeff.

—Es que he pensado que va bien fomentar el negocio local.

—El bar de Frieda se las arregla muy bien sin nosotros —replicó Jack.

Jeff lanzó una mirada al jefe de policía, que tenía vendada la sien.

–Es verdad, Jack, pero ya que estamos aquí vamos a hablar de por qué estamos aquí, ¿de acuerdo?

Y en ese momento desveló su plan.

೧

Uno. La intención de Katherine era hacer partícipe de una llamada telefónica al resto del mundo.

Dos. El programa de televisión tenía que asegurarse de que el fenómeno fuera real.

Tres. A los otros «elegidos» les preocupaba que la mentira de Kelly deteriorase su imagen.

Cuatro. Canal 9 había conservado la «exclusiva» de Katherine.

Cinco. Faltaba poco para Navidad.

Juntando todos estos puntos, Jeff había obtenido lo que llamaba «una idea en la que todos ganan». Si Katherine podía recibir una llamada en presencia de todo el pueblo, y compartir la voz de su difunta hermana, ya nadie dudaría de la veracidad de los milagros de Coldwater. Los otros quedarían finiquitados, se podría olvidar a Kelly Podesto y sería una magnífica historia navideña. Además, ya que el programa compartía canal con *Nine Action News*, de Alpena (en aquel punto Jeff se imaginaba como ejecutivo de televisión), ¿no les correspondía a Phil y Amy participar? ¿No era lo que se llamaba promoción cruzada?

–¿Podríamos conservar la exclusiva para nuestro mercado? –preguntó Phil.

–A nosotros no nos molesta –respondió Lance.

–¿Podría hacer Amy los reportajes de interés humano?

–Perfecto –convino Clint.

–¿Dónde lo haríamos?

–¿Qué les parece la fábrica de sidra? –propuso Jeff.
–¿Al aire libre?
–¿Por qué?
–Por una cuestión climática.
–¿Y el banco?
–¿Algo así en un banco?
–También tenemos las iglesias.
–Podría estar bien.
–¿Cuál?
–¿La de St. Vincent?
–¿La de Cosecha de Esperanza?
–¿Y el instituto?
–Otra opción es el gimnasio...
–Ya lo usamos cuando...
–¡Basta! ¡Basta! ¡No puede ser! ¡Esto no está bien!

El grito produjo un momento de silencio en el bar de Frieda. Lance y Clint pusieron mala cara. Jeff se había quedado con la boca abierta. Lo lógico habría sido sospechar de Katherine, a quien estaban pidiendo retransmitir a todo el mundo la voz de su difunta hermana, o de Jack, que oía hablar de un acto público multitudinario cuando aún tenía vendada la cabeza por culpa del anterior.

Pero no, la voz que gritó «¡Basta!» fue la de una mujer que en cierto modo había empezado todo.

Amy Penn.

–Pero ¿se puede saber qué haces? –rezongó Phil entre dientes.

Amy se había quedado como en trance.

Ni siquiera se había dado cuenta de que las palabras salían de su boca.

∾

Elias Rowe veía deshacerse las pequeñas olas en la orilla. Le gustaba estar al borde de los Grandes Lagos. Podía pasarse varias horas cautivado por los movimientos del agua. «Un lago no es un mar –le había dicho en broma un amigo que vivía en Miami–, por mucho tiempo que te lo quedes mirando.» Para Elias, sin embargo, que de pequeño había ido en barca y nadado todos los veranos por aquellas aguas, acercarse a la orilla era como una peregrinación.

Era viernes por la mañana. Se dirigía al norte, y había parado unos minutos para disfrutar de la soledad. Vio que cerca de la orilla había algunas manchas de hielo: el invierno, que empezaba a imponerse.

Hundió las manos en los bolsillos del chaleco.

Sintió vibrar su móvil.

Era el que había comprado a regañadientes en la tienda de Coldwater. Elias y Sully llevaban cinco días con su «experimento». No le había dado a nadie el número. Miró la pantalla.

Ponía DESCONOCIDO.

Respiró tres veces seguidas, sonoramente, como quien se prepara para sumergirse en el mar.

Después pulsó un botón.

–¿Quién es? –respondió.

Tres minutos más tarde le temblaban las manos al marcar un número anotado en un papel doblado.

–Tenías razón –susurró al oír la voz de Sully–. Acaba de llamarme.

–¿Quién?

–Nick.

❧

Por la noche, el pastor Warren se encontró el santuario de Cosecha de Esperanza abarrotado. Era una sesión de estudio de la Biblia, algo que pocos meses antes podría haber convocado a siete personas. Ahora había como mínimo quinientas.

—Esta noche quiero hablaros del maná —empezó—. ¿Sabéis todos qué es el maná?

—¡Alimentos del cielo! —bramó alguien.

—Alimentos de Dios —le corrigió el pastor Warren—; pero sí, es verdad que llegaba del cielo. Todas las mañanas. Cuando los hijos de Israel vagaban por el desierto.

—Pastor...

Un hombre había levantado la mano. Warren suspiró. Estaba un poco mareado y tenía la esperanza de que fuera una sesión corta.

—Dígame, joven.

—¿En el cielo las almas necesitan alimentarse?

Warren parpadeó.

—Pues... no lo sé.

—He hablado con Tess y dice que su madre nunca habla de comida.

—Katherine tampoco —dijo otra persona.

—Yo soy amiga de Anesh Barua —intervino una mujer madura, levantándose—. Podría pedirle que se lo pregunte a su hija.

—¿De qué murió?

—De leucemia. Tenía veintiocho años.

—¿Cuándo has hablado con él?

—¡Silencio, por favor! —exclamó Warren.

La congregación quedó en silencio. Warren sudaba. Le dolía la garganta. ¿Estaría incubando algo? En los últimos tiempos había dejado las sesiones de estudio de la Biblia en manos de su joven diácono, Joshua, pero aquella noche se había sentido obligado a hacer un esfuerzo. Conocía el plan del alcalde desde hacía unas horas: una retransmisión televisada en la que Katherine Yellin hablaría con su hermana muerta. Lo vería el mundo entero. Hasta la última fibra de su ser le decía que era un error, por no decir una blasfemia, y que podía ocurrirles a todos algo gravísimo. Había intentado concertar un encuentro con Jeff Jacoby, pero le habían dicho que no tenía ni un hueco en la agenda. También había intentado llamar a Katherine, pero no se ponía. La Biblia le instaba a la humildad. Aun así, sentía arder un fuego en su interior, como si le hubieran dado un bofetón. Llevaba cincuenta y cuatro años en el mismo púlpito. ¿No se merecía la deferencia de que lo escuchasen? ¿Qué les estaba pasando a sus conocidos? A Katherine, que había sido una feligresa ejemplar; a Jeff, que antes siempre había tenido oídos para sus consideraciones; al padre Carroll, a los otros clérigos... Parecía que estuvieran dejándolo atrás, atraídos por una luz en la que Warren no intuía nada de divino. Hasta a su querida señora Pulte la había perdido por culpa de aquella locura, y en su ausencia los voluntarios lo habían gestionado todo fatal. El orden en el que había vivido Warren parecía disgregarse, deshilvanarse. Todo se le iba de las manos, incluso una simple sesión de estudio de la Biblia. Concentración, Señor, dame concentración, rogó para sus adentros.

–Vamos a ver... Ah, sí, el maná –dijo–. Si sois tan amables de leer conmigo... –Forzó la vista a través de las gafas–. Aquí: Éxodo, capítulo 16, versículo 26.

Concéntrate, Warren, se dijo.

–Dios habla por boca de Moisés. «Seis días podéis recogerlo (el maná), pero el día séptimo, que es sábado, no habrá nada.» –Levantó la vista–. ¿Sabéis qué pasó?

Una anciana menuda levantó la mano.

–¿Que salieron igualmente en busca de maná?

–Exacto. En el versículo veintisiete leemos: «A pesar de todo, salieron algunos del pueblo a recogerlo el séptimo día, pero no encontraron nada».

Warren se secó la frente con un pañuelo.

–Tenemos, pues, a unas personas que reciben algo asombroso: comida del cielo. Estaba buena, las saciaba... Era el alimento perfecto. Hasta es posible que no engordara, vaya usted a saber.

Hubo algunas risas. Warren estaba grogui. Su corazón latía tan deprisa que sus pulmones no daban abasto. Sigue, sigue, se dijo.

–Pero ¿qué pasó? Pues que aun así hubo algunos que no se fiaron de la palabra de Dios y salieron en sábado, aunque él les hubiera dicho que no lo hicieran. Os recuerdo que el maná era un milagro. ¡Un milagro de verdad!

Respira: adentro, afuera..., se dijo. Acaba la lección.

–Aun habiendo recibido de Dios aquel regalo, ellos querían más.

Adentro. Afuera, Warren.

–¿Y qué consiguieron?

–¿Nada? –dijo alguien.

–Peor: que Dios se enfadó.

El pastor Warren levantó la barbilla. Las luces parecían más crudas que de costumbre.

–¡Dios se enfadó! No podemos exigir milagros. ¡No podemos esperarlos! Lo que está pasando en Coldwater, queridos amigos, está mal.

La congregación murmuraba.

–¡Está mal! –repitió él.

Los murmullos eran cada vez más fuertes.

–Hermanos y hermanas, ¿sabéis qué significa la palabra «maná»?

La gente se miró.

–¿Alguien sabe qué significa?

Nadie contestaba. Warren exhaló.

–Significa... «¿Qué es esto?»

Lo repitió. Empezó a darle todo vueltas. Su tono de voz se volvió plano, como el tono de llamada de un teléfono.

–¿Qué es esto?

Se desplomó.

La decimosexta semana

Alexander Graham Bell creó el teléfono, pero la manera de contestar fue obra de Thomas Edison. Como saludo estándar, Bell había pensado en *ahoy,* pero en 1878 Edison, su rival, propuso *hello,* una palabra poco usada pero fonéticamente clara; y dado que fue Edison quien supervisó las primeras conversaciones telefónicas, la norma pasó a ser rápidamente *hello.*

Edison también mejoró mucho la calidad de la señal, incorporando al transmisor un disco de carbono comprimido.

Sin embargo, nada de lo que aportó Edison al teléfono pudo compararse a la histeria inicial inspirada por Bell; a lo sumo, tal vez, lo que declaró en 1920 a una revista: que estaba trabajando en un «teléfono de espíritus», un aparato que quizá algún día permitiera hablar con los muertos.

«Yo creo que la vida es indestructible, como la materia –afirmó–. Si en otra vida hay personalidades... que deseen ponerse en contacto con nosotros, aquí, en esta vida..., este aparato les daría como mínimo más oportunidades.»

El artículo despertó reacciones encendidas, seiscientas cartas al director y muchas solicitudes del aparato. Con el paso del tiempo, Edison dio a entender que no lo había dicho en serio, pero hoy en día aún hay gente que sigue el rastro de su misterioso invento.

El rumor de que en un programa en directo desde Coldwater, Michigan, se oiría por primera vez una voz del cielo provocó una reacción que habría aplastado a Edison como un alud. Las carreteras de acceso a Coldwater quedaron intransitables durante horas. El gobernador asignó docenas de policías del estado, que se distribuyeron cada kilómetro y medio por la Ruta 8 y cada cien metros en la calle Lake. Llegaron caravanas, coches familiares, todoterrenos y autocares escolares. Como una lluvia de meteoritos, un eclipse de sol o una celebración de cambio de milenio, el acontecimiento convocó a curiosos, devotos y otros que solo querían participar en algo histórico. Atrajo por igual a fanáticos religiosos y a no creyentes, para quienes era o bien una locura o bien un sacrilegio dar semejante trato al cielo.

Estaba previsto para el viernes, tres días antes de Navidad, a la una del mediodía. Se haría en el campo de fútbol del instituto, al aire libre, con escenario y altavoces, porque en el pueblo no había ningún edificio con cabida para el público previsto. El jefe de policía, Jack Sellers, que hizo constar su «disconformidad total con la idea», no quiso garantizar la seguridad de una filmación en interiores. Temía una avalancha humana cuando la multitud intentara entrar y elevadísimos riesgos de incendio.

El acontecimiento no lo cubriría Amy Penn. La habían mandado de vuelta a casa, previas disculpas de Phil Boyd por su falta de profesionalidad. Nadie sabía qué mosca le había picado para ponerse a gritar «¡Basta!» y negarse de repente a hablar de una noticia en la que llevaba meses trabajando. «Será el agotamiento –había objetado Phil–. La gente, cuando está cansada, hace tonterías.»

En su lugar designó al principal presentador de noticias de la cadena.

La luz verde para el plan dependía por supuesto de Katherine Yellin, que había pedido un día de margen para pensárselo. El viernes por la mañana, después de rezar durante varias horas al pie de su cama, oyó sonar el teléfono y supo que era Diane. Lo era, en efecto.

–¿Hoy estás contenta, hermana?

Katherine se sinceró. Habló sobre su frustración, las manifestaciones, los que dudaban, los que no creían...

–Diane, ¿hablarás conmigo delante de todo el mundo? ¿Para que sepan que es verdad, y que hemos sido las primeras?

Ruido de fondo.

–¿Cuándo?

–Quieren que sea el viernes que viene. Yo no sé. ¿Es bueno o malo, Diane? Me encuentro tan perdida...

–¿Tú en el fondo qué quieres, Kath?

A pesar de las lágrimas, Katherine sonrió. Hasta en el cielo se preocupaba Diane por las necesidades de su hermana.

–Yo solo quiero que la gente me crea.

El ruido de fondo se hizo más fuerte.

–¿Diane? ¿Aún estás aquí, Diane?

Finalmente su hermana respondió.

–Para ti siempre estoy, Kath.

–Siempre has estado.

–El viernes.

Y después silencio.

℘

Nunca había habido tanto trabajo en las oficinas de la *Northern Michigan Gazette*. Durante las últimas semanas el periódico había visto duplicarse su grosor, en gran parte por los anuncios dirigidos a los visitantes. Ron Jennings se había traído a redactores *freelance* para colaborar en los textos, y los dos reporteros de plantilla, Elwood Jupes, de sesenta y seis años (que llevaba varias décadas en el periódico), y Rebecca Chu, de veinticuatro (que estaba previsto que ocupara su lugar cuando se jubilase), tenían al menos cinco artículos en cada edición.

En los dos meses que llevaba trabajando en la *Gazette* Sully nunca había conocido a nadie de redacción. No quería. Teniendo en cuenta su pasado y las características del negocio de la información, no había duda de que solo serviría para que le hicieran preguntas a las que no deseaba responder.

Ahora, sin embargo, tenía motivos para estar ahí: la sensata sugerencia de Liz de que quizá en el periódico hubiera alguien al corriente de las entrevistas de Maria para las necrológicas. Con tanta información acerca de los fallecidos y el acceso propio de los reporteros a todo tipo de teléfonos, datos e historiales, ¿cabía mejor base para perpetrar un engaño?

–Bueno, vamos a empezar –propuso Ron Jennings.

Había juntado a toda la plantilla alrededor de una mesa de reuniones, tanto la de redacción como la comercial. Apenas podía contener su entusiasmo. Dio unos golpes con el rotulador azul en la pizarra blanca que tenía al lado.

–Esta semana será la mejor de toda nuestra historia.

৹

Al final de la reunión Sully se abrió camino hacia Elwood Jupes, el reportero de pelo blanco, nariz de boxeador y una papada que se derramaba sobre su cuello abotonado y el prieto nudo de su corbata. Jupes miró a Sully a través de unas gafas de carey, tendió la mano y se presentó.

–Tú eres de ventas, ¿no? Me llamo Elwood, ¿eh?

–Sullivan Harding.

–Mmmm.

Sully se quedó callado. ¿Qué había sido eso?

–¿Cuánto tiempo llevas con nosotros? –preguntó Elwood.

–Nada, un par de meses. ¿Y tú?

El reportero se rio.

–Pues desde antes de que nacieras, ¿eh?

–¿Y qué te parece todo esto? Me refiero a las llamadas.

–Lo más increíble que he cubierto en mi vida.

–¿Tú crees que es bueno?

–¿Bueno? –La mirada de Elwood se volvió más penetrante–. Pues... Vamos a ver. La gente se porta mejor, ¿no? Desde que empezó todo no hay ladrones, ni siquiera en las tiendas. Habla con los de las iglesias y te dirán que no queda ni un asiento libre. Entonces, ¿señor Harding? ¿Es bueno o no? ¿Eh?

Sully pensó que como Jupes dijera una vez más «¿eh?» le pegaría una bofetada.

–Supongo que tienes que escribir un montón sobre el tema –dijo.

–Desde que empezó no paro. –Jupes suspiró–. Prácticamente no cubro nada más, menos los partidos de los Hawks de los viernes por la noche. Porque sigo estando loco por el fútbol, ¿eh? Este año no nos ha ido muy bien. Solo hemos ganado tres veces.

Sully cambió de tema.

–Oye, ¿al final han encontrado a Elias Rowe? ¿No fue de los primeros?

Elwood miró a ambos lados y se inclinó hacia él.

–Esta semana ha estado en el pueblo. Lo han visto unos cuantos.

–¿Y por qué no había dicho nada?

–¿Que por qué? Puede que porque recibía llamadas de alguien que él no quería que lo llamase. No se le ha ocurrido a nadie, pero a mí sí, ¿eh?

Sully sintió que se le cerraba el puño.

–¿Y quién lo llama?

–Eso no te lo puedo decir. Tengo que proteger mis fuentes.

Sully sonrió forzadamente.

–Venga, hombre, que trabajamos los dos del mismo lado, ¿no?

–Qué va –dijo Elwood–. El dinero y las noticias nunca están del mismo lado.

Le dio unos golpecitos en el brazo, socarrón. A Sully se le atropellaban las ideas. Intuía que la conversación estaba a punto de acabarse y aún tenía mucho por averiguar.

–Oye, hablando de negocios, hoy tengo que ir a ver a un cliente. Davidson & Hijos. ¿Los conoces?

–¿Que si los conozco? Tengo sesenta y seis años. ¿Te puedes imaginar a cuántos entierros he ido? Además, el dueño es amigo mío de toda la vida.

Genial, pensó Sully. Aquel individuo y Horace. Valiente combinación.

–Estuve hablando con una mujer que trabaja para ellos, Maria, y me explicó que escribía nuestras...

–Necrológicas. Sí. –Elwood hizo una mueca–. A mí nunca me ha parecido bien. ¿Cobrar a un anunciante y que te dé los textos?

–Sí, es verdad –afirmó Sully, pensando en los archivos de Maria–. A mí también me parecía raro. ¿Cómo sabemos que los datos que publicamos son exactos? ¿Los comprueba alguien?

Elwood carraspeó y miró atentamente a Sully, como una cámara efectuando un barrido del horizonte.

–Te interesa el tema, ¿eh?

Sully se encogió de hombros.

–¿Y por qué te interesa tanto?

–Eso da igual.

Elwood se frotó la barbilla.

–¿Crees en el cielo, Harding?

Sully miró el suelo. La respuesta era que no. Parpadeó y volvió a mirar a Elwood.

–¿Por qué?

–No, por nada. Es que la pregunta de si existe el cielo se ha hecho desde la creación de la humanidad. Puede que al final de esta semana tengamos alguna prueba. Sería la noticia más grande de todos los tiempos, ¿no?

Sully guardó silencio.

–Mientras sea verdad...

–Mmm –volvió a decir Elwood.

Apretó los labios para no sonreír. Sully decidió arriesgarse.

–¿Quién es Nick Jos...?

Notó un golpe en el hombro.

–¿Qué, haciendo amigos? –tronó Ron Jennings–. Mejor otra semana, ¿vale? Ahora tenemos un montón de trabajo. Toma, Sully, tu hoja de ruta. Vamos.

Mientras Ron se lo llevaba, Sully miró por encima del hombro y vio que Elwood Jupes volvía a su mesa. Ron acompañó a Sully a la puerta hablando por los codos, y recordándole que esa semana se habían multiplicado por dos las tarifas de los anuncios en previsión de que la *Gazette* tendría la mayor tirada de su historia.

–Tú dile a todo el mundo que una oportunidad así solo se tiene una vez en la vida –dijo al abrir la puerta–. Verás si pagan.

Y así fue como Sully se vio de pronto en la nieve. Soltó vaho por la boca e intentó procesar lo que acababa de ocurrir. ¿Iba por buen camino o se alejaba de la pista? Vio un autobús que descargaba viajeros un poco más arriba. Más visitantes. Oyó las campanadas de una iglesia.

–¡Harding!

Se giró. Era Elwood Jupes, asomado a la puerta con una sonrisa muda.

–¿Qué? –preguntó Sully.

–El mes pasado, cuando grité tu nombre en el partido de fútbol, no te giraste así. ¿Por qué?

Sully tragó saliva.

–¿Eras tú?

Elwood hizo chasquear la lengua.

–Te lo pusieron muy crudo, chaval. Lo sabemos muchos. Ah, y no te preocupes por el idiota que berreó «Gerónimo». Estaba como una cuba, ¿eh?

Cerró la puerta.

જ

Así era: en su momento la *Gazette* había publicado un artículo sobre el accidente de Sully, con el titular «Accidente de vuelo de un antiguo vecino de Coldwater». Lo firmaba Elwood Jupes y venía a repetir la mayoría de la información de Associated Press, aunque añadía unas palabras del padre de Sully, a quien Elwood había llamado por teléfono al conocer la noticia.

«Conozco a mi hijo –había dicho Fred Harding–. Como piloto es un diez. Alguien metió la pata en la torre de control, y espero que lleguen hasta el fondo.»

No llegaron. Elliot Gray estaba muerto, y lo único que se sabía de él era que llevaba menos de un año en aquel trabajo, tras haber ocupado puestos similares en otros tres estados. Las grabaciones de las transmisiones de la torre estaban en blanco, o demasiado distorsionadas para que se entendiera algo. Al principio se sospechó que Elliot Gray las había destruido de alguna manera, pero para eso habrían hecho falta tiempo y conocimientos, y se descartó de inmediato al considerar la rapidez con que había estampado su Toyota contra el Chevrolet de Giselle. Era un simple fallo del instrumental de grabación. En la torre no había nadie más. El resto del personal había salido corriendo para ocuparse del Cessna, que cayó en la hierba, al lado de las pistas, después de derribar un poste telefónico durante su descenso.

Tenía mellado el fuselaje y partido el timón, un trozo del cual probablemente hubiera sido succionado por el motor de Sully y fuera la causa de que se estrellara el caza. El piloto del Cessna dijo que no había llegado a ver el F/A-18, y que lo único que le habían dicho desde la torre había sido «permiso para aterrizar en veintisiete derecha», la misma indicación que declaró haber recibido Sully. Casi todo se había centrado en aquel dato, hasta la publicación del resultado del análisis de sangre de Sully.

Sobre esto último también había salido una noticia en la *Gazette*.

Sully no había leído ninguno de los artículos, pero en la cárcel, cada noche, pensaba en la transmisión, en las palabras «veintisiete derecha» y en que una voz humana canalizada a través de unos cables –tecnología inimaginable sin el teléfono– le había cambiado la vida para siempre.

∾

Jack no había hecho panqueques en años, pero volvió a pillar rápidamente el truco, sobre todo después de la novena tanda. Manejaba dos sartenes y una plancha al mismo tiempo. Cuando estuvieron listos, Tess se los llevó en unas fuentes grandes y se los sirvió a los invitados de su sala de estar.

Desde el día de Acción de Gracias la casa de su madre se había convertido en una parada obligatoria, llena de visitantes (Tess prohibía decir «fieles») que se sentaban en el suelo y le hacían preguntas sobre sus conversaciones con el cielo, lo que le había dicho Tess, lo que le había aconsejado... Tess no dejaba entrar a nadie en la cocina, en cuya pared estaba el teléfono (nadie salvo Samantha o Lulu, y ahora Jack Sellers). Si sonaba, estiraba el largo cable y se metía en la despensa para tener más intimidad.

Desde la semana anterior Jack venía cada mañana antes de trabajar. Con toda la locura de las manifestaciones y los medios le gustaba pasar cerca de una hora en una cocina de las de toda la vida, con ruido de platos y cubiertos. También le gustaba que Tess no tuviera siempre la tele encendida, que siempre oliera a comida, y que a menudo correteasen niños por la casa.

Lo que más le gustaba, sin embargo, era estar cerca de Tess. Se veía obligado a apartar constantemente la vista por miedo a delatar sus sentimientos. Y lo que más lo cautivaba era la sincera humildad con la que escuchaba de nuevo a su madre. Le costaba un esfuerzo, como a Jack cuando oía a Robbie. No quería llamar la atención.

Por eso Jack intentó convencerla de que renunciase a lo del viernes.

–¿Para qué vas a participar en ese fiasco? –le preguntó en la cocina.

Tess reflexionó un momento y le hizo señas de ir a la despensa.

–Ya lo sé –susurró al entrar–, pero es que al preguntárselo a mi madre dijo: «Cuéntaselo a todo el mundo». Me parece que mi obligación es difundirlo.

–¿Qué quieres decir, que si no...?

–Estaré haciendo algo mal.

–¿Un pecado?

–Algo así.

–¿Te lo ha dicho el padre Carroll?

Tess asintió.

–¿Cómo lo sabes?

–Bueno, es que también voy a la iglesia, pero...

–Yo lo que va a hacer Katherine no lo haría.

–No, es una locura.

–Pero si quieren preguntarme de qué me he enterado, ¿está bien que me lo guarde?

Jack no contestó.

–Ya estarán los demás.

A Tess le brillaron los ojos.

–Menos tú.

Jack apartó la vista.

–Mi ex ha dejado de hablar con Robbie. Dice que le entristece demasiado.

–¿Y a ti?

–A mi no me da pena. Me encanta oír su voz. Lo que pasa es que...

–¿Qué?

–No sé.

–¿Tienes dudas?

–Puede ser.

–La duda es la manera de encontrar a Dios.

Se la quedó mirando. ¿No había dicho lo mismo Robbie?

–¿Te duele? –preguntó ella en voz baja, acercando una mano a su herida.

Parecía que la piel de Jack se derritiese al contacto con los dedos de Tess.

–No, qué va –contestó, tragando saliva con dificultad.

Solo los separaban unos centímetros.

–¿Por qué te preocupa tanto este montaje?

–Porque... no puedo protegerte.

Le había salido sin darse cuenta. Tess sonrió. Parecía que viera evaporarse las palabras de Jack ante sus ojos.

–Qué bonito.

Acto seguido le dio un beso. Un solo beso. Con suavidad. Se apartaron, incómodos.

–Perdón –dijeron al mismo tiempo.

Tess bajó la vista, y nada más salir de la despensa oyó que la llamaban los visitantes.

Jack se quedó donde estaba. Pero ya no estaba donde estaba.

∾

Ni la biblioteca de Coldwater, el sitio menos concurrido del pueblo, se libraba del bullicio. De día iba gente de fuera a hojear libros y documentos sobre la historia de la localidad, y redactores de revistas que buscaban material para artículos de fondo. Otros pedían mapas. Al ser la única bibliotecaria, Liz no paraba un instante.

A partir de las seis, sin embargo, apagaba las luces exteriores y dejaba que Sully trabajase a solas. El martes por la noche, tres días antes de la fecha estipulada para el especial televisivo, Sully cruzó la puerta trasera en compañía de otro hombre, corpulento, con chaqueta de loneta y gorra de lana.

–Hola –saludó sin presentárselo a Liz.

—¿Qué tal? —preguntó ella.

—Nos vamos allá al fondo, a hablar.

Se pusieron muy juntos al lado del ordenador. Sully sacó su libreta amarilla mientras Elias Rowe le explicaba de forma lenta y metódica su conversación con Nick Joseph.

«¿Adónde te habías ido, Elias?», había empezado a decir la voz de Nick.

«Déjame en paz», había dicho Elias.

«Tienes que hacer una cosa para mí.»

«Yo no tengo que hacer nada. ¿Por qué me llamas?»

«Tienes que cuidar de algo.»

«¿De qué?»

«Tienes que cuidar de Nick.»

«Yo ya intenté cuidarte. ¡Te di oportunidades de sobra!»

Sully dejó de tomar notas.

—Y entonces ¿qué dijo?

—Nada —contestó Elias.

—¿Le hiciste las preguntas que habíamos comentado?

—Lo intenté.

Elias y Sully habían preparado una lista de preguntas con la esperanza de que les proporcionasen alguna pista acerca de lo que ocurría. Una de ellas era «¿desde dónde llamas?». «Ya lo sabes», había contestado Nick.

—¿O sea, que de «cielo» no ha hablado ni una vez? —preguntó Sully.

—No —respondió Elias—. Y se lo pregunté dos veces.

—¿Lo de sus compañeros de trabajo también se lo preguntaste?

—Sí. Le pedí: «Dime cómo se llamaban los de la brigada», y no dijo nada. Solo se oían interferencias y mucho ruido de fondo.

Sully se preguntó por qué no había contestado. Para el verdadero Nick Joseph habría sido una pregunta fácil.

¿Y cómo había podido llamar a un nuevo número, y a un teléfono comprado por Elias a Jason dos días antes?

Apoyó la barbilla en las manos.

—¿Qué más?

—Le pregunté «¿qué aspecto tiene Dios?», tal como habíamos quedado. Al principio no se oía nada, solo ruido. Después repitió su nombre, «Nick». Y luego...

Elias hizo una pausa.

—¿Qué?

—Luego, sin darme tiempo de decir nada más, dijo: «Pórtate bien, Elias».

Se le empañaron los ojos.

—La verdad es que me afectó mucho. Ese tío era un desgraciado, un lastre; se aprovechaba de todo el mundo, pero desde que me enteré de que se había muerto, siempre...

—¿Siempre qué?

—Siempre me notaba raro, como si hubiera hecho algo mal.

—Pero no pu...

—¡Dios mío! —gritó Liz.

Sully se giró de golpe.

—¿Qué pasa?

—¡Hay alguien!

—¿Dónde?

—¡En la ventana!

Sully saltó, pero si había alguien ya no estaba. Liz recuperó el aliento.

—Perdona, perdona, es que me he pegado un susto.

Había dos manos en el cristal.

Sully ya había salido por la puerta. Vio alejarse un coche azul. Entró rápidamente.

—¿Hombre o mujer?

–Hombre.

–¿Joven o mayor?

–No lo he visto bien.

Liz bajó la vista.

–Me sabe mal haber sido tan infantil.

–No pasa nada.

Sully miró la ventana y después a Elias.

–¿Conoces a Elwood Jupes? –preguntó.

℘

Aquella misma noche Katherine estaba en su cocina, junto a la encimera, en albornoz, bebiendo un vaso de zumo de arándano. Tenía en la mano una foto enmarcada de ella y Diane en bañador, adolescentes, en una playa de arena, mostrando el primer premio de natación en tándem de la Milla por el lago Michigan. Tenían los brazos y las piernas esbeltos y morenos, y las caras bronceadas.

–Formamos buen equipo, hermanita –había dicho Diane.

–Has ido más deprisa tú que yo –había señalado Katherine.

–¡Qué va! Hemos ganado por ti.

Katherine sabía que no era verdad. Diane nadaba mucho mejor que cualquier otra chica de Coldwater. Lo importante, sin embargo, era dar confianza a su hermana pequeña. Cuánto lo echaba de menos Katherine... A veces lo que más añoras es cómo te hacía verte a ti mismo un ser querido.

–¿Te apetece un poco de compañía?

Al levantar la vista vio a Amy al pie de la escalera. Llevaba una sudadera de Yale y unos pantalones de chándal holgados, de color azul.

–Pues claro. Siéntate.

–Gracias.

Amy se subió a un taburete.

–¿Fuiste a Yale?

–Un exnovio. Es lo único que me queda de él.

–Bueno... –Katherine se quedó mirando el zumo de arándano–. Ya es más de lo que tengo yo de mi exmarido. –Alzó la vista–. ¿Te apetece beber algo?

–No te imaginas cuánto –dijo Amy.

~

Durante las últimas veinticuatro horas Amy Penn había recorrido quinientos veinticinco kilómetros en coche. Después de que Phil la apartase de la noticia de Coldwater, había vuelto a su dúplex de alquiler de Alpena y se lo había encontrado medio vacío. Rick se había marchado, dejando unos cuantos libros, algo de ropa sucia, un bocadillo envuelto en la nevera y una caja de barritas energéticas en la despensa. También una nota en la que decía: «Cuando tengas tiempo hablamos. R.». A Amy se le antojó irónico el mensaje, porque si algo tenía en esos momentos era tiempo. Sacó el móvil para llamar a Rick, pensó en cómo disculparse, se quedó mirando el teléfono en las manos...

Y no llamó.

Lo que hizo fue volver al coche, conducir sin paradas hasta Coldwater, aparcar en Guningham Road y, tras convencer a dos policías de que la dejasen pasar, llamar a la puerta trasera de Katherine.

–Pienso llegar hasta el final –declaró con rabia cuando Katherine abrió–. Me lo merezco. Me da igual si les sirvo de algo o no.

–Voy a hacerte la cama.

La verdad era que Katherine no había querido que Amy se fuera. Era la única persona que le merecía confianza desde que había empezado todo. Después de la crisis en el bar de Frieda –con los gritos de «¡Basta!», los temblores, el trance–, Katherine había temido por su salud, y había pensado que le convenía descansar. No se había enterado de su sustitución hasta el día siguiente, cuando ya había accedido a participar en el programa. El principal presentador de Alpena se moría de ganas de que le asignaran lo de Coldwater, y como era quien garantizaba los índices de audiencia Phil se veía en la necesidad de mantenerlo satisfecho. Además, Amy ya había cumplido su función. Su crisis moralista le había dado a Phil la excusa para el cambio.

Ahora estaban las dos en la tranquilidad de la cocina, Katherine con un zumo de arándano y Amy con una botella de vino; y por una vez, sin una sola cámara a su alrededor, no hablaron del cielo, ni de las llamadas, sino que centraron la conversación en temas de pareja. Katherine habló de su exmarido, Dennis, que se había ido a vivir a Texas un año después del divorcio y había conseguido reunir documentos que mostraran que estaba en la miseria, a tiempo para el juicio. Katherine estaba sin un céntimo. El mismo año, algo más tarde, Dennis se había comprado un barco.

–¿Cómo consiguen los hombres salirse con la suya? –preguntó Katherine.

Amy se encogió de hombros. Rick era la tercera víctima de su vida laboral. Su novio de la facultad había roto al aceptar ella su primer trabajo en Beaufort, Dakota del Norte, en un canal tan alejado de todo que empezaban con el parte agrícola. A su segundo novio de verdad el mundo de la tele le gustaba. Incluso demasiado. Mientras Amy se pasaba las noches trabajando en la salita de montaje, él ligaba con la rubia de veintidós años que presentaba los deportes. Ahora vivían juntos en Georgia, en un campo de golf.

Rick era distinto, o al menos a ella se lo había parecido; su profesión liberal –era arquitecto– le hacía ser comprensivo con los horarios largos y el politiqueo de despacho. De lo que no entendía, al parecer, era lo de llegar hasta el final de las noticias. Al menos de aquella.

–Cuánto lo siento –dijo Katherine.

–Es culpa mía. Siempre he estado pendiente del trabajo. Me enfadaba conmigo misma por no haber llegado bastante lejos a tal o cual edad. Para mí era tan importante que daba por hecho que para él también. Creía que el amor era eso. –Amy pasó un dedo por debajo de la copa de vino, siguiendo su circunferencia–. Quizá sea lo que nos decimos cuando en realidad solo queremos salirnos con la nuestra.

–Bueno, él se lo pierde –sentenció Katherine–. No hay más que verte.

Amy cerró mucho los ojos y estuvo a punto de reírse.

–Gracias.

–¿Sabes qué decía Diane?

–¿Qué?

–Que quien encuentra a un amigo de verdad en la vida, aunque solo sea uno, es más rico que la mayoría; y si el amigo es tu marido, miel sobre hojuelas.

Katherine hizo una pausa.

–Y si el amigo es tu hermana, no pasa nada, porque al menos no puede divorciarse.

Amy sonrió.

–Yo no tengo tiempo para amigos.

–¿No?

—Me paso el día trabajando. ¿Y tú?

—Tiempo he tenido, pero a la mayoría de la gente la ahuyento.

—No digas eso.

—Que sí. Soy demasiado mandona. Siempre quiero tener la razón. Diane siempre decía: «Kath, mira si se te están quemando los zapatos, porque creo que has vuelto a incendiar un puente».

Amy se rio.

—Desde que murió nadie ha vuelto a hablarme así —dijo Katherine—. He estado deambulando como si anduviera entre la niebla. Parece que estuviera esperando volver a oír su voz. Por eso me pareció tan normal cuando empezaron las llamadas. Era mi hermana mayor. Siempre había estado cerca cuando la necesitaba. ¿Por qué no iba a volver?

Amy se mordió el labio.

—Katherine, en realidad a esta gente no le importas.

—¿Qué gente?

—La de la tele. —Suspiró—. Nosotros.

Una pausa.

—Ya lo sé —reconoció en voz baja Katherine.

—Solo les interesa la noticia.

—Ya lo sé.

—Rick tenía razón. Ordeñamos las cosas, y cuando ya no queda nada nos marchamos. Tierra quemada.

—Ya lo sé.

Amy giró el cuerpo y miró a los ojos a Katherine.

—Yo formo parte de eso.

—Ahora no. —Katherine sonrió—. Dijiste «basta».

—Porque me sentía rara. Me pareció que habíamos pasado de informar sobre una noticia a crearla. —Amy exhaló—. Pero quería tu historia.

—Ya.

–Era beneficiosa para mi carrera.

–Ya lo sé.

–Y es beneficiosa para todos los que han venido. Es la única razón de que te dediquen su tiempo. ¿Lo entiendes?

–Lo entiendo.

Amy parecía desconcertada.

–Pues si lo sabes todo, ¿por qué te prestas?

Katherine se echó hacia atrás, como para ver mejor lo que estaba a punto de decir.

–El día en que enterramos a Diane, volví a casa y me quedé mirando las paredes. Le pedí a Dios que me mandara una señal de que mi hermana estaba bien, de que ya que no podía estar conmigo por lo menos estaba con él. Se lo estuve pidiendo cada día durante dos años. Hasta que sonó mi teléfono. El de Diane, el salmón con el adhesivo de tacones. El que solo guardaba para tener un recuerdo de ella.

Amy la miró sin entender.

–¿No te das cuenta? Dios me contestó. Me dio el mayor regalo que podía pedir: la voz de mi hermana. Y si lo único que quiere a cambio es que la gente se entere de que existe, ¿por qué se lo voy a negar? ¿Es mejor que me lo guarde? Antes la gente hablaba desde las montañas, pero ahora...

–¿Ahora tenemos la tele?

–Supongo.

–Pero –dijo Amy lentamente–, ¿y si Diane no llama?

Katherine puso las manos en la encimera.

–Llamará.

Contemplaron un momento sus vasos en silencio.

–Te mentí –murmuró Amy.

–¿Cuándo?

–Al decirte que me lo creía. No me lo creo. En el fondo, no me lo creo.

Katherine se balanceó con parsimonia.

–Quizá te lo creas el viernes.

മ

El día siguiente Sully volvió a hacer coincidir una visita a Davidson & Hijos con la hora de comer. Esperó a que Horace se marchara en coche para cruzar la puerta a toda prisa y recorrer el pasillo silencioso hasta el despacho de Maria Nicolini.

–Hola otra vez –dijo, asomando la cabeza–. ¿Está Horace?

–Uy, pues no, ha salido a comer –contestó ella–. Caramba. Debe de estar usted sincronizado con su ciclo de comidas.

–Puedo esperar.

–¿Seguro? Es que acaba de irse.

–Estamos preparando un número muy importante, y quizá Horace quiera participar.

–Claro.

–Es de locos, ¿eh? ¿Qué está pasando en este pueblo?

–Sí, sí que es de locos. Esta mañana he tardado veinte minutos en llegar al trabajo, y eso que solo vivo a dos kiló...

Los interrumpió el débil sonido de un timbre. Maria miró una pequeña cámara de seguridad.

–Perdone –dijo, levantándose–. No los conozco. Podrían haber entrado solos. La puerta nunca se cierra con llave.

Al cabo de un segundo Sully estaba solo.

Respiró más deprisa al mirar el archivador de Maria. Estaba allí para intentar averiguar si alguna otra persona –y más en concreto Elwood Jupes– tenía acceso a las transcripciones, pero de pronto las tenía a su alcance. Él nunca había robado. Nunca había tenido motivos para hacerlo. Sin embargo, pensó en el especial del viernes, en la persona de la ventana de la biblioteca, en las extrañas preguntas de Elwood y en que, sencillamente, no tenía bastante información.

Y Maria sí.

Respiró profundamente. O lo hacía o no lo hacía. Se quitó de la cabeza las caras de su padre, de su madre, de Giselle y de Jules, borrando así cualquier posible gesto de reproche a su conciencia.

Abrió el cajón.

Enseguida encontró la mayoría de las transcripciones originales –«Joseph, Nick», «Sellers, Robert», «Rafferty, Ruth», «Barua, Simone» y «Yellin, Diane»– y las sacó antes de oír que se acercaba Maria con los visitantes. Cerró en silencio el cajón y el maletín. Luego se puso en pie de un salto y recogió el abrigo.

–¿Sabe qué? –dijo al encontrárselos en el pasillo–. Iré a hacer dos recados y volveré en un par de horas.

–De acuerdo –respondió Maria–. ¿Está seguro?

–Sí, es que estoy muy ocupado.

–Le presento a los señores Albergo. Este es el señor Harding.

Se saludaron con la cabeza.

–Le acompañamos en el sentimiento –dijo la señora Albergo.

–No, no –aclaró Sully–, si vengo por trabajo, no por...

La pareja se miró.

–El señor Harding se ha quedado viudo –dijo Maria–, pero ya hace meses.

Sully la miró.

–Eso. Sí, es verdad, perdonen.

–Nosotros venimos por mi padre –explicó en voz baja la señora Albergo–. Está muy enfermo. Cáncer de médula.

–Qué duro –dijo Sully.

–Durísimo –repitió Maria.

–No le queda mucho tiempo. Esperamos que si después de que fallezca se le entierra en Coldwater tendremos más posibilidades de..., ya me entiende..., de tener noticias suyas.

Sully hizo un gesto rígido con la cabeza, aguantando las ganas de hacer un comentario cínico. El siguiente en hablar fue el señor Albergo.

–¿Le puedo hacer una pregunta, si no es indiscreción?

–Adelante –señaló Sully.

–A usted su mujer... alguna vez... –Señaló hacia el cielo–. Ya me entiende... Con usted...

–No. –Sully tragó saliva y miró a Maria–. Se ve que no le pasa a todo el mundo.

El señor Albergo bajó el dedo. Nadie dijo nada. Sully sintió que se le tensaba el cuerpo.

–Tengo que irme –aseguró.

En el aparcamiento desfogó sus iras dando cinco golpes al capó del coche. ¡Es imposible quitárselo de encima!, pensó. Cada hora algún recordatorio, otro pequeño desgarro en el corazón... Arrojó al asiento trasero el maletín con la información robada, y justo cuando abría la puerta delantera izquierda entrevió un Ford Fiesta azul al fondo del aparcamiento de la funeraria.

Alguien lo estaba vigilando.

∼

En su cama de hospital, el pastor Warren oyó el ruido metálico de las noticias de la tele y pulsó varios botones del mando a distancia hasta silenciarlo. Basta. Había oído bastantes noticias para todo un año.

«Un pequeño accidente cardíaco.» Era lo que habían dicho los médicos. No tenía por qué haber secuelas, aunque a su edad se precisaban unos días de observación. «Más que nada por prudencia.»

Miró la habitación, insulsa, aséptica: una mesa metálica con ruedas y una silla de piel marrón. Pensó en cómo se habían asustado todos al ver que se desplomaba sobre el púlpito, y en la llegada del equipo médico. Después se acordó de un pasaje de la Biblia: «Venid a mí todos los que estáis fatigados y sobrecargados, y yo os daré descanso». Él había entregado su vida al Señor y preveía –esperaba, en cierto modo– que el Señor se la llevase pronto.

Hacía poco que había pasado el padre Carroll, con quien había hablado de generalidades: la vejez, la salud... Al final surgió el tema del especial televisivo.

–El canal me ha pedido que esté disponible –había comentado el padre Carroll–. Yo creo que podría ser bueno para la iglesia.

–Quizá.

–¿Usted cree que lo conseguirá?

–¿Quién?

–Katherine Yellin. ¿De verdad puede invocar a su hermana?

El pastor Warren había escrutado el rostro del cura con la esperanza de ver algo que no vio.

–¿La invocación no la haría Dios?

El padre Carroll había apartado la vista.

–Sí, claro.

Al cabo de unos minutos se había marchado, dejando a Warren agotado por la conversación.

–Pastor, tiene usted más visitas –anunció una enfermera que entró con otra bolsa de líquido para el gotero.

–¿Más qué?

–Visitas. Ahora suben.

Warren se tapó mejor con la sábana. ¿Ahora quién venía? ¿La señora Pulte? ¿Otro sacerdote? La enfermera salió
de la habitación. Warren la siguió con la mirada hasta el
pasillo.

Se le abrió un poco la boca.

Quien se acercaba era Elias Rowe.

ॐ

La historia ensalza a Alexander Bell. En cambio Thomas Watson, su colaborador, y receptor de la primera llamada telefónica del mundo, es mucho menos conocido. Watson, que
era indispensable para Bell, solo estuvo cinco años más a su
servicio. A partir de 1881 dedicó a otros menesteres las con-
siderables ganancias que había obtenido del teléfono: pasó
una larga luna de miel en Europa, invirtió en una empresa
naviera e hizo sus pinitos como actor shakespeariano.

Treinta y ocho años después de su primera conversación telefónica, Watson y Bell volvieron a hablar, y esta vez
no eran veinte metros de cable lo que los separaba, sino
cinco mil kilómetros: Bell estaba en Nueva York y Watson
en San Francisco. Fue la primera llamada transcontinental
del país. Bell empezó con la misma frase que había pronunciado tantos años atrás: «Señor Watson, venga aquí».

A lo que Watson respondió: «Ahora tardaría una semana en llegar».

El tiempo se nos lleva con sigilo y malas artes. El pastor Warren estudió las facciones de Elias Rowe, a quien
llevaba unos meses sin ver. Lo recordaba como adolescente,

siempre cerca, siempre humilde y hábil con las herramientas. Había ayudado a reconstruir la cocina de la iglesia y a cambiar la moqueta del santuario. Durante muchos años había sido asiduo del servicio dominical, hasta el día en que Katherine Yellin había hecho su anuncio: «¡He sido testigo de un milagro!». Y Elias lo había confirmado.

Desde entonces Warren no había vuelto a verlo.

—Quería pedirle perdón, pastor —dijo Elias al sentarse al lado de la cama.

—No has hecho nada que haya que perdonar.

—Perturbé el oficio.

—En eso te ganó la mano Katherine.

—Puede ser, pero quiero decirle que he rezado mucho a solas.

—Dios siempre nos oye, estemos donde estemos. Te hemos echado de menos en el santuario.

—Pastor...

—¿Sí?

—¿Puedo traer a otra persona?

—¿Aquí? ¿Ahora?

—Sí.

—De acuerdo.

Elias hizo señas. Sully entró desde el pasillo. Elias se lo presentó al cura.

—Mire, pastor, es que quizá quiera pedirle perdón por otra cosa.

Warren arqueó las cejas.

—¿Cuál?

༄

Por la tarde Elias había estado en el primero sin ascensor de Sully para consultar con él las páginas del expediente de la funeraria sobre Nick Joseph. Encontraron transcritas conversaciones con los parientes que habían hablado con Maria: el hermano pequeño de Nick, Joe, y su hermana mayor, Patty. (Ya no vivía ninguno de los padres.) Aparte de los datos biográficos normales, la hermana se refería a un «pequeño Nick».

«Lo que le habría dado más pena de morirse a Nick sería no saber quién cuidará al pequeño Nick. La madre es un desastre. ... Seguro que ni siquiera viene al funeral. ... Cuando él dejó de mandarle dinero se puso como loca. Cambió de casa y no le dio la dirección. ... Pero sobre el pequeño Nick no escribas nada, ¿vale, Maria? Que quede entre nosotras.»

Ni Elias ni ningún compañero de trabajo estaban al corriente de que Nick tuviera un hijo. Suponían, por su forma de beber y de salir de juerga, que vivía solo.

–Pastor, yo sé que Nick fue feligrés de Cosecha de Esperanza –afirmó Elias–. Pensaba que si alguien podía saberlo sería usted, pero al pasar por la iglesia me contaron lo ocurrido: que se desmayó durante la sesión de estudio de la Biblia.

–Una aventura inesperada –dijo Warren.

–Lo siento, de verdad.

–No lo sientas, que el Señor tiene sus planes. En cuanto al hijo de Nick...

–¿Qué?

–Lo siento, pero no sabía que existiese. Y eso que Nick venía a verme a menudo. Como Patty.

–Un momento. ¿Nick lo visitaba?

–Tenía unos problemas económicos enormes, y la iglesia le ayudaba con sus pocos medios.

Elias se frotó la frente.

–Pastor, el causante de esos problemas era yo. Lo despedí y se quedó sin prestaciones.

–Ya lo sé.

Elias apartó la vista, avergonzado.

–Me está llamando.

–¿Quién?

–Nick. Es quien ha estado llamando desde..., ya me entiende, el cielo. O donde sea. Está enfadado. Me pide que haga algo. Dijo que era para Nick, y yo pensé que se refería a sí mismo, pero ahora creo que se trata de su hijo.

La mirada de Warren se volvió más incisiva.

–¿Por eso te fuiste?

–Tenía miedo, pastor. Lo siento. No sabía que tuviera un hijo.

–No pasa nada, Elias...

–Yo no le habría despedido...

–No es tu...

–Aunque fuera un desastre...

–No pasa nada...

–Las llamadas, su voz... Me tienen angustiado.

Warren acercó la mano al brazo de Elias para consolarlo, y sorprendió a Sully mirándolo. Inclinó la cabeza.

–¿Usted cómo lo interpreta, señor Harding?

Sully se llevó una mano al pecho.

–¿Yo?

Warren asintió.

–Pues mire, pastor, no es que quiera faltarle al respeto, pero yo no creo en el cielo.

–Siga.

–Yo creo que estas llamadas las manipula alguien, alguien que sabe mucho de los muertos. Si usted no sabía nada del hijo de Nick, no puede saberlo mucha gente, ¿verdad? Pero la voz con la que habla Elias lo sabe, es decir, que o bien es Nick de verdad, a pesar de que no ha sido capaz de contestar a unas preguntas básicas que habría sabido el auténtico Nick, o bien es alguien con acceso a mucha información.

Warren apoyó la cabeza en la almohada y miró la vía intravenosa que tenía en el dorso de la mano, con varias capas de cinta adhesiva para que no pudiera ver la aguja ni el líquido que entraba. «Venid a mí todos los que estáis fatigados y sobrecargados.»

—Elias...

Movió los dedos. Elias le tomó de la mano.

—Tú del hijo no sabías nada. Dios te perdonará. Tal vez ahora haya una manera de ayudar al niño.

Elias asintió con la cabeza, mientras se deslizaba por su rostro una lágrima.

—Ah, y señor Harding...

Sully se irguió.

—Yo sí creo en el cielo. Y creo que Dios podría dejar que lo atisbásemos.

—Le entiendo.

—Pero no de esta manera.

Sully parpadeó. ¿Un religioso se mostraba de acuerdo con él?

—¿Quién cree que ha podido crear algo así?

Carraspeó.

—En el periódico hay alguien con acceso a todos los datos.

Warren asintió despacio.

—Los periódicos —susurró—. Muy poderosos. —Cerró los ojos—. Lo sabe de primera mano, ¿verdad?

Sully sintió que se le escapaba una bocanada de aire. De modo que también el pastor Warren conocía su caso.

—Sí —confirmó.

En el norte de Michigan las noches de invierno empiezan temprano. A las cinco de la tarde ya había oscurecido en Coldwater. En el campo de fútbol del instituto, bajo unos gigantescos focos, el alcalde, Jeff Jacoby, inspeccionó el escenario y tuvo que dar la razón a los productores: con dinero todo era posible. Había andamios por todas partes, una carpa blanca enorme por encima, varias tramas de luces, estufas portátiles y una superficie de madera lisa para las cámaras con ruedas, traída en camión desde Detroit. Todo estaba tan iluminado que parecía de día. Las últimas gradas estaban cubiertas y las primeras tapadas con hules, por si hacía mal tiempo. A ambos lados de la plataforma había dos pantallas enormes para proyecciones. Durante todos sus años en Coldwater nunca había visto un montaje así. Tuvo un momento de orgullo, seguido por otro de preocupación.

La programación ya estaba lista. Los «elegidos» se sentarían al lado de la presentadora famosa a la una en punto del mediodía, hora en la que empezaría la transmisión. Serían entrevistados y contestarían a las preguntas del público, y a las que llegaran por Internet del resto del país. Todo ello ocurriría mientras Katherine esperaba la llamada de Diane. Una cámara la enfocaría en todo momento. Los productores ya habían hecho pruebas de altavoces con su Samsung salmón plegable.

Si se materializaba una voz del cielo, se oiría claramente.

No hacía falta decir de qué tenía miedo Jeff. ¿Y si no había ninguna llamada? Katherine les había asegurado que sí, pero ¿qué pruebas tenían? Los productores habían traído a varios «expertos» de relleno: videntes que decían hablar a menudo con los muertos, especialistas en lo paranormal con grabaciones de voces fantasmas captadas en frecuencias radiofónicas... Había una mujer que había tenido experiencias al borde de la muerte, y que ahora decía ver por todas partes los espíritus de los difuntos, incluso mientras la entrevistaban.

Pasadas unas horas, Jeff acabó por preguntarse no si eran posibles las llamadas telefónicas de Coldwater, sino por qué no las habían recibido antes. Había oído hablar a Anesh Barua –en una «preentrevista»– de su hija, que le había explicado que el cielo era «luz infinita». También a Eddie Doukens, cuya exmujer lo describía como «la primera casa donde vivimos juntos, cuando jugaban nuestros hijos». Según Tess Rafferty, su madre, Ruth, le había contado que el cielo era donde «se perdona todo», donde no había «miedos nocturnos ni flechas diurnas».

Eran testimonios con mucha fuerza, pero aun así Jeff estaba preocupado. Se hizo a un lado con Lance.

–¿Y si la llamada a Katherine tarda tres o cuatro horas? –le preguntó.

El productor sonrió, burlón.

–Pues habrá que confiar.

–No lo entiendo.

–No –dijo con ironía–, no lo entiende.

Lance sabía la verdad: que en el fondo daba igual. Cuanto más durase el programa, más anuncios se venderían, y cuantos más anuncios se vendiesen más dinero se ganaría. Al fin y al cabo, la cadena trataba las pruebas del cielo de la misma manera que una boda real o que la final de un *reality*: comparando los costes de producción y los beneficios de la inversión. El interés de los telespectadores por Coldwater era inconmensurable. La gente estaría pegada a la televisión mientras creyese que iba a oírse alguna voz bendita.

245

Que existiera de verdad el cielo no era un factor a tener en cuenta.

෴

En el sueño, Sully estaba en la cabina del avión. El fuselaje temblaba. Todos los indicadores bajaban en picado. Se estaba preparando para la eyección... cuando de pronto el cielo se oscurecía. Al girarse hacia la derecha veía la cara de Elwood Jupes pegada a la ventanilla.

Se despertó de golpe.

Desde aquel sobresalto del jueves por la mañana –el día antes del programa– rastreaba sin descanso sus sospechas. Fue al aparcamiento de la *Gazette* y se asomó a las ventanas de un Ford Fiesta azul, que según había averiguado era el coche de Elwood. En el asiento trasero vio cajas, varias de ellas de Radio Shack.

Entró y fingió estar atareado con el papeleo comercial mientras lanzaba miradas a Elwood, a quien más de una vez sorprendió observándolo. A las diez y media Jupes salió de la oficina. Poco después era Sully quien se iba.

Siguió a Elwood a distancia prudencial. Cuando el Ford Fiesta se metió por la calle Lake, él hizo lo mismo. Después de unas manzanas pisó el freno.

Elwood estaba entrando en Davidson & Hijos, la funeraria.

Aparcó un poco más lejos, en la calle, y esperó más de una hora. Finalmente vio pasar a su lado el Ford Fiesta azul y lo siguió por Cuthbert Road hasta el domicilio de Tess Rafferty. Elwood entró en la casa. Sully esperó en la calle.

Media hora después Elwood salió y fue al campo de deportes del instituto, desde donde estaba a punto de emitirse el programa. Aparcó y salió del coche. Sully esperó un minuto para hacer lo mismo, después se escondió detrás de los camiones de producción. Vio que Elwood examinaba el plató, las luces y el centro de control, mostrando su acreditación de prensa cada vez que se acercaba alguien. Al cabo de una hora regresó a su coche y volvió a la *Gazette*.

Sully pasó por la bilioteca y encontró a Liz en el mostrador, atendiendo a la gente que hacía cola. Le hizo señas indicándolo que se reuniese con él en la sala del fondo.

—Elwood Jupes —dijo.

—¿El del periódico?

—¿Existe alguna posibilidad de que sea algo más?

—¿Qué quieres decir?

—¿Podría tener algún motivo para hacer las llamadas? ¿Algún tipo de móvil?

—No lo sé. ¿Su hija, tal vez?

—¿Qué le pasa a su hija?

—Se suicidó hace unos años. Se tiró del puente. Fue tremendo.

—¿Y por qué lo hizo?

Liz sacudió la cabeza y respondió:

—¿Por qué se suicida la gente?

—¿Tienes el artículo?

—Dame un minuto.

Se fue. Sully esperó al fondo. Diez minutos después Liz volvió con las manos vacías.

—No está. Falta toda la edición. Aquí no la tenemos.

৩

Las siguientes horas fueron un torbellino. Sully corrió a la tienda de Dial-Tek para averiguar si Elwood Jupes tenía contratado el mismo plan de telefonía que los elegidos. Mientras Jason lo investigaba, Sully fue en coche a la *Gazette* en busca del periódico perdido. Elwood, encorvado en su mesa, lo observó mientras buscaba entre las pilas de periódicos.

–Dos veces en un día –comentó–. ¿Qué buscas?

–Nada, un cliente que quiere el original de un anuncio viejo.

–Mmm.

Al encontrar el número que buscaba (y cuya fecha le había dado Liz) solo echó un vistazo al titular –«Investigan una caída mortal desde el puente»– antes de doblarlo y metérselo en la cartera. No quería que Elwood viera qué buscaba.

A continuación fue al colegio, recogió a Jules, lo dejó en casa de sus padres y se apresuró a llegar a su primero sin ascensor, en cuya escalera lo esperaba Elias Rowe.

Lo repasaron todo durante unas horas. Leyeron todas las conversaciones transcritas entre Maria y las familias de duelo. Supieron por Jason que Elwood, en efecto, tenía contratado el mismo plan que los demás. Leyeron juntos el periódico viejo, con la trágica historia de una joven de veinticuatro años que un mes de noviembre se había lanzado dentro de su coche a las aguas heladas del río.

Pero lo más insólito era la firma.

El artículo lo había escrito Elwood Jupes.

–¿Escribió sobre su propia hija? –preguntó Elias.

–Algo raro pasa.

–Pero ¿qué relación tiene esto con mis llamadas?

–No lo sé.

–Te digo que era la voz de Nick.

–Los otros también dicen que las voces son auténticas.

–Da miedo.

–Algo hace Elwood, seguro.

Se quedaron sentados en silencio. Sully echó un vistazo a la ventana: ya se había ido el sol. Faltaban menos de veinticuatro horas para que –al menos virtualmente– el mundo entero estuviera en Coldwater, con la esperanza de resolver el mayor misterio del universo: ¿hay vida después de la muerte?

¡Bumm... bummm... bummm!

Sully se quedó muy quieto, mirando la puerta.

¡Bumm... bummm... bummm!

Se le formó un nudo en el estómago.

–¿Esperas a alguien? –susurró Elias.

Sully sacudió la cabeza, fue a asomarse a la mirilla y sintió un escalofrío por todo el cuerpo. De pronto le absorbió una sensación ya conocida, que se había prometido no tener nunca más el día de su salida de la cárcel.

–Soy Jack Sellers, el jefe de policía –dijo un hombre uniformado cuando Sully abrió la puerta–. Tiene que acompañarme.

ᕬ

Katherine y Amy estaban en una colina con vistas a la cancha y el gigantesco escenario. Hacía un frío polar. Katherine se apretó más la bufanda.

–Probando... Probando, probando...

Era la voz de alguien que hacía pruebas de sonido. La luz que bañaba el escenario parecía la del sol.

–¿Qué te parece? –preguntó Amy.

–Que es muy grande –contestó Katherine.

–Aún puedes echarte atrás.

Sonrió sin fuerzas.

–Ya no depende de mí.

Volvió a retumbar la misma voz.

–Probando... Probando, probando...

Amy vio como mínimo media docena de equipos de rodaje que grababan los últimos preparativos: hombres corpulentos con parkas y cámaras sobre los hombros que apuntaban al escenario como si fueran armados con bazukas. Le dolió la injusticia de no estar abajo con ellos, dando las últimas noticias, pero al mismo tiempo tenía que admitir que estaba un poco aliviada, como un alumno que se libra de un examen.

–Podría decirles algo –propuso Katherine.

–No te entiendo.

–Podría decir que solo participaré si eres tú quien da la noticia.

–Pero no es verdad.

–Bueno, pero podría decirlo.

–¿Y por qué ibas a hacer eso por mí?

–No digas tonterías, claro que lo haría.

Amy sonrió. Por primera vez desde que se conocían se imaginó la relación de Katherine con su hermana Diane, y la razón de que a Katherine le pesara tanto su muerte. El alma de aquella mujer se regía por la lealtad. Pero la lealtad requiere más de una persona.

–Gracias, pero no hace falta.

–¿Has intentado volver a llamar a Rick?

–No se pone. No quiere hablar conmigo.

Katherine bajó la vista al suelo.

–¿Estás bien? –preguntó Amy.

–Sí, es que estaba pensando.

–¿En qué?

–Tú no consigues que se pongan al teléfono, y yo no consigo que suene el mío.

℘

Desde que inventó el teléfono, Alexander Bell tuvo que defender más de seiscientas veces en diez años su patente.

Compañías rivales. Personas codiciosas. Seiscientas veces. Quedó tan harto de poner demandas que se retiró a Canadá. Era sabido que de noche se sentaba en una canoa a contemplar el cielo mientras se fumaba un puro. Le dolía que la gente lo acusara de robar justo lo que más preciaba –sus ideas–, y que las preguntas de los abogados fueran siempre por aquel camino. A veces son más crueles las preguntas que los insultos.

Sully Harding estaba en la sala del fondo de la comisaría de Coldwater, donde Jack Sellers le sometía al mismo tipo de preguntas.

–¿Qué sabe sobre las llamadas?

–¿Qué llamadas?

–Las del cielo.

–¿Las que dice la gente que son del cielo?

–¿Qué tiene usted que ver?

–¿Yo?

–Sí, usted.

–Yo no tengo nada que ver.

–Pues entonces, ¿por qué se reúne con el señor Rowe?

–Porque somos amigos.

–¿Amigos?

–Sí, desde hace poco.

–¿A él lo llaman?

–Pregúnteselo.

–¿Por qué estaba usted hoy en la *Gazette?*

–Es donde trabajo.

–Vendiendo anuncios.

–Exacto.

–¿Y por qué consultaba periódicos viejos?

–¿Por qué me lo pregunta?

–Para saber qué tiene usted que ver con las llamadas.

–¿Yo, con las llamadas?

A Sully le daba vueltas la cabeza. Elias estaba fuera, en algún otro despacho. Al ver al policía había puesto cara de susto. Desde entonces Sully y él no habían hablado.

—¿Me están deteniendo por algo?

—Solo le hago unas preguntas.

—¿Tengo que contestar?

—Si no lo hace no le beneficiará.

—¿En qué sentido?

—En el sentido de tener algo que ver con las llamadas.

—No tengo nada que ver.

—Pues entonces ¿por qué ha ido a la funeraria de Davidson?

—Porque son clientes.

—¿Qué hacía en la cancha?

—Un momento. ¿Y usted cómo lo sabe?

—¿Por qué sigue a Elwood Jupes?

Sully se estremeció.

—¿Ha estado alguna vez en la cárcel, señor Harding?

—Sí, una.

—¿Por qué?

—Por un error.

—¿Por qué ha estado siguiendo a Elwood Jupes? ¿Qué tiene que ver con las llamadas? ¿Qué sabe de ellas?

Sully tragó saliva y al final lo soltó, contra el dictado de la prudencia.

—Creo que podría hacerlas Elwood.

Jack se irguió, sacando la mandíbula.

—Qué raro.

Se acercó a una puerta lateral, y al abrirla descubrió la presencia de Elwood Jupes con una libreta en la mano.

—Él dice lo mismo sobre usted.

༄

Jack no veía series policíacas. La mayoría de los polis de verdad no se molestan en verlas. Para quien vive en ese mundo, los falsos dramas parecen una tontería. Además, las cosas nunca son como en la tele.

Sabía que su interrogatorio a Sullivan Harding era a lo sumo una perdigonada. En el fondo no tenía derecho a interrogarlo. Solo había oído quejas hacía un par de horas, las de Elwood, de la *Gazette,* a quien Jack conocía muy bien, porque en los pueblos el jefe de policía siempre conoce al único reportero de la localidad.

Elwood había llamado para explicarles una teoría. Aquel Harding, que ahora vendía publicidad, trataba con Elias Rowe, poco visto desde que había anunciado su llamada. ¿Por qué? ¿Qué tenían en común? Encima Harding le había preguntado en repetidas ocasiones a Elwood. Había hablado de necrológicas, había buscado periódicos viejos... Sospechoso, ¿no?

En otro momento, en otras circunstancias, Jack habría dicho que no, que no era sospechoso, y se lo habría quitado de la cabeza, pero lo que no podía decir –aunque se muriera de ganas de saberlo– era si podía ser cierto. ¿Y si era todo un engaño? Era demasiado importante. Para él. Para Doreen. Para Tess. Para todo el pueblo. Él había recuperado a su hijo. Tess había recuperado a su madre. Con esas emociones no se jugaba. Jack tenía la sensación de que habría sido delictivo hasta extremos que no recogía ningún código.

Así que trajo a Sully con una excusa endeble y lo acribilló a preguntas... hasta darse cuenta de que Sully pensaba de Elwood lo mismo que Elwood de él. La situación degeneró en un cruce de reproches casi cómico.

–¿Qué hacías en la funeraria? –preguntó Sully.

–Preguntar por ti –contestó Elwood–. ¿Y tú qué hacías en la biblioteca después de que cerrara?

–Investigar sobre ti. ¿Qué hacías en la cancha?

–Ver si habías estado.

Y así hasta el infinito. Al final Jack se rascó la cabeza y los interrumpió.

–Ya basta –dijo.

Estaba agotado de escuchar. Por otra parte, quedaba claro que ninguno de los dos albergaba algo más que sospechas.

Como las albergaba él.

–Perdone por haber irrumpido en su casa –se disculpó.

Sully suspiró.

–No pasa nada.

–No es como solemos actuar aquí en Coldwater.

–Coldwater ya no es Coldwater.

–Ni que lo digas –terció Elwood.

–Mi hijo se cree que lo llamarán.

Sully se miró los pies. Se había sorprendido a sí mismo. ¿Por qué lo había dicho?

–¿Su madre muerta? –preguntó Elwood.

Sully asintió con la cabeza.

–Qué duro.

–Por eso quería demostrar que es un engaño.

–¿Para no darle falsas esperanzas?

–Exacto.

–Claro, como si pudiera llamar un fantasma para decir que va todo bien.

–No es eso –los interrumpió Jack–. Oír a alguien a quien creías haber perdido... te da una sensación... como de alivio. Como si todo lo malo no hubiera pasado. Bueno, al principio es raro; te quedas mirando el teléfono, pensando que es una broma, pero os sorprenderíais de lo normal que resulta volver a hablar con él...

Se dio cuenta de que lo miraban fijamente.

–Me lo ha dicho Doreen –se apresuró a añadir.

–¿Su mujer? –preguntó Sully.

–Mi ex.

Al principio nadie dijo nada. Finalmente Elwood cerró la libreta y miró a Sully.

–Quizá te hayas equivocado de trabajo.

–¿Por?

–Podrías haber sido reportero.

–¿Por qué? –preguntó Sully, medio riéndose–. ¿Porque lo he entendido mal?

También Elwood se rio. De pronto estaban todos muy cansados. Jack miró su reloj de pulsera.

–Vámonos –dijo.

Abrió la puerta del despacho. Al otro lado, Elias se levantó de una mesa e intercambió miradas con los dos agentes que lo estaban observando.

Poco después se fueron todos en coche. Jack pasó por la casa de Tess, y sonrió al ver que abría la puerta. Elwood pasó por Pickles y se tomó una cerveza. Elias fue a casa de su hermano para dormir en el cuarto de invitados.

Sully condujo a su casa en silencio, contemplando por el parabrisas el fuerte resplandor que irradiaba la cancha y dos grandes focos que parecían arañar el cielo.

El día del programa

NOTICIAS
ABC News

PRESENTADOR: Buenos días. Hoy es viernes vientidós de diciembre y dentro de poco la localidad de Coldwater, Michigan, acaparará la atención de todo el mundo por sus intentos de ponerse en contacto con el cielo. Nos lo explica desde Coldwater nuestro enviado Alan Jeremy. ¿Alan?

(Alan en la nieve.)

ALAN: Como ven a mi alrededor, Coldwater ya ha recibido algo de las alturas: una tormenta de aire del lago que de la noche a la mañana ha dejado casi diez centímetros de nieve. Hay tantos coches aparcados que no pueden pasar los quitanieves. En el colegio se han anulado las clases. Hay muchas tiendas cerradas. El pueblo está literalmente paralizado, mientras espera, como el resto del mundo, lo que según una mujer es el alma de su hermana muerta que se pone en contacto con ella desde el cielo.

PRESENTADOR: ¿Qué sabemos de ella, Alan?

(Imágenes de Katherine.)

ALAN: Se llama Katherine Yellin, tiene cuarenta y seis años, es agente inmobiliaria, está divorciada y tiene dos hijos. Al parecer mantenía una relación muy estrecha con su hermana. Diane Yellin falleció de un aneurisma hace dos años. Katherine dice que desde septiembre ha estado hablando con su hermana de forma regular, mediante llamadas telefónicas que según ella llegan desde el más allá.

PRESENTADOR: Lo mismo dicen otras personas, ¿no es así, Alan?

(*Imágenes de los demás.*)

ALAN: Así es; seis personas, desde la directora de una guardería a un dentista. La mayoría de ellos participarán también en el especial televisivo de hoy para todo el país, aunque los protagonistas serán Yellin, su hermana y el posible sonido de una voz del «más allá». Se hará un seguimiento en directo de Katherine Yellin, y se emitirá en tiempo real cualquier contacto que reciba. El mundo no había vuelto a estar tan pendiente de una sola llamada telefónica desde que Alexander Graham Bell hizo una demostración del aparato para la reina de Inglaterra en 1878.

PRESENTADOR: Es posible que esta tenga más repercusiones.

ALAN: En efecto. Les ha hablado desde Coldwater Alan Jeremym para *ABC News*.

−¿No pueden venir más quitanieves? −gritó Lance a pleno pulmón en un estruendo de calefactores y generadores industriales.

−¡Estoy en ello! −contestó Jeff a gritos−. ¡He llamado a cinco pueblos!

Lance sacudió la cabeza, asqueado. Deberían haber estado preparando el programa, pero en vez de eso solo veía quitar nieve: voluntarios que barrían los puestos o limpiaban el plató con toallas. Jack Sellers conducía a decenas de agentes por la nieve, donde a las huellas de uno se superponían las del siguiente. Jeff Jacoby intentaba encontrar más quitanieves.

Justo esta noche tenía que nevar, pensó. Lance pulsó el botón de su *walkie-talkie*.

–Clint, ¿ya han salido los anfitriones a buscar a los invitados?

Oyó un ruido de interferencias.

–Les hemos dicho... *zrrzilp*...

–¿Puedes repetir?

–Les hemos... *mzirrrp*... en punto.

–¿Qué?

–*Zrrrp*... ¿... dices?

–¿Ya están de camino, Clint?

–... las diez en punto.

–¡No, a las diez no! ¡Ahora! ¿Has visto cuánta nieve? ¡Id a buscarlos más temprano!

–*Zmmzzpt*... ¿...carlos ahora?

–Sí, ahora. ¡Ya!

Interferencias.

–Reci...

Lance tiró el teléfono a un montón de nieve. ¿Me tomas el pelo? Pretendían transmitir dentro de cuatro horas una llamada de otra dimensión, y no eran capaces ni de que funcionaran los *walkie-talkies*.

∾

Sully le preparó a su hijo un cuenco de cereales y vertió leche encima.

–¿Puedes echar azúcar? –preguntó Jules.

–Ya llevan bastante –respondió Sully.

Se sentaron junto a la ventana, desde donde se veía el barranco. Los montones de nieve eran como nata congelada. El peso de la nevada doblaba las ramas de los árboles.

Se tomó un café muy cargado para recuperar fuerzas. No recordaba haber estado nunca tan cansado. Había seguido hasta el final una teoría falsa y tenía la impresión de haber hecho el tonto. Era un tonto exhausto. De no ser por Jules habría dormido todo el día.

–Mira, como hoy no hay clase te llevaré con los abuelos, ¿vale?

–¿Antes podemos jugar en la nieve? ¿Podemos hacer un Cachas?

Sully sonrió. Era como llamaba Giselle a los muñecos de nieve con músculos. «¡Vamos a hacer un Cachas!», exclamaba al cruzar como un ciclón la puerta de la casa, con Jules de la mano, levantando mucho las botas de invierno. Al mirar a su hijo, Sully sintió una opresión en el pecho, como si le debiera una disculpa colosal. Tanto tiempo siguiendo a Elwood, y a Maria, y a Elias, y las necrológicas... Tanto obsesionarse con desmentir un milagro y su hijo seguía queriéndolo, un pequeño milagro cotidiano.

–Pues claro que sí –repitió–. Vamos a hacer un Cachas.

–¡Mola! –exclamó Jules.

Se metió en la boca una cucharada gigante de cereales, que le dejó un reguero de leche en ambas mejillas. Sully echó mano de una servilleta para limpiarle la cara mientras masticaba.

–Papá...

–Mmm.

–No estés triste, que mamá te llamará.

Sully bajó la servilleta.

–Vamos a hacer un muñeco de nieve, ¿vale?

–Un Cachas –le corrigió su hijo.

༄

Una hora después, cerca del porche había una musculosa escultura de tres pisos de nieve, con un palo por nariz y galletas en representación de la boca y los ojos. El padre de Sully, Fred, llegó en su furgoneta y bajó sonriendo.

–¿Es vuestro nuevo guardia de seguridad?

–¡Abuelo! –exclamó Jules, y fue a abrazarse a sus piernas por entre la nieve.

–Gracias por venir a recogerlo –dijo Sully–. Es que antes ha querido hacer esto.

–No pasa nada –dijo Fred.

Sully se quitó la nieve de los guantes y aspiró por la nariz.

–Sí que has tardado... ¿Mucho tráfico?

–Una barbaridad. Está todo lleno de policías, que no sé qué hacen. Encima hay tantos coches mal aparcados que no se los podrían llevar ni todas las grúas del mundo.

–¿Tú y mamá...?

–¿Qué, si iremos al espectáculo?

–¿Lo llaman así?

–¿Tú cómo lo llamarías?

–Me parece bien espectáculo.

–Tu madre quiere ir.

Sully suspiró y señaló a Jules con la cabeza.

–No quiero que participe en eso, ¿vale?

–Me quedaré con él en casa –informó Fred–. Supongo que si el cielo quiere hablar con nosotros ya lo oiremos desde ahí.

Sully resopló por la nariz, recordando de quién había heredado su cinismo. Se subió un poco la gorra de esquiador.

–Tengo que ir a trabajar.

–Ah, pero ¿hoy trabaja alguien?

–De recaudador. Tengo que ir a buscar un talón a la funeraria.

–¿La de Davidson?

–Exacto.

–Qué sitio más alegre.

–Ni que lo digas. Menudo personaje, el dueño, ¿eh? Es como hablar con el mayordomo de la familia Addams.

–¿Sam?

–¿Mmm?

–¿Sam Davidson? Pues es más bien bajito y gordo. No lo veo muy de mayordomo.

Sully se quedó callado.

–¿Quién es Sam? Yo te hablo de Horace.

–Ah, ese. No, si no es el dueño. Compró una participación para que pudiera jubilarse Sam.

Sully se quedó mirando a su padre.

–¿Y eso cuándo fue?

–No sé, hace dos años... A mí me da repelús. ¿A quién puede gustarle dirigir una funeraria?

–¿Horace no es de Coldwater?

–De una cara así creo que nos acordaríamos... No, qué va, vino de otro estado. ¿Por qué?

Sully miró el macizo muñeco de nieve, cuyos ojos de galleta lo observaban.

–Tengo que irme –dijo.

ॐ

Katherine acabó las oraciones matinales y se maquilló. Al oír a Amy en la cocina, fue a saludarla en albornoz.

–Buenos días.

–Buenos días, ¿cómo estás?

–Nerviosa.

–Ya.

Katherine tenía en la mano derecha el teléfono de Diane.

–¿Te preparo el desayuno? –le preguntó a Amy.

–No te molestes.

–Dicen que el desayuno...

–Es la comida más importante del día.

–Eso dicen.

Amy sonrió.

–No puedo permitirme las calorías. En este trabajo los gordos no son bien recibidos.

–Tú nunca podrías engordar.

–Dame un mes y veremos.

Se rieron.

–¿Sabes que...?

Sonó el timbre. Katherine miró su reloj de pulsera, preocupada.

–Habían dicho que vendrían a las diez. ¡Si solo son las nueve y media!

–Déjame a mí.

–¿En serio?

–Tú vístete y no salgas.

–¡Gracias!

Katherine corrió a su cuarto. Amy abrió la puerta.

–¿Sí? –demandó a los tres hombres del porche.

–Somos del programa.

–Katherine aún no está lista.

–Queríamos ponerle el pinganillo y conectar el teléfono.

–A las diez lo estará.

Se miraron. Los tres eran jóvenes, con el pelo oscuro y parkas con el logotipo de la cadena. Tras ellos, en Guningham Road, se alineaban varias camionetas de noticiarios con logos estampados: EYEWITNESS 7, LOCAL 4, ACTION 6... En la acera había un pequeño grupo de cámaras que enfocaban la casa como un pelotón de fusilamiento. De repente Amy se sintió a un millón de kilómetros de su vida anterior.

–¿No podríamos conectárselo ahora? –preguntó uno de los jóvenes–. Cuanto antes mejor. Con tanta nieve...

Amy se cruzó de brazos.

–Le dijisteis a las diez y estará preparada a las diez. No podéis presionarla todo el rato. Es un ser humano.

Ellos hicieron muecas raras con la boca, y empezaron a morderse la lengua de maneras distintas.

–Oye, ¿tú no diste algunas de las primeras noticias? –preguntó uno de los tres.

–Sí, sí –añadió otro–, Amy Penn, de *Nine Action News*. Lo he visto todo.

–En principio Katherine no puede salir en otros programas...

–Hemos firmado la exclusiva...

–¿Se lo has consultado a Lance?

–Esto incumple...

–Más vale que no...

Amy cerró la puerta.

❧

Sully avanzaba despacio entre los coches con su Buick. Nunca había visto tan congestionadas las calles de Coldwater. Ni él ni nadie. Los coches iban a velocidad de caracol. En muchas manzanas no habían quitado la nieve, que llegaba hasta las rodillas. Miles de asistentes peregrinaban metro a metro hacia la cancha en furgonetas y autobuses cuyos tubos de escape expulsaban humo sucio.

Cuando llegó a Davidson & Hijos ya eran las once y media. Faltaban noventa minutos para que empezara la transmisión. Bajó del coche a toda prisa, y al segundo paso resbaló torpemente en una placa de hielo que le hizo caer de bruces en un montón de nieve, fría y húmeda. Se levantó como pudo, quitándose la nieve de la nariz y las mejillas, y fue hasta la puerta a trompicones.

No había nadie en los pasillos, donde sonaba el hilo musical. Sully tenía los pantalones y la chaqueta empapados. Al asomarse por la esquina vio a Maria en su despacho, con el abrigo puesto.

—¡Señor Harding! —exclamó ella al verlo—. ¿Qué le ha pasado?

—He resbalado con la nieve.

—¡Pero si está todo rojo! Tenga.

Sacó unos pañuelos de papel de una caja.

—Gracias. Maria, ¿dónde está Horace?

—¡Vaya, se le ha vuelto a escapar!

—Ahhh...

—Bueno, al menos esta vez no ha salido a comer.

—¿Está en el programa?

—Ahí voy yo. Él no sé dónde está, si quiere que le diga la verdad.

—¿No se lo ha dicho?

—Los viernes nunca me lo dice.

—¿Por qué no?

—Porque los viernes no trabaja.

Sully tragó saliva con tal dificultad que sintió como si le bajara un huevo entero por el cuello.

—¿Desde cuándo?

—Uy, hace bastante. Desde el verano seguro.

Viernes. Todas las llamadas en viernes, se dijo Sully.

—Maria, tengo que hacerle una pregunta que quizá le extrañe.

—Vale —repuso ella con cautela.

–¿Cuándo empezó Horace a trabajar aquí?

–Ah, de eso sí me acuerdo. En abril se cumplió un año. El cumpleaños de mi nieta.

¿En abril se cumplió un año? ¿Un mes después de su accidente?

–¿De dónde venía?

–De algún sitio de Virginia. Se lo ha tenido siempre muy callado, porque... bueno, usted lo sabrá mejor.

–¿Por qué voy a saberlo yo?

–Los militares son así, ¿no?

Sully se mordió el labio.

–¿Y qué hacía Horace... en el ejército?

–No estoy muy segura. Lo estuvieron comentando con el señor Davidson. Virginia. Fort algo, en Virginia.

–¿Fort Belvoir?

–¡Eso! Caramba. ¿Cómo lo ha sabido?

Sully apretó los puños. Fort Belvoir era el centro de mando de los servicios de inteligencia del ejército. Escuchas. Teléfonos pinchados.

Maria miró su reloj.

–Uy, llego tarde.

–Espere. Solo una cosa más.

–Vale.

–Las transcripciones que hace usted, las de las necrológicas...

–¿Qué?

–¿Horace las ve?

Maria puso cara de perplejidad.

–¿Por qué me lo pregunta...?

–¿Las ve o no?

El tono la hizo recelar.

–Pues... supongo que si quiere sí, aunque no tendría mucho sentido.

—¿Por qué?

—Porque siempre está en todas las reuniones.

—¿Qué?

—Es su política. Está en todo. Habla con todo el mundo y saca copia de todos los papeles.

A Sully se le puso la mirada vidriosa. Se acordó de cuando había conocido a Horace. «Fue una ceremonia muy bonita.» Horace estaba en todo. Lo leía todo. Se enteraba de todos los entierros en Coldwater: Nick Joseph, Ruth Rafferty, Robbie Sellers...

Giselle.

Se había enterado de lo de Giselle.

Sully se acercó a Maria.

—¿Dónde vive? —susurró.

—Señor Harding, me está asustando.

—¿Dónde vive?

—¿Por qué...?

—Por favor —insistió apretando las mandíbulas—, dígame dónde vive.

Maria abrió muchos los ojos.

—No lo sé. Nunca me lo ha dicho.

∽

A mediodía estaban ocupados todos los asientos de las gradas. Los generadores habían puesto en marcha las unidades de calefacción. La luz era tan intensa que con su calor ni siquiera hacía falta abrocharse el abrigo.

Jack ya había dado instrucciones a la Policía local, se había reunido con la del estado y había repartido *walkie-talkies* a los agentes auxiliares. Acompañó a Tess por la puerta del instituto y entró con ella en la sala de profesores, habilitada como punto de reunión para los invitados del programa. Tess se aferraba a su bolso, en cuyo interior había un móvil nuevo al que estaban desviadas las llamadas del viejo –idea de Samantha–, por si su madre establecía contacto con ella mientras no estaba en casa.

–Sigues sin tener ninguna obligación –susurró Jack.

–Tranquilo –dijo Tess–, que no me dan miedo las preguntas.

Jack sabía que era cierto. La había observado muchas mañanas con los seguidores que se reunían en la sala de estar, y la había visto darles todas las respuestas que pedían.

–No me moveré del escenario –afirmó él.

–Me alegro –dijo Tess sonriendo.

Jack había pasado por su casa después del duro trance con Harding, Jupes y Elias Rowe. Necesitaba relajarse. Tess había estado muy atenta a sus explicaciones. De vez en cuando se entrelazaba su largo pelo rubio por detrás de las orejas.

–O sea, que no hay ninguna conspiración –había dicho al final.

–Solo dos hombres que sospechaban el uno del otro –había contestado Jack.

Parecía contenta. En cierto modo Jack también lo estaba. Las llamadas del cielo habían superado una prueba, y en cierto modo eso las hacía más creíbles.

Después Tess le había preparado un chocolate caliente, con leche de verdad, y se habían puesto a hablar en el sofá: sobre el programa, la histeria colectiva y lo que podían esperar el día siguiente. Jack debía de haberse quedado dormido. Al abrir los ojos seguía en el sofá, pero con una manta encima. La casa estaba a oscuras. Tenía ganas de seguir durmiendo hasta que se hiciera de día, y de ver bajar por la escalera a Tess, con esa vieja sensación de empezar un nuevo día en pareja, pero sabía que tal como estaban las cosas habría sido una insensatez, así que había doblado la manta, la había dejado encima del sofá, se había duchado y se había ido al instituto. Desde entonces no había salido de él.

Acompañó a Tess a la zona VIP. Ella se acercó a una mujer con un portapapeles.

–Hola, soy Tess Rafferty.

–Genial –repuso la mujer mientras ponía una marca al lado de su nombre–. Allá al fondo hay café y algo de picar, si le apetece. También tiene que firmar.

Le tendió el portapapeles. De repente oyeron tronar una voz masculina.

–Buenos días, Tess.

Al girarse, Tess vio al padre Carroll con un grueso abrigo de lana por encima del hábito de cura. Iba acompañada por el obispo Hibbing.

–Padre –dijo ella, azorada–. Buenos días. Buenos días, señor obispo.

Miró de reojo a Jack, que después de presentarse se apartó y metió las manos hasta el fondo de los bolsillos de su parka del uniforme.

–Bueno, tengo un montón de cosas que hacer. ¿Estás preparada?

–Sí –respondió Tess.

–Pues nos vemos fuera.

Jack salió del edificio intentando sofocar sus sentimientos personales para concentrarse en el mayor reto logístico al que había hecho frente en toda su vida. Se acercó al escenario gigante, donde se quedaría apostado durante toda la transmisión. Estaba llegando mucha gente. Otros ya se habían sentado en las laderas de detrás de las gradas. ¿Encima de la nieve?, pensó Jack. Por suerte había pasado la tormenta y hasta se asomaba el sol por detrás de las nubes. Se preguntó cómo sería el pueblo el día siguiente. ¿Mejor o peor?

Justo cuando se acercaba a los escalones del escenario, sonó su móvil.

–Sí, aquí el jefe Sellers –respondió.

–Papá... Soy Robbie.

Se quedó petrificado.

–¿Hijo?

–Háblales de mí, papá... Cuéntales dónde estoy.

❧

Sully había avisado a Liz de que se reuniera con él lo antes posible en la biblioteca. Corrió por la nieve. Las calles de Coldwater estaban tan impracticables que no le habría servido de nada el coche. Respiraba entrecortadamente un aire frío que parecía arañarle por dentro los pulmones.

–¿Qué ha pasado? –preguntó Liz al verlo entrar por la puerta trasera de la biblioteca.

–Necesito una dirección. –Sully intentó recuperar el aliento–. Tengo que averiguar dónde vive Horace.

–¿Quién es Horace?

–El de la funeraria.

–Vale, vale –dijo ella, mientras se acercaba al ordenador–. Aquí tengo el registro de la propiedad y cosas de hipotecas, pero necesitaríamos algunos datos básicos.

Sully se inclinó, doblando las rodillas, y siguió jadeando.

–Empieza por «Horace»... ¿Cómo narices se apellida? Pon la funeraria y a ver qué sale.

Liz tecleó veloz.

–Varias cosas sobre Davidson & Hijos... Davidson &
Hijos... Horace Belfin, director.

–¡Busca una dirección personal!

–No creo que... Un momento... No, nada.

Sully miró su reloj. Casi eran las doce y media.

–¿Cómo se puede averiguar dónde vive la gente en
este pueblo?

Liz siguió tecleando a toda pastilla. De repente paró y
levantó la vista.

–Puede que haya una manera más rápida –dijo.

ᘒ

Diez minutos después hicieron sonar la campanilla de la
puerta de la agencia inmobiliaria Coldwater Collection. No
había nadie en recepción, pero sí un hombre al fondo,
sentado delante de una mesa.

–¿Les puedo ayudar? –preguntó Lew.

–Quizá –respondió Sully, tomando aire–. Le sonará
raro.

–¿Ah, pero en Coldwater puede haber algo raro? Mientras no me pidan una casa donde puedan llamarles sus
parientes muertos... Se me acaban de terminar.

Sully miró a Liz.

–¿Es escéptico? –preguntó.

Lew miró a ambos lados como si alguien pudiera oírlo.

–Bueno, en principio no debería llevarle la contraria a
la gran Katherine Yellin, nuestra amada comercial, pero sí,
soy... ¿Cómo lo has dicho? Escéptico. Es lo peor que nos
ha pasado nunca. De hecho yo no me lo creo, pero no se
lo digan a nadie. –Hizo ruido con la nariz–. En fin... ¿Buscaban casa?

–Sí –contestó Sully–, una casa que quizá demuestre
que tiene razón.

Lew se tocó la barbilla.

–Siga.

~

A la una menos cinco salió de una tienda climatizada la presentadora, recibida con grandes aplausos por el público. Llevaba un abrigo fucsia, un jersey negro de cuello alto, una falda hasta la rodilla, unas medias negras y unas botas de caña alta. Se sentó en un taburete. Después llegaron de la otra punta del escenario Tess Rafferty, Anesh Barua, Eddie Doukens y Jay James, que ocuparon a su vez una hilera de taburetes.

Finalmente apareció Katherine Yellin, con un traje pantalón azul persa que le había ayudado a elegir Amy. Tenía en la mano izquierda el teléfono salmón. La multitud prorrumpió en una algarabía de chillidos, aplausos y conversaciones agitadas. A Katherine la llevaron a un lado, a una silla, flanqueada –a propuesta de última hora de Lance– por el jefe de la Policía de Coldwater, Jack Sellers. La expresión de este último era de perplejidad. Acababa de hablar con su hijo muerto.

–¡Gracias a todos por venir! –vociferó por un micrófono el alcalde, Jeff Jacoby–. Estamos a punto de empezar. Que nadie se olvide de que estamos en directo, y de que esto se transmitirá a todo el mundo, o sea, que pase lo que pase procuremos dejar en buen lugar a Coldwater, por favor. ¿De acuerdo?

Se giró y le hizo señas al cura del pelo blanco.

–Padre Carroll, ¿quiere usted bendecir al público antes de empezar?

~

Sully avanzaba a trompicones con el Buick por céspedes nevados y a punto estuvo de rozar los coches aparcados para llegar a la Ruta 8. Cada bache lo zarandeaba, y alguno estuvo a punto de hacerle chocar contra el salpicadero. Subía y bajaba por las aceras, entre los golpes de protesta del chasis. No había alternativa: si iba más despacio corría el riesgo de que el coche se hundiera en la nieve.

Tenía una dirección y un mapa dibujado garabateado en un papel de carta. Según los archivos de la inmobiliaria, hacía quince meses que Horace se había comprado una casa en las afueras de Moss Hill, un gran terreno con una granja y un establo viejos. Había pagado en efectivo. Como la operación la había gestionado Coldwater Collection, en la oficina había una copia de la escritura que Lew había estado encantado de facilitar a Sully, junto con un comentario: «Yo lo de Katherine nunca me lo había creído, ni siquiera cuando la llamaron estando aquí».

Sully se salió de un jardín y se metió por una calle transitable. El choque con la nieve hizo saltar el coche. No se le iba de la cabeza la cara larga y demacrada de Horace. Barajaba mentalmente todas las conversaciones que habían mantenido, en busca de alguna pista sobre su grado de implicación.

«Fue una ceremonia muy bonita. Supongo que se lo habrá contado la familia.»

«La familia soy yo.»

«Claro.»

Tenía el estómago revuelto. Se deslizó a toda velocidad por la Ruta 8, despejada por los quitanieves. Los neumáticos del Buick se aferraron agradecidos a la carretera. Sully pisó a fondo el acelerador. En el carril de su derecha había un embotellamiento de más de un kilómetro hacia Coldwater. En el de salida del pueblo no había nadie.

«¿Usted cómo está, señor Harding?»

«Pues no muy bien.»

«Lo entiendo.»

Echó un vistazo a su reloj.

Era la una y diez.

Había empezado la transmisión.

⁓

A petición de la reina, Alexander Graham Bell se prestó a un acontecimiento de importancia mundial: una demostración del teléfono para la soberana, Victoria. Fue en la isla de Wight, en el palacio personal de la reina, el 14 de enero de 1878, menos de dos años después de que el emperador del Brasil exclamase: «¡Dios mío! ¡Habla!». El teléfono ya estaba muy mejorado, por lo que la reina podría asistir a la demostración más elaborada hasta la fecha. Estaba previsto conectar entre sí cuatro lugares, a fin de que Su Majestad oyera por el receptor lo siguiente: una voz que hablaba en una casa de la zona, cuatro cantantes en el pueblo de Cowes, un músico tocando el clarín en la localidad de Southampton y un organista en Londres.

Los reporteros escribirían la crónica de aquel suceso. Todos sabían que si la reina se llevaba una impresión favorable el teléfono tendría garantizado un gran futuro por todo el imperio británico. Poco antes de la hora estipulada, sin embargo, Bell descubrió que tres de las cuatro líneas no funcionaban. Sin tiempo para resolverlo, levantó la vista y vio entrar en la sala al séquito real. Hizo una pequeña reverencia al ser presentado a su majestad la reina Victoria, a su hijo, el duque de Connaught, y a su hija, la princesa Beatriz.

Por mediación de su gentilhombre, la reina preguntó si el profesor tendría la bondad de explicar «el aparato al que llama teléfono».

Bell levantó el auricular, respiró y rezó en su fuero interno por que funcionase la única conexión que quedaba.

❧

En el hospital del condado, donde estaba encendida la televisión a bajo volumen, Elias Rowe apoyó una mano en la fina muñeca del pastor Warren.

−Ya ha empezado, pastor.

Warren abrió los ojos.

−Mmm... Está bien.

Elias miró el pasillo del hospital. No había casi nadie, ya que gran parte del personal estaba asistiendo a la transmisión, y algunos habían justificado su ausencia por motivos religiosos. En todo Coldwater −y buena parte del condado− reinaba la palpable sensación de que aquella fecha histórica, tres días antes de Navidad, podía cambiar el concepto de la vida, como el día después de unas elecciones importantes, o la noche en que el hombre pisó la luna.

Elias había venido a visitar al pastor porque después de la locura de la noche anterior, con Sully y Elwood, necesitaba aclararse las ideas. Ya habían rezado juntos. Ahora Elias estaba sentado junto a la cama de Warren, en una silla acolchada, viendo la culminación de los cuatro meses más raros de la vida de ambos, mientras la conductora del programa presentaba a los «elegidos» y a Katherine Yellin. Las cámaras ofrecían planos constantes de los espectadores, que en muchos casos se tomaban de la mano o rezaban con los ojos cerrados.

−Katherine −preguntó la presentadora−, ¿no es cierto que has pedido a tu hermana Diane que hoy se ponga en contacto con nosotros?

−Sí −respondió Katherine.

Se la ve nerviosa, pensó Elias.

–¿Le explicaste por qué?

–Sí.

–¿Cómo se lo explicaste?

–Le dije que si el Señor quería que el mundo entero supiese que el cielo existía de verdad... Le pregunté si ella podía demostrárselo a... Pues eso, al mundo entero.

–¿Y ella dijo que sí?

Katherine asintió, a la vez que lanzaba una mirada a su teléfono.

–¿Traes una lista de preguntas votadas por gente de todo el mundo, las preguntas sobre el cielo que más han querido oír responder?

Katherine pasó los dedos por el portapapeles que le habían dado.

–Sí.

–Y tengo entendido –añadió la presentadora girándose hacia el resto– que todos los demás os habéis traído vuestro teléfono. ¿Nos los podéis enseñar?

Todos sacaron sus móviles y se los pusieron en el regazo o en el pecho. La cámara los enfocó uno a uno.

–El fenómeno de las voces del más allá no es nada nuevo –afirmó la presentadora, girándose para leer el *teleprompter*–. Hemos querido traer a una experta, la doctora Salome Depawzna, especializada en comunicaciones paranormales. Hablará con nosotros vía satélite desde Houston. Gracias, doctora Depawzna.

En las pantallas gigantes apareció la imagen de una mujer madura, con mechones grises, sentada ante el *skyline* de Houston.

–Es un placer –dijo.

–Doctora, ¿puede usted decirnos si en el pasado otras personas consiguieron ponerse en contacto con...?

Drrrnnnn.

La presentadora se quedó callada. Los invitados se giraron a ambos lados.

Drrrnnnn.

Sobre el escenario, Tess bajó la vista.

Estaba sonando su nuevo teléfono.

–Dios mío –susurró.

Drrrnnnn.

Y luego... *Bddlllíiip...*

Y luego... *Ole-ole...*

Empezaron a sonar todos los teléfonos de los elegidos: primero uno, luego el otro... Se miraron sin poder moverse.

–¿Hola? –dijo en la pantalla la doctora Depawzna–. ¿Se ha cortado?

Al darse cuenta de lo que ocurría, el público empezó a gritar.

–¡Hablad con ellos!

–¡Contestad!

Tess miró a Anesh, que a su vez miró a Jay y este a Eddie. Al otro lado, Jack Sellers vio que Katherine, sentada junto a él, ponía cara de susto, y después lo miraba.

Porque también estaba sonando el teléfono de Jack.

❧

Sully encontró la casa al final de una carretera sin asfaltar por donde no habían pasado los quitanieves. Bajó del coche. La finca estaba protegida por una valla metálica muy alta. La granja quedaba lejos de la entrada, y el establo aún más allá, detrás de ella. Sully vio una verja, pero no pensaba anunciar su llegada. Tomó aliento, corrió hacia la valla metálica y empezó a trepar, metiendo los dedos por los orificios. Una década de instrucción militar le había enseñado a escalar barreras. Le costó después de los años transcurridos sin estar de servicio y jadeó por el esfuerzo. Logró llegar arriba del todo, pasar una pierna por encima de los alambres que sobresalían y saltar al otro lado. Soltó la valla y se preparó para el impacto.

«¿Se acuerda de mí?»

«El señor Harding.»

«Llámeme Sully.»

«De acuerdo.»

Avanzó con dificultad, pensando en el encuentro. La capa de nieve era muy alta. Cada paso era como levantar pesas con las rodillas. Se le empañaron los ojos y empezó a gotearle la nariz. Al aproximarse a la granja vio una construcción grande y cuadrada al lado del establo. Había un mástil de unos veinte metros con una especie de candelabros rotos de acero. Cerca de la punta colgaban ramas y hojas verdes, como si alguien hubiera intentado hacerlo pasar por un árbol, aunque a su alrededor los otros árboles estaban desnudos, y aquellas hojas eran de un verde más intenso que el de los pinos perennes de las inmediaciones.

Sully sabía reconocer el camuflaje.

Era una torre de telefonía.

ॐ

—Anesh, ¿qué te ha dicho tu hija?

—Estamos aquí.

—Tess, ¿y tu madre?

—Estamos aquí.

—Jay, ¿y tu socio?

—Lo mismo.

—¿Y el jefe Sellers?

La presentadora miró a Jack, que estaba en medio del escenario, incómodamente situado entre Katherine y los elegidos, como quien ha sido apartado de su formación.

—Era mi hijo.

Jack oyó su voz amplificada y proyectada hacia la multitud, como si hubiera gritado en un cañón.

—¿Cómo se llamaba su hijo?

Vaciló.

—Robbie.

—¿Cuándo falleció?

—Hace dos años. Era militar.

—¿Ya le había llamado?

Irguió la cabeza. Se preguntó dónde estaría Doreen y cómo se lo estaría tomando. Tenía ganas de pedir perdón. Miró a Tess, que asintió ligeramente.

—Sí, me ha estado llamando todo este tiempo.

Se oyeron exclamaciones ahogadas entre el público.

—¿Y ahora qué le ha dicho?

Jack tragó saliva.

—«El final no es el final.»

La presentadora miró la cámara principal y juntó las manos en su regazo con la emoción de acabar de transmitir algo histórico. ¿Todos los teléfonos sonando al mismo tiempo? ¿Todas las voces celestiales callando tras un breve comentario? «¿El final no es el final?» Trató de mantener la gravedad que requería el momento, convencida de que la grabación sería vista durante generaciones.

—Bueno, vamos a repasar lo que hemos presenciado...

—¡Nosotros no hemos oído nada!

La exclamación venía de las gradas. La presentadora intentó localizarla. Se puso una mano en la frente para protegerse de las luces.

—¡Nosotros no hemos oído nada! ¿Cómo podemos saberlo?

Se giraron muchas cabezas. Un operador movió su cámara e hizo un *zoom* del hombre que estaba de pie en la primera fila de asientos. Su imagen, con el pelo blanco, guardapolvos, americana y corbata, apareció en las pantallas gigantes.

–¡Podrían estar mintiendo todos! –exclamó Elwood Jupes.

Miró a ambos lados con las manos tendidas, implorando a las gentes del pueblo.

–¿Verdad que nosotros no hemos oído nada?

ᑭ

Sully apoyó las manos, cubiertas con guantes, en el exterior de madera del establo y pegó la oreja. Oyó ruidos sordos, pero nada que pudiera distinguir. Tenía a seis metros la gran puerta principal, pero no cometió la imprudencia de aporrearla. Si realmente era Horace quien estaba detrás de todo lo ocurrido, cualquier otra cosa que no fuera pillarlo con las manos en la masa sería insuficiente.

La base del establo era de piedra, el tejado de chapa y los laterales de planchas de cedro. No había ventanas. Sully se trasladó del extremo sur a la parte trasera. Tiritaba, agotado. Le ardían los pulmones. Solo al pensar en su pequeño Jules con un teléfono en la mano, oyendo una llamada inventada por Horace, el siniestro Horace, el imperturbable Horace, aquella especie de fantasma extremadamente flaco, encontró fuerzas para continuar, atravesando montones de nieve hasta llegar al lado norte, donde vio una barandilla metálica de unos tres metros de altura.

Y bajo ella una puerta corredera.

ᑭ

–¿Qué quiere decir –preguntó la presentadora al borde del escenario–, que toda esta gente se lo está inventando?

–Que sepamos, puede ser –dijo Elwood por un micro que le habían dado.

Su cuestionamiento había perturbado al público. Les estaba recordando que habían acudido allí para ser testigos de una voz del cielo, pero que lo único que habían visto era a cinco personas que se ponían al teléfono y les explicaban lo que habían oído.

–¿Vive aquí? –preguntó la presentadora.

–Sí, de toda la vida, ¿eh?

–¿Y a qué se dedica?

–Soy reportero en el periódico del pueblo.

La presentadora miró fugazmente al director.

–¿Por qué no está con el resto de los medios informativos? –preguntó.

–Porque antes de trabajar en el pueblo he vivido en el pueblo, fui al colegio en el pueblo y me casé en el pueblo. A mi niña la crie en el pueblo.

Elwood hizo una pausa.

–Y fue donde murió.

Un murmullo en el público. A Elwood se le hizo un nudo en la garganta.

–Los de aquí lo saben. Se suicidó en un puente. Era una buena chica, pero tenía una enfermedad muy mala y no quiso seguir viviendo.

La presentadora recuperó la compostura.

–Siento mucho que...

–No se esfuerce. Usted no la conocía, como tampoco me conoce a mí, ¿eh? El caso es que hace unos meses recibí una de esas llamadas.

–Un momento. ¿Recibió una llamada telefónica de su hija muerta?

–Era su voz.

El público volvió a quedarse sin respiración.

–¿Y qué hizo usted?

–Le dije a quien fuera que no jugara conmigo, que la próxima vez lo grabaría y se lo llevaría a la Policía.

–¿Y?

Elwood bajó la vista.

–Y no ha vuelto a llamar. –Se pasó un pañuelo por la cara–. Total, que solo quiero oírlo. Quiero oír hablar del cielo a otra voz real, y dejarlo a juicio de los que han venido. Que decidan ellos. Entonces sabré...

No acabó la frase.

–¿Qué sabrá? –preguntó la presentadora.

Elwood apartó la vista.

–Si me equivoqué.

Volvió a pasarse el pañuelo por la cara y devolvió el micrófono. El público se había callado.

–Bueno, por eso estamos aquí –dijo la presentadora mientras volvía a su silla–. Y Katherine Yellin...

Se giró hacia donde estaba Katherine, mientras un cámara designado al efecto la seguía a pocos metros.

–Para eso contamos contigo.

Katherine apretó el teléfono salmón de su hermana. Tenía la sensación de que todo el planeta la observaba.

❧

Sully sujetó el borde de la puerta, invocando lo que más preciaba. Era consciente de que solo tendría una oportunidad de sorprender a Horace, y de que había que actuar deprisa. Tras exhalar tres bocanadas de aire tiró de la puerta con ímpetu y sin vacilaciones –como había tirado de la palanca de eyección– y se lanzó al otro lado.

Estaba todo oscuro. Sus ojos tardaron un poco en acostumbrarse. Había grandes máquinas, pequeñas luces rojas, generadores, cables como serpientes... Se veían aparatos montados en bastidor, pero no los reconoció. También había una gran mesa de metal y una silla vacía. El ruido que había oído era el de un televisor de pantalla plana.

Dibujos animados.

—¡Horace! —exclamó.

Su voz subió hasta las vigas del establo. Rodeó lentamente la maquinaria, lanzando miradas a ambos lados.

—¡Horace Belfin!

Nada. Se acercó a la mesa, donde había fajos de papeles y marcadores amarillos dentro de una taza de café, todo muy ordenado. Apretó el botón de una lámpara, que iluminó el tablero. Abrió uno de los cajones: material de oficina. Otro cajón: cables de ordenador. Otro cajón.

Parpadeó.

Dentro había algo que ya había visto: las carpetas de Maria. Sus pestañas codificadas por colores. Y en ellas vio nombres conocidos.

Barua. Rafferty. Sellers. Yellin...

Se quedó de piedra.

En la última carpeta ponía HARDING, GISELLE.

—¡Señor Harding!

Se giró de golpe.

—¡Señor Harding!

La voz llegaba de fuera. Las manos de Sully temblaban tanto que no podía cerrar el cajón.

—¡Señor Harding! ¡Salga, por favor!

Siguió el sonido hasta la entrada del establo. Respiró y se asomó a la puerta.

—¡Señor Harding!

Era Horace, al lado de la casa, con traje negro, moviendo los brazos.

–¡Aquí! –exclamó.

❧

Cuando Katherine dio a luz a su primer hijo, Diane estaba en la sala de partos, como lo había estado Katherine al tener Diane a su primera hija. Las dos hermanas se tomaron de la mano al aumentar las contracciones.

–Un poquito más –animó Diane para tranquilizarla–. Tú puedes.

La cara de Katherine chorreaba de sudor. Diane la había llevado en coche al hospital dos horas antes –Dennis estaba en el trabajo–, adelantando a los coches a una velocidad suicida.

–Me parece increíble... que no nos hayan... parado –dijo Katherine entre respiraciones.

–Ojalá –dijo Diane–. Siempre he tenido ganas de decirle a un poli: «¡No es culpa mía, es que esta señora está de parto!».

Katherine estuvo a punto de reírse, pero de pronto sintió un dolor más fuerte que los anteriores.

–Dios mío, Diane, ¿tú cómo lo aguantaste?

–Muy fácil. –Diane sonrió–. Te tenía a ti, ¿no te acuerdas?

Era el momento en el que pensaba Katherine al contemplar al público con el teléfono salmón en la mano. Estaban haciendo una pausa publicitaria. Habían bajado las luces, y de repente tuvo ganas de irse sin ser vista, volver a su casa y esperar a solas la voz de Diane. ¡No con tanta gente y tantas cámaras, ni tantos teléfonos sonando, ni el cascarrabias de Elwood Jupes! Y ahora, por si fuera poco, tantos y tantos ojos observándola, esperando, esperando...

Paseó la mirada por el escenario. Una maquilladora le retocaba la cara a la presentadora. Varios ayudantes de producción acercaban calefactores a los invitados. Jack Sellers estaba a un par de metros, mirándose los pies.

Katherine se fijó en él. Habían coincidido una o dos veces, en la época en que los habitantes de Coldwater se conocían por su nombre de pila y su profesión –«Jack, el jefe de policía», «Katherine, la agente inmobiliaria»–, antes de que el pueblo se dividiera entre a los que les sonaba el teléfono y a los que no.

–Perdone... –dijo.

Jack levantó la vista.

–¿Usted qué cree que ha querido decir? Su hijo.

–¿En qué sentido?

–Con lo de «el final no es el final». ¿Qué cree que ha querido decir?

–Supongo que se refería al cielo. Al menos es lo que espero. –Apartó la mirada–. No tenía pensado decírselo a nadie.

Katherine dirigió su mirada hacia el público.

–Ahora es demasiado tarde –susurró.

En ese momento sonó su teléfono.

❧

Sully entró en la granja con cuidado, tocando el marco de la puerta del porche antes de cruzarla. Tras hacerle señas de que entrase –«¡Aquí!»– Horace había desaparecido. Si era algún tipo de trampa, pensó Sully, no iba preparado. Mientras avanzaba muy despacio buscó algo con lo que pudiera defenderse.

Los pasillos eran estrechos, los suelos viejos y gastados, y la pintura de las paredes de tonos mustios. Todas las habitaciones parecían pequeñas, como de una época en que también la gente era más baja. Pasó al lado de la cocina, con un estampado de flores en el papel de pared, armarios de roble de color claro y una cafetera en la encimera. Oyó voces que venían de abajo; al fondo del pasillo divisó una barandilla que llevaba a un sótano. Por un lado quería salir corriendo y por el otro sentía la necesidad de bajar. Se desembarazó de su pesado abrigo y lo dejó caer al suelo silenciosamente. Al menos ahora podía maniobrar.

Tocó la barandilla.

Pensó en Giselle.

«Quédate conmigo, cariño.»

Empezó a bajar.

ॐ

Nueve años después de inventar el teléfono, Alexander Bell experimentó con la reproducción de sonidos. Grabó su voz hablando por un diafragma que movía un estilete, el cual dejaba surcos en un disco de cera. Recitó una serie de números, y al final, como prueba de autenticidad, dijo: «En fe de lo cual oigan mi voz... Alexander... Graham... Bell».

Durante más de un siglo el disco estuvo dentro de una caja, en un museo, sin que nadie lo tocara, hasta que finalmente una combinación tecnológica de ordenadores, luz y una cámara 3D permitió extraer el sonido de la cera. Los investigadores oyeron por primera vez la voz del difunto, y se fijaron en cómo pronunciaba su nombre, con un resto de acento escocés: «Alex–ahhn–der Gray–ham Bell».

Hoy en día, dejar impresa la voz es algo cotidiano, la mayoría de las veces en forma de mensajes telefónicos en un contestador. El valioso invento de Bell, que antaño permitió que las conversaciones humanas viajaran por un corto cable, ahora puede emitir a satélites y convertir palabras en datos digitales, los cuales pueden conservarse, copiarse o, si así se desea, manipularse.

Al acceder al sótano, Sully no era consciente de estar viendo una tecnología de aquel tipo. Lo único que vio fue a Horace en una silla de respaldo alto, en medio de una serie de pantallas que mostraban la cancha de Coldwater. Estaba rodeado de monitores de ordenador, varios teclados y múltiples hileras de equipos electrónicos. Los cables se contaban por docenas, en manojos que recorrían la pared y salían hacia el establo a través de una abertura.

–Siéntese donde prefiera, señor Harding –dijo Horace sin girarse.

–¿Qué hace? –susurró Sully.

–Si no lo supiera no estaría aquí. –Horace pulsó varias teclas–. Allá va.

Pulsó una más, y en ese momento, en la pantalla, se vio a Katherine Yellin mirando su teléfono. Sonó una vez. Dos. Las cámaras enfocaron a Katherine mientras lo abría.

–Hola... ¿Diane? –preguntó.

Su voz sonó con tal fuerza por los altavoces del sótano que Sully dio un respingo y vio que Horace leía una lista en la pantalla, antes de apretar una serie de teclas.

–Hola, hermana.

Era la voz de Diane Yellin.

Sully la oyó en el sótano, y Katherine en su oído. El público la oyó en las gradas. Y la audiencia, en todo el mundo, la oyó en sus televisores u ordenadores, gracias a una señal emitida por el instrumental de Horace, recibida por un teléfono móvil, recogida por una placa amplificadora y retransmitida por la señal de audio de una cadena de televisión.

El sueño de Alexander Bell de que los seres humanos hablasen a distancia había completado un extraño círculo. La voz de una mujer difunta, recreada, estaba conversando con los vivos.

–Sé que eres tú, Diane –aventuró Katherine.

Horace tecleó rápidamente.

–Estoy aquí, Kath.

–Hay gente que nos escucha.

Más teclas.

–Ya lo sé... Lo estoy viendo...

–Diane, ¿puedes hablarle al mundo sobre el cielo?

Horace levantó las manos como un pianista al final de una cadencia.

–Gracias, Katherine Yellin –murmuró.

Pulsó una tecla, llenando un monitor de palabras. Después se giró y miró a Sully a los ojos.

–Va bien saber que harán una pregunta –dijo.

Lo siguiente que oyó el mundo fue una explicación de cincuenta y cuatro segundos sobre la vida después de la vida, en la voz de una mujer difunta. Sería transcrita, memorizada, impresa y repetida más veces de lo que habría podido contar nadie.

He aquí lo que dijo:

–En el cielo os vemos... Os sentimos... Conocemos vuestro dolor y vuestras lágrimas, pero nosotros no experimentamos dolor ni lágrimas... Aquí no hay cuerpos..., no hay edad... Los que llegan viejos... no se diferencian en nada de los niños... Nadie se siente solo... Nadie es más grande o más pequeño que nadie... Todos estamos en la luz... la luz es gracia... y todos formamos parte de... lo único grande.

La voz dejó de hablar. Katherine levantó la vista.

–¿Qué es lo único grande? –susurró.

En el sótano, Horace asintió levemente. Ya se esperaba la pregunta. Pulsó otra tecla.

–El amor... Nacemos dentro de él... y volvemos a él.

En la pantalla Katherine lloraba, sujetando el móvil como un pájaro trémulo.

–¿Diane?

–Hermana...

–¿Me echas tanto de menos como yo a ti?

Horace se quedó quieto delante del teclado. Después pulsó unas teclas.

–Cada minuto.

Las lágrimas de Katherine seguían fluyendo. Lo único que podían hacer sus compañeros de escenario era mirarla con muda reverencia. La presentadora señaló el portapapeles. Katherine bajó la cabeza y empezó a leer las preguntas.

–¿Dios nos oye rezar?

–Siempre.

–¿Cuándo tendremos las respuestas?

–Ya las tenéis.

–¿Estáis encima de nosotros?

–Estamos justo al lado de vosotros.

Sully se acercó a la silla de Horace, y en su cara demacrada vio correr lágrimas por las mejillas.

–¿O sea, que es verdad que nos espera el cielo? –preguntó Katherine.

Horace respiró profundamente y tecleó la última frase.

–No, mi dulce hermana... Sois vosotros los que lo esperáis.

༄

Lo que ocurrió en el sótano a continuación fue violento y repentino. De los detalles, Sully solo se acordó más tarde: los cables que arrancó de los enchufes, los monitores que barrió de encima de las mesas, los aparatos sobre los que se abalanzó como en un placaje de fútbol americano para derribarlo... Lo cegaba la rabia, como si tuviera los ojos cubiertos por una película y oyera un zumbido interior que hubiese que cortar a cualquier precio. Se arrojó contra todo lo que pudo, jadeando, con los músculos tensos como cables. Cuando el bastidor se estrelló en el suelo, Sully se giró y vio que Horace lo observaba; no con rabia, ni reproche; ni siquiera con muestras visibles de sorpresa.

—¡Basta! ¡Ya está bien! —gritó Sully.

—Ya está hecho —dijo Horace en voz baja.

—¿Quién es? ¿Qué les está haciendo?

Horace parecía desconcertado.

—Yo no le estoy haciendo nada a nadie.

—¡Sí, algo horrible!

—¿De verdad? —Señaló las pantallas con un gesto—. Pues nadie lo diría.

Aunque Sully hubiera cortado el sonido al arrasar con todo, quedaban las imágenes del monitor: gente que aplaudía y se abrazaba, que rezaba de rodillas, que regaba de llanto un hombro ajeno... Katherine estaba siendo abrazada por los otros. La presentadora, muy sonriente, circulaba entre todos. Verlo en silencio aún le daba un toque más surrealista.

—Esto es una locura —susurró Sully.

—¿Por qué?

—Es una mentira colosal.

—¿El cielo? ¿Está seguro?

—Les está dando falsas esperanzas.

Horace juntó las manos en su regazo.

–¿Qué tiene de falso la esperanza?

⁓

Sully se apoyó en una mesa. Tenía un nudo en la garganta
que le impedía respirar, y un dolor detrás de los ojos que
casi lo cegaba.

Horace giró un botón. Se apagaron las pantallas.

–Ahora veremos –dijo.

–No podrá salirse con la suya.

–Por favor, señor Har...

–Se lo explicaré a todos.

Horace apretó los labios.

–Lo dudo.

–Usted no me lo impedirá.

Se encogió de hombros.

–No intente nada. Le aviso.

–Señor Harding, no me entiende. Contra usted no tengo fuerzas. No estoy bien de salud.

Sully tragó saliva con dificultad. Al mirar atentamente
el físico esquelético de Horace, su expresión macilenta y
sus profundas ojeras, comprendió que era verdad: tenía
que estar enfermo. Hasta entonces había asociado su des-
vaída palidez y su aspecto enfermizo con la profesión de
enterrador.

–Bueno, y... ¿qué es? –preguntó mirando los aparatos
electrónicos–. ¿De la inteligencia militar?

Horace sonrió.

–¿Pueden decirse las dos palabras juntas?

–¿Teléfonos? ¿Escuchas? ¿*Hacking* informático?

–Más que eso.

–¿Internacional? ¿Vigilancia de espías?

–Más.

–¿Es como lo ha conseguido?

Horace arqueó una ceja.

–¿Esto? –Señaló los aparatos–. Hoy en día nada de esto es muy difícil.

–¡Dígamelo! ¡Explíquese de una vez, joder!

–De acuerdo.

Durante los siguientes minutos Horace expuso en detalle un proceso ligado a lo lejos que había llegado la tecnología, lo que llenó de asombro a Sully, lo lejos que había llegado la tecnología. Mensajes telefónicos de los difuntos. Un proveedor determinado que los guardaba muchos años en sus servidores. Acceso ilegal. *Software* de reconocimiento de voz. Programas de edición.

–La gente –observó Horace– deja decenas de mensajes al día.

Con tanto material –tanto vocabulario– se podía crear prácticamente cualquier frase. A veces quedaban inacabadas o inconexas. Por eso la clave era no alargar la conversación, aunque conocer a las personas que hablaban, sus historias, sus problemas familiares, sus apodos –todo ello oportunamente facilitado por las entrevistas de Davidson & Hijos para las necrológicas–, facilitaba mucho la labor.

Cuando Horace acabó de hablar, Sully había comprendido lo suficiente como para darse cuenta de cómo se podía llevar a cabo un engaño a gran escala. Lo que no entendía era el motivo.

–¿Por qué lo ha hecho?

–Para que el mundo crea.

–¿Qué importancia tiene eso?

–Si cree se portará mejor.

–¿Y usted qué gana?

–Una penitencia.

Sully quedó perplejo.

–¿Una penitencia?

–A veces, señor Harding, lo meten a uno en una celda sin merecérselo. –Horace apartó la vista–. Y a veces al contrario.

Sully no entendía nada.

–¿Y por qué estas personas?

–Podrían haber sido otras. Con estas he tenido suficiente.

–¿Y por qué Coldwater?

–¿No es obvio? –Horace levantó las palmas de las manos–. Por usted.

–¿Yo? ¿Qué tengo yo que ver?

Por primera vez Horace puso cara de sorpresa.

–¿De verdad no lo sabe?

Sully se irguió y cerró los puños, a la defensiva.

–Lo siento –dijo Horace–. Creía que a estas alturas ya estaba claro. –Apartó la vista–. ¿Cómo ha encontrado mi casa?

Sully se lo explicó: Maria, la biblioteca, la inmobiliaria...

–¿O sea, que ha leído la escritura?

–Sí –respondió Sully.

–Pues léala otra vez.

Horace suspiró profundamente y apoyó las manos en la mesa para incorporarse como un púgil aturdido al levantarse de la lona. Parecía más frágil que nunca.

–Usted de aquí no se va –dijo Sully.

–No depende de usted.

–Llamaré a la Policía.

–No creo que la llame.

Horace se acercó a la pared del fondo.

–Su mujer, señor Harding. Lamento que no pudiera despedirse de ella. Sé cómo se siente.

Se arregló los faldones de la americana negra. En sus manos finas y cubiertas de venas sobresalían mucho los nudillos.

–Fue bonita, sí, la ceremonia.

–¡No hable de Giselle, maldita sea! –gritó Sully–. ¡No sabe nada de ella!

–Muy pronto lo sabré.

Horace juntó las palmas como si rezase.

–Ahora voy a descansar. Perdóneme, se lo ruego.

Pulsó un botón de la pared, y todo quedó a oscuras.

℘

Antiguamente las historias viajaban de boca en boca. Un mensajero que corría por las montañas. Un hombre que cabalgaba durante días. Hasta el suceso más extraordinario tenía que repetirse una y otra vez –boca a oreja, boca a oreja– y divulgarse con tanta lentitud que casi se oía conversar al planeta.

Hoy en día vemos juntos el mundo: siete mil millones de personas con la mirada en una sola hoguera. Lo ocurrido en el escenario de la cancha de Coldwater fue retransmitido a los rincones más remotos de la civilización, y no en cuestión de semanas o meses, sino de horas. Durante una noche en la tierra, la idea del cielo estuvo más cerca que nunca.

«¡La prueba!», proclamaban algunos titulares. «¡Habla el cielo!», decían otros. De Miami a Estambul la gente salía a la calle a lanzar vivas, abrazarse, cantar y rezar. Las iglesias, las sinagogas, las mezquitas y los templos se llenaban de fieles deseosos de arrepentirse. Los cementerios rebosaban de nuevos visitantes. Los enfermos terminales respiraban de otro modo al cerrar los ojos. Había quien dudaba –siempre los hay–, pero durante una noche, más que cualquier otra desde que se dio la primera noticia, prácticamente todas las conversaciones del planeta empezaron por el mismo tema.

«¿Te has enterado?»

«¿Qué te parece?»

«Parece imposible, ¿no?»

«¿Es un milagro?»

Un hombre conducía un viejo Buick por una carretera de dos carriles. Era el único que sabía la verdad, y estaba haciendo planes para revelarla. Aferrado al volante, luchaba contra el agotamiento. Cayó en la cuenta de que no había comido nada desde la noche anterior. Tenía las piernas empapadas de rodilla para abajo, por haber caminado por la nieve en busca de Horace, quien, sin que él supiera cómo, había desaparecido.

Sully había tardado bastante en escaparse de la oscuridad del sótano. Horace había cortado el suministro eléctrico en toda la finca. Dando tumbos, chocando con mil y un obstáculos, Sully había encontrado la escalera. Después había buscado por la casa y el establo. También por el bosque que rodeaba la finca. Nada, ni rastro del viejo. A medida que la tarde se iba oscureciendo lo invadió la desesperación, la necesidad de explicar lo que había visto antes de que pudiera frenarlo alguien o algo. Se alejó de la finca por la nieve. Al llegar a la valla volvió a escalarla a base de pura adrenalina. El coche estaba frío. El motor solo se puso en marcha después de varios intentos.

Ahora conducía en la penumbra del anochecer, mientras los faros se enfrentaban a la espesa niebla que se había levantado. Después de una curva se acercó a los alrededores de su pueblo natal, y vio una hilera de luces rojas con una extensión de casi dos kilómetros.

—Oh, no —se dijo—. No, no, por Dios.

El especial televisivo había provocado una peregrinación masiva a Coldwater. Los accesos al pueblo estaban congestionados. Se sintió excluido, a la deriva. De pronto tuvo tantas ganas de abrazar a su hijo que se le pusieron los ojos llorosos. Se acordó del móvil que tenía en el bolsillo. Se quitó un guante, encontró el teléfono y marcó el número de sus padres. Sonó dos veces hasta que...

–¿Mamá? –contestó la voz de Jules.

Se le cayó el alma a los pies. También al pequeño le habían engañado. Había visto algo u oído algo, o algo le habían contado. Se le hizo un nudo en la garganta.

–¿Mamá? –repitió Jules.

Sully oyó la voz de su padre al fondo.

–Jules, dame el teléfono...

Pulsó el botón rojo y cortó la llamada.

«Lo dudo», había dicho Horace en respuesta a su amenaza de contarlo.

¿Y si tenía razón? ¿Y si el conocimiento de un engaño sobre el cielo era tan paralizante como la prueba misma de su existencia? Oyó que se le aceleraba la respiración. Miró fijamente la hilera de luces y dio puñetazos en el salpicadero con la mano desnuda. No. ¡No! No pensaba dejarse derrotar por aquel loco delirante y repulsivo. Encendió la luz interior y buscó entre los papeles del asiento derecho hasta encontrar un número. Sus dedos temblaron al marcarlo.

–¿Jupes? –dijo al oír que contestaba alguien.

–¿Quién es?

–Sully Harding.

–Ah. Oye, que yo no...

–Escúchame. Es un engaño. Todo. Tengo pruebas.

Un largo silencio.

–¿Me oyes? –preguntó Sully.

–Te escucho –contestó Jules.

–Eran ordenadores. *Software*. Los muertos habían dejado mensajes telefónicos que se han usado para recrear sus voces.

–¿Qué?

–Ha sido un engaño desde el primer día.

–Espera...

–Tienes que decírselo.

–Eh, eh, un momento. ¿Quién ha sido?

–Ha sido...

Sully tragó saliva, pensando en lo que estaba a punto de decir. Una sola frase lo cambiaría todo. Visualizó a las hordas de los medios informativos que invadirían la funeraria junto a la policía. Comprendió que tenía que encontrar algo antes.

–Te lo cuento todo cuando nos veamos –le dijo a Elwood–. Voy a entrar en el pueblo. Lo que pasa es que el tráfico...

–Escucha, Harding, que yo aquí no puedo hacer nada relevante. De hecho no salimos a la calle hasta la semana que viene. Si es verdad lo que dices, necesitas a alguien que pueda ponerse manos a la obra ahora mismo. Conozco a alguien en el *Trib*.

–¿Dónde?

–En el *Chicago Tribune*. Trabajamos juntos hace años. Es de confianza. ¿Puedo llamarlo? ¿Puedo decirle que te llame?

Sully apretó el teléfono contra su oído. Nunca se había sentido tan solo.

–Vale –respondió–. Que me llame dentro de una hora. Primero tengo que hacer algo.

ᄋᘐ

Casi todas las casas de Coldwater tenían luces navideñas, pero ahora también estaban encendidas las de los porches. En las calles había mucha animación. La gente iba de casa en casa envuelta en sus abrigos, sin pensar en el frío. Nadie era forastero. Si estabas en el pueblo formabas parte del milagro. Las puertas se abrían de par en par y se daba a la gente de comer. Se oían muchas risas, sonaban las bocinas; en muchas manzanas se escuchaban melodías navideñas.

Aunque ya hiciera varias horas que se había terminado el especial, las luces de la cancha seguían encendidas y cientos de personas daban vueltas sin querer volver a casa. La presentadora famosa se dejaba entrevistar, al igual que Jeff Jacoby, el alcalde. Nada menos que diez policías del estado rodeaban a Katherine Yellin, requerida por una multitud que la llamaba a gritos y la acribillaba con preguntas. Katherine reconoció a Amy Penn, que miraba desde abajo, al pie del escenario.

–¡Amy! –gritó–. ¡Por favor! ¿Alguien puede dejar que suba?

Por su parte, Jack Sellers había encontrado a Tess, que se quedó muy cerca de él mientras eran absorbidos por la multitud, que les gritaba de todo, desde «¡gracias!» hasta «¡Dios es grande!». A pesar del uniforme, la gente intentaba retener a Jack para darle la mano, frotarle la parka o tocarle de cualquier otra manera.

–¡Jefe Sellers, bendíganos, por favor! –exclamó alguien.

Jack sintió que lo asían fuertemente por el hombro. Al girarse vio a Ray, con Dyson detrás.

–Ya os tenemos –dijo Ray.

Se colocaron cada uno a un lado.

–Tengo que irme a casa –dijo Tess, inclinándose hacia Jack–. Por favor. Esto es demasiado.

–Vamos –repuso Jack, abriéndose paso entre la muchedumbre.

–¡Dejen paso, por favor! –vociferaban Ray y Dyson–. ¡Que dejen paso!

En el hospital del condado, Elias estaba sentado junto al pastor Warren. Casi no se habían dicho nada desde que escucharan las palabras de Diane Yellin desde el cielo. En un momento dado, tras el brusco final de la llamada, Elias había hecho una pregunta a su pastor.

–¿Esto demuestra que es verdad lo que creemos?

–Si lo crees –respondió Warren en voz baja– no necesitas que te lo demuestren.

A partir de entonces Elias casi no había abierto la boca.

Una enfermera volvió a cambiar la bolsa de suero e hizo un comentario sobre la «maravillosa noticia». Se fue con una sonrisa. Los dos hombres la vieron salir. El monitor cardíaco zumbaba suavemente.

–¿Puedes darme la mano, Elias? –pidió Warren.

Elias envolvió los dedos huesudos del pastor con su gran palma, y los apretó con fuerza.

–Eres un buen constructor –dijo en voz baja Warren.

–Usted también –agregó Elias.

Warren miró el techo.

–Echaré de menos el servicio navideño.

–Tal vez no –dijo Elias–. Quizá entonces ya haya salido.

Warren sonrió sin fuerzas y se le cerraron los ojos.

–Seguro.

⁓

Sully quedó atrapado en la larga hilera de coches que entraban en Coldwater. En más de una hora no había avanzado ni un kilómetro. El contacto del *Chicago Tribune* no había llamado. Encendió la radio. Casi todas las emisoras informaban sobre el acontecimiento y reproducían las palabras de Diane. Una emisora, otra... Por todo el dial la voz de una mujer difunta.

«En el cielo os vemos...»

Apagó la radio con la sensación de no poder moverse, de estar irremediablemente congelado: dentro del coche, del embotellamiento y del conocimiento de algo que el resto del mundo ignoraba. Rememoró las palabras de Horace en el sótano, buscando alguna pista. ¿Por qué había elegido Coldwater? ¿Qué tenía que ver Sully?

«¿O sea, que ha leído la escritura? Sí. Pues léala otra vez.»

¿Qué tenía que leer? Era un documento jurídico, escrito en jerga. Lo que firmaba cualquier persona al comprarse una casa.

Se le ocurrió llamar a Liz. Quizá pudiera leérselo ella. Sin embargo, un sentimiento protector le hizo vacilar, como si después de haberle contado a Liz lo que sabía pudiera venir gente malvada e intentar sonsacárselo.

En vez de eso le mandó un mensaje de texto por el móvil: «¿Estás aquí?».

En pocos segundos vibró el teléfono: «Sí. Muy preocupada. ¿Estás bien? ¿Por dónde andas?».

«Estoy bien. ¿Tienes la escritura?»

«¿La de la casa de Horace?»

«Sí. ¿Dónde está?»

Pasaron unos segundos.

«Te la di.»

⁕

Sully se quedó de piedra y releyó el mensaje. Acto seguido levantó el fajo de papeles del asiento del copiloto y los fue descartando a medida que leía por encima los encabezamientos. Este no es. Este tampoco. Este tampoco.

Allá estaba.

Escritura de propiedad. Lo levantó. Con la luz interior del coche era difícil leer letra pequeña. Preámbulos, provisiones, la descripción de la finca, las referencias catastrales... ¿Qué importancia podía tener? Llegó al final: una línea a la izquierda para el vendedor, y otra a la derecha para el comprador.

Aguzó la vista para leer la firma del comprador.

La releyó.

Tuvo un escalofrío.

En la firma ponía ELLIOT GRAY.

⁓

El coche de detrás le tocó la bocina. Sully estuvo a punto de saltar del asiento. Soltó un taco y releyó la escritura, pensando en mil cosas a la vez. ¿Elliot Gray? ¡Imposible! ¿El nombre que le perseguía desde que se había estrellado el avión? ¿Elliot Gray, el controlador aéreo que con una sola metedura de pata había destruido lo mejor de la vida de Sully? ¡Elliot Gray estaba muerto! ¿Por qué jugaba Horace así con él? ¿Por qué...?

Sonó el teléfono. Miró la pantalla. Un número que no reconoció. Pulsó el botón verde.

–¿Diga?

–Hola, soy Ben Gissen, del *Chicago Tribune*. ¿Hablo con Sullivan Harding?

–Sí, soy yo.

–Ah, hola... Es que he recibido una llamada un poco rara de un viejo amigo, Elwood Jupes, que escribe para un periódico de Coldwat...

–Sí, ya lo sé...

–Ah, muy bien. Me ha dicho que tenías información sobre lo de las llamadas telefónicas. Ha dicho que era importante. ¿Qué ha pasado, en realidad?

Sully vaciló y bajó la voz.

–¿Tú qué crees que ha pasado?

–¿Yo?

–Sí.

–No se trata de lo que piense. Se trata de que me lo expliques tú.

Sully exhaló. No se quitaba de la cabeza a Elliot Gray. ¿Elliot Gray?

–¿Por dónde empiezo?

–Por donde quieras –respondió el hombre–. ¿Por qué no...?

La llamada se cortó.

–¿Hola? –dijo Sully–. ¿Hola?

Miró el teléfono.

–Maldita sea...

Acercó la pantalla a la luz tenue. Aún quedaba batería. Lo giró en la mano.

Esperó.

Esperó.

Poco después volvió a sonar.

–Perdona –dijo al ponerse–. ¿Sigues ahí?

–Siempre –contestó suavemente una voz femenina.

Dejó de respirar.

Giselle.

༄

¿Qué haces cuando vuelven los muertos? Es lo que más teme el ser humano, pero en algunos casos es lo que más desea.

–¿Sully? –oyó que decía su mujer.

La voz le hizo un tajo y le dejó destilando tristeza y alegría. Estaba tan claro que era la de Giselle... De su boca, de su cuerpo, de su alma. Su voz.

Pero.

–Sé que no eres tú –murmuró.

–Cariño, no me hagas eso.

–Sé que no es verdad. Sé que lo está haciendo Horace.

–Por favor. Si me quieres. No me hagas eso.

Tragó saliva. No pudo aguantarse las lágrimas. No quería aquella conversación, pero anhelaba tanto una conversación...

–¿Que no te haga qué? –susurró finalmente.

–No se lo digas –dijo ella.

Y se cortó la llamada.

⌁

Para Sully Harding los siguientes minutos fueron un infierno. Se tapó la cara con las manos y gritó. Se metió los dedos por el pelo y estiró con tanta fuerza que sintió el alarido de dolor de las raíces. Levantó el teléfono. Lo soltó. Lo recogió. Pronunció a gritos el nombre de su mujer, que rebotó en las ventanillas. ¡Qué crueldad la de Horace! ¡Qué profunda su mentira! Sully se sentía violado, enfermo, como si algo subiera desde sus entrañas y lo ahogase si no se lo tragaba.

Cuando volvió a sonar el teléfono, sufrió una sacudida física. Se sujetó los codos, como si tuviera mucho frío. El teléfono sonó dos veces más, hasta que Sully contestó con un susurró casi inaudible.

–¿Quién es?

–Ben Gissen. ¿Señor Harding?

302

Se le desinfló todo el cuerpo. Aun sabiendo que era un engaño, deseaba oír de nuevo a Giselle.

–¿Hola? Soy Ben Gissen. Se había cortado, ¿no?

–Lo siento –masculló Sully.

–Bueno, pues eso, que me iba a explicar algo.

Sully fijó la mirada en el coche de delante, y se le enfocó otra vez la vista como si despertara de un sueño. Vio formas de cabezas en el asiento trasero. ¿Niños? ¿Adolescentes? Pensó en Jules. Pensó en la gente de Coldwater, víctima de la misma manipulación a la que estaba intentando someterlo a él Horace, y en su interior empezó a agitarse algo desagradable.

–¿Podría venir aquí personalmente? –le propuso a Ben Gissen–. Es que no me fío de hablar por teléfono.

–¿Es verdad que tiene pruebas de que es un engaño? No puedo hacer un viaje tan largo solo para...

–Tengo pruebas –dijo Sully con voz neutra–. Todas las que necesite.

–Estoy en Chicago. Tardaría unas horas...

Pero Sully ya había colgado. Salió de la carretera, hizo un giro en «U» por la nieve y se fue por donde había venido.

Te voy a matar, Elliot Gray, pensó.

Pisó a fondo el acelerador.

～

Jack abrió la puerta del coche patrulla y ayudó a salir a Tess.

–Cuidado con el hielo –advirtió al tomarla del brazo.

–Gracias.

El trayecto hasta la casa de Tess había sido más silencioso de lo normal. Ambos sacudían la cabeza, o de vez en cuando murmuraban «caray», o «increíble», como quien ha sobrevivido a una calamidad. Las calles estaban llenas de desconocidos que cantaban detrás de barreras azules, en plena fiesta. Los faros del coche iluminaban sus rostros fugazmente –bajo capuchas de parkas o gorros de esquiador– antes de dejarlos en la oscuridad.

–Antes, en Coldwater, reconocía a todo el mundo –dijo Tess.

–Yo sabía dónde vivían todos –añadió Jack.

Lo que se les hizo raro al ir hacia la puerta fue el silencio. Llegaron al porche y se miraron. El *walkie-talkie* de Jack emitió un graznido.

–¿Me oyes, Jack? –preguntó una voz masculina.

Jack pulsó un botón.

–Sí.

Interferencias.

–¿Puedes hablar?

Botón.

–Espera un momento.

Volvió a ponerse el aparato al cinto, suspiró y miró otra vez a Tess. Era como si se estuviera terminando algo.

–Qué cansada estoy –comentó ella.

–Ya.

–Tú debes de estar aún peor. Dios... ¿Cuánto tiempo llevas levantado?

Jack se encogió de hombros.

–No me acuerdo.

Ella sacudió la cabeza.

–¿Qué pasa?

–Nada, que pensaba en mañana.

–¿Qué pasará mañana?

Apartó la vista.

–Exacto.

Jack entendió lo que quería decir. Durante toda la tarde había tenido la molesta sensación de que al hablarle al mundo sobre Robbie en cierto modo su labor había concluido.

–¿No te dijo tu madre que no duraría?

Tess asintió y cerró los ojos, como agotada. Se apoyó en el hombro de Jack y estuvo un momento sin moverse. Después abrió los ojos y le besó suavemente los labios. El *walkie-talkie* hizo otro ruido.

–Perdona –se disculpó Jack–. ¿Qué hacíamos cuando no había estas cosas?

Tess sonrió.

–No pasa nada. Gracias por acompañarme a casa.

Entró y cerró la puerta. Jack volvió a su coche. Sabía que su obligación era llamar a Doreen para explicarle las llamadas de Robbie y por qué las había mantenido en secreto. Se lo debía. Primero apretó el botón del *walkie-talkie,* un dispositivo inalámbrico que habría impresionado hasta al gran Alexander Graham Bell.

–Soy Jack. Ya puedes hablar.

–Jack, tienes que ir lo más deprisa que puedas a Moss Hill.

–¿Por qué, qué pasa?

–Tienes que verlo por ti mismo.

༄

Nuestra brújula la fija el deseo, pero nuestro rumbo lo gobierna la vida real. Katherine Yellin solo había querido hacer honor a su hermana. Amy solo había querido ascender profesionalmente. Elias Rowe solo había querido llevar su empresa. El pastor Warren solo había querido servir a Dios.

Sus brújulas las había fijado el deseo, pero lo ocurrido en las últimas dieciséis semanas había desviado notablemente su rumbo.

Por eso el viernes por la noche Katherine abandonó a empujones el plató gigante extrañada de no haber oído nunca antes a Diane llamarla «mi dulce hermana».

Tras ella iba Amy Penn, mirando a los que trabajaban en los medios como si fueran miembros de alguna secta.

Ahora Elias Rowe se sentía en deuda con el hijo de Nick Joseph, un niño al que no conocía.

Y el pastor Warren, cuya iglesia había crecido demasiado para la misión del sacerdote, iría solo al encuentro del Señor, después de rendir su último aliento en una cama de hospital, en plena noche del viernes.

También Sully Harding tenía un deseo: matar a Elliot Gray o Horace Belfin, o como se llamase, en castigo por no haberle dejado vivir. Con el fuego de esta rabia en su interior condujo seis kilómetros a una velocidad suicida, con los músculos tensos, las manos listas para el acto y en cada bocanada de aire que llenaba sus pulmones respiraba el oxígeno de la venganza.

Pero cuando su Buick se acercó por la calle, la vida real cambió el rumbo de Sully, que frenó de golpe y retrocedió.

Delante había un mudo parpadeo de luces rojas. La casa estaba rodeada por coches de policía. Varios agentes del estado recorrían su perímetro, y varios coches se apiñaban en la oscuridad, coches anónimos que supuso que serían del Gobierno.

–Madre de Dios –susurró.

Nuestra brújula la fija el deseo y nuestro rumbo lo gobierna la vida real. Aquella noche Sully Harding no mataría a nadie.

Puso el Buick en marcha atrás.

Después de medianoche

Los festejos de Coldwater siguieron por la noche. La calle Lake estaba tan llena como en un desfile. En la fábrica servían tazas de sidra caliente gratis. Había mesas de caballete con bandejas de pasteles y galletas. Frente al banco, un coro de iglesia cantaba un viejo himno: «En lo alto de los cielos, Dios eterno... Luce en toda su gloria tu bondad...».

A tres kilómetros del pueblo, Sully Harding, que había vuelto a encontrarse en un atasco, perdió la poca paciencia que le quedaba y dio un golpe de volante a la derecha. Una vez que hubo apartado el Buick de la larga hilera de coches, pisó el acelerador y salió disparado por las piedras del arcén que separaba la carretera del lago Michigan. Tenía que llegar a su casa. Tenía que ver a Jules. Tenía que encontrar unas respuestas.

¿Por qué había tantos coches de policía al lado de la casa? ¿Sabían que había estado él? ¿Iba a desvelarse todo? ¿Sería Sully el siguiente a quien buscaran?

«¿Y por qué Coldwater?»

«Por usted.»

«¿Yo? ¿Qué tengo yo que ver?»

«¿De verdad que no lo sabe?»

¿Quién era Horace? ¿Estaba vivo Elliot Gray? ¡No puede ser Elliot Gray!, se dijo. Sully intentó concentrarse, pero le dolía mucho la cabeza y era incapaz de hilvanar más de dos ideas. Empezó a sudar al volante del coche. Le dolía el cuello. Tenía la garganta seca. Oyó en su cabeza las palabras «deberías ir más despacio», pero era como si se las gritasen desde muy lejos.

Parpadeó con fuerza dos veces seguidas. Su coche dio un salto, levantando una piedra que agrietó el parabrisas con un impacto agudo. Por unos instantes Sully se desconcentró. Delante había una curva hacia la izquierda. Al girar en aquella dirección sus faros iluminaron a tres personas –un hombre, una mujer y un niño– que habían salido de su coche para formarse una idea del atasco. Se quedaron petrificados. Sully abrió mucho los ojos de terror. Giró el volante al mismo tiempo que pisaba el freno a fondo. El coche se descontroló hacia la derecha y derrapó hasta saltar por el borde del arcén, sobrevolando unos arbustos que despuntaban entre la nieve. Durante un momento breve y silencioso se quedó en el aire, parecía más un avión que un coche. Justo antes de que chocase con el lago helado, el impulso de Sully fue levantar la mano y activar la eyección.

Y luego... ¡impacto! El coche chocó con el hielo y salió despedido hacia atrás. El cuerpo de Sully fue arrojado hacia la puerta derecha, mientras su cabeza chocaba con la ventanilla, y todo su mundo se fundía en negro. El coche dio vueltas por el hielo, como si alguien lo usara para darle brillo. Después de girar y girar y girar, se paró con un chirrido: dos toneladas de acero sobre unos centímetros de agua congelada.

Y Sully, ensangrentado, se derrumbó en el asiento delantero.

∽

¿Hay algo en esta vida donde no pueda penetrar el amor? Mabel Hubbard, sorda de nacimiento, le dio a Alexander Bell un piano como regalo de bodas, y le pidió que tocase cada día para ella, como si la música pudiera perforar el silencio. Décadas después, en el lecho de muerte de Bell, fue su esposa quien rompió el silencio diciendo unas palabras: «No me dejes», mientras él, que ya no podía hablar, recurría al lenguaje de los signos para contestar no.

¿Hay algo en esta vida donde no pueda penetrar el amor? La conciencia de Sully se había hundido en las tinieblas. Ningún ruido terrenal podría haberlo despertado y liberado. Más allá de todo, sin embargo, mientras el hielo empezaba a doblarse bajo él, oyó las palabras de la primera llamada telefónica del mundo.

«Ven aquí, que quiero verte.»

❧

Lo que ocurrió después no tuvo nunca explicación, pero fue claro y real, indeleble como ningún otro recuerdo en toda la vida de Sully. Oyó tres palabras.

Vuelo.

Sintió que se elevaba del coche accidentado.

Orientación.

Se deslizó rápidamente por la oscuridad, como un espíritu. De pronto estaba dentro de su apartamento, en el pasillo, metiéndose en el cuarto de Jules; y en el cuarto, sentada al borde de la cama del pequeño, vio a Giselle, joven y radiante como nunca.

Comunicación.

–Hola –dijo ella.

–Hola –fue el sonido que salió de los labios de Sully.

–Solo es un momento. Tienes que volver.

Lo único que experimentaba Sully era ligereza y calidez, una relajación total, como cuando se tendía en la hierba a los diez años.

–No –dijo.

–No seas tozudo. –Ella sonrió–. Las cosas no son así.

Sully la vio inclinarse hacia Jules.

–Qué guapo.

–Tendrías que verlo.

–Ya lo veo. Constantemente.

Sully sintió que lloraba por dentro, pero no hubo lágrimas, ni cambio alguno en su expresión facial. Giselle se giró como si hubiera detectado su angustia.

–¿Qué pasa?

–No puedes estar aquí –susurró él.

–Yo siempre estoy aquí.

Giselle señaló una estantería donde ahora estaba la urna en forma de ángel que contenía sus cenizas.

–Fue un detalle muy bonito, pero no os hace falta.

Sully la miraba fijamente. No podía parpadear.

–Lo siento tanto...

–¿Por qué?

–No estaba contigo cuando te moriste.

–No fue culpa tuya.

–No me despedí.

–Qué palabra más innecesaria cuando se quiere a alguien –dijo ella.

Sully temblaba, sintiendo cómo se abrían de par en par viejas heridas.

–Me dio vergüenza.

–¿El qué?

–Estuve en la cárcel.

–Aún lo estás.

En ese momento Giselle se acercó a Sully, tanto que él sintió el calor que irradiaba su rostro, y en sus ojos vio todos los días que habían compartido.

–Ya basta –susurró ella–. Perdona. No sufrí. Desde que supe que seguías vivo estuve contenta.

–¿Y eso cuándo fue?

–Al principio.

–¿Qué principio?

–Al morirme.

–Eso es el final.

Giselle sacudió la cabeza.

En ese instante Sully sintió un tirón hacia atrás, como si alguien le sujetase el faldón de la camisa. Estaba regresando la emoción. Un hormigueo gélido. Un lejano dolor.

–No se lo digas, por favor.

Ya lo había oído antes, sin entender a quién se refería.

Al hijo de ambos.

Giselle miró a Jules, que al cambiar de postura dejó a la vista el teléfono azul de juguete que había tenido bajo el hombro.

–No le digas que no existe el cielo. Necesita creerlo. Y necesita creer que tú estás igual de convencido.

–Estoy convencido –afirmó Sully, y añadió–: De quererte.

–Y yo estoy convencida –repitió ella con una sonrisa– de quererte a ti.

Sully la sentía a su lado y a su alrededor, detrás de él y en todo su ser, como la inmersión completa de un niño que llora en el abrazo de su madre. Después la habitación se hizo borrosa, una mezcla de luces y sombras, y Sully fue arrastrado hacia atrás entre el sonido más incongruente, el de las palabras *tira* y *la palanca*.

De repente se caía del coche. El aire frío tuvo un efecto estimulante. Se arrastró por el hielo cubierto de nieve hasta haberse alejado un par de metros e intentó levantarse, mareado. Le sangraba la cabeza. Miró el cielo. Buscó algún rastro de su esposa, pero solo oyó el viento, y bocinas lejanas.

—¡Giselle! —exclamó con voz ronca.

Justo entonces cedió el hielo con un crujido atronador, y Sully puso cara de estupefacción al ver que el Buick caía en el agua oscura y empezaba a hundirse.

El día siguiente

NOTICIAS
ABC News

PRESENTADOR: Un giro insólito en la historia de Coldwater, Michigan. Les informa Alan Jeremy.
   (Alan delante de la finca de Horace.)
ALAN: Ni que lo digas. Se ha sabido durante la última hora. Según la Policía local un hombre llamado Horace Belfin, que dirigía una funeraria en el pueblo, podría estar implicado en la elaboración de las llamadas telefónicas que ayer tuvieron fascinado al mundo entero, y que tantos creyeron que procedían del más allá. El viernes por la noche Belfin apareció muerto en su domicilio. Aún se desconoce la causa del fallecimiento. Jack Sellers es el jefe de policía de Coldwater.
   (Imagen de Jack Sellers.)
JACK SELLERS: Al parecer el señor Belfin podría haber estado implicado en algún tipo de actividad de intercepción de las comunicaciones. Todavía estamos investigando los datos. La verdad es que no puedo explicarles qué pasó, pero había muchos aparatos.
ALAN: Nos han dicho que han intervenido las autoridades federales. ¿A qué se debe?

JACK: Eso tendría que preguntárselo a ellos.

ALAN: Usted recibió varias llamadas de su difunto hijo. ¿Cómo se siente ahora que...?

JACK: Lo importante no es mi historia. De momento lo único que estamos intentando es averiguar qué pasaba, si es que pasaba algo.

(Alan entre los manifestantes.)

ALAN: La reacción de los no creyentes ha sido rápida.

MANIFESTANTE: ¡Nosotros ya lo decíamos! ¿Qué os pensabais, que era tan fácil como ponerse al teléfono y hablar con muertos? Era un engaño flagrante. ¡Desde el primer momento!

(Vista aérea de la finca de Horace.)

ALAN: Aquí vivía Belfin, en esta granja de dos hectáreas. Hace menos de dos años adquirió una participación en la funeraria Davidson & Hijos. Era soltero y, según fuentes gubernamentales, no tenía familia. De momento es lo único que sabemos. A lo largo del día podremos ofrecerles más reacciones de los vecinos, pero ahora mismo parece que el «Milagro de Coldwater» podría estar en tela de juicio...

Dos días después

El día de Navidad nevó un poco por la mañana. En algunos puntos de Coldwater se oían palas que rascaban escalones, y se veía salir humo de las chimeneas. Dentro de las casas, los niños arrancaban el papel de regalo sin fijarse en la melancolía de sus padres.

En la iglesia baptista de Cosecha de Esperanza se celebró a media mañana un servicio navideño que además honró la memoria del pastor Warren. El panegírico lo pronunció el padre Carroll. También los otros clérigos le presentaron sus respetos. Elias Rowe asistió por primera vez desde el día en que se había puesto en pie en el santuario. También esta vez se puso en pie.

–Digan lo que digan –declaró–, sé que hoy el pastor Warren está en el cielo.

Otra de las asistentes fue Katherine Yellin, acompañada por Amy Penn, a quien presentó como «mi amiga». Por primera vez en cuatro meses Katherine dejó el móvil dentro de su bolso, sin mirarlo cada pocos minutos.

Tess Rafferty recibió en su casa más visitas de las que había congregado su madre para ningún festejo. El ambiente, sin embargo, era de contención. Mientras distribuían juntos bandejas de panqueques, Jack sorprendió a Tess lanzando una mirada al teléfono mudo de la cocina, y le sonrió mientras ella parpadeaba para no llorar.

En la sala de estar de la casa de sus padres, Sully Harding vio cómo Jules abría el último de sus regalos: un paquete de libros para colorear. Era de Liz, que estaba sentada a su lado en el suelo; se había teñido el mechón de pelo rosa de un verde navideño.

–¿Te encuentras bien? –le preguntó Fred Harding a su hijo.

Sully tocó el vendaje que tenía en un lado de la cabeza.

–Solo me duele si pienso –contestó.

Después de unos minutos, aprovechando que Jules estaba absorto en sus regalos, entró en su dormitorio de infancia y cerró la puerta. Sus padres lo habían convertido en cuarto de invitados, pero sin descolgar sus acreditaciones deportivas de la universidad ni las fotos de fútbol americano.

Metió la mano en el bolsillo y sacó un sobre arrugado. En la parte delantera estaba su nombre escrito a máquina. Retrocedió mentalmente varias noches, hasta su caída al lago, su brusca salida del coche y su accidentado regreso a la orilla mientras el Buick desaparecía lentamente bajo el hielo. Se había dejado caer sin fuerzas en un montón de nieve, del que no se había movido hasta oír la sirena de una ambulancia. Alguien había llamado al 911. Se lo habían llevado al hospital, le habían cosido la herida y le habían diagnosticado una grave conmoción cerebral. El médico de Urgencias no daba crédito a que hubiera recobrado la conciencia a tiempo para escaparse del coche que se hundía. ¿Cuánto tiempo podía haber pasado? ¿Un minuto?

Sully se quedó en observación toda la noche. Por la mañana, a primera hora, abrió los ojos, aturdido, y vio entrar a Jack Sellers, que cerró la puerta. Iba de uniforme.

–¿Se recuperará? –preguntó Sellers.

–Creo que sí.

–¿Qué puede contarme sobre él?

–¿Quién?

–Horace.

–Poco –mintió Sully.

–Estaba metido en muchas cosas –aseguró Jack–. Tenía unos aparatos que nunca he visto. Y veinte minutos después de que llegásemos se presentó el FBI y nos pidió que no dijéramos nada. Se lo llevaron todo.

–¿Cómo le encontraron?

–Nos llamó él.

–¿Que los llamó él?

–A la comisaría. El viernes por la tarde. Dijo que en su finca había un muerto. Al llegar nos lo encontramos al fondo del sótano, en una habitación secreta de «seguridad». Estaba tirado en el suelo.

Jack hizo una pausa.

–El muerto era él.

Sully volvió a recostarse en la almohada, mareado. No tenía sentido. ¿Muerto? ¿Que Horace –Elliot Gray– estaba muerto?

–Mire –dijo Jack, metiendo la mano en el bolsillo–, esto contraviene todas las leyes posibles, pero fui el primero que encontró esto en su mesa y... me lo llevé porque si no se lo habrían llevado ellos. Me lo llevé porque lo que le estaba haciendo a usted también me lo podría haber hecho a mí, y a otras personas que me importan, y quiero saber, y no necesito que lo sepa conmigo todo el mundo, ¿lo entiende? Bastante difícil ha sido.

Sully asintió con la cabeza. Jack le dio el sobre. Sully lo dobló por la mitad.

–Que no lo vea nadie más. Léalo al llegar a su casa. Y luego...

–¿Qué? –preguntó Sully.

Jack expulsó una bocanada de aire.

–Pues llámeme, supongo.

❧

Sully había esperado hasta el día de Navidad por la mañana. Seguía viendo mentalmente a Giselle en la cama, sonriente, al lado de su hijo.

«Qué guapo.»

«Tendrías que verlo.»

«Ya lo veo. Constantemente.»

Desde entonces Sully quería pasar cada minuto junto a Jules, como si estar a su lado los uniese a los tres. Al reportero del *Chicago Tribune* y a Elwood Jupes les había dicho que se había equivocado, que estaba borracho, desorientado y enfadado por el programa. Al final lo dejaron por inútil y siguieron otras pistas. Ahora que oía reír a Jules en la sala contigua, con su nueva amiga y confidente Liz, Sully se sintió preparado para lo que pudiera contener el sobre del difunto, quizá una explicación de la locura que durante meses le había ofuscado.

Lo rasgó.

Empezó a leer.

Querido señor Harding:

Le pido que me perdone.

Mi verdadero nombre, como es probable que ya sepa, es Elliot Gray. Soy el padre de Elliot Gray Jr., mi único hijo, a quien por desgracia también conoce.

El día en que se estrelló su avión fui yo quien destruí las grabaciones del aeródromo de Lynton, una tarea relativamente fácil para alguien de mi formación.

Fue una tontería, para proteger a mi hijo.

Hacía muchos años que se había deteriorado nuestra relación. Su madre murió joven, y él me recriminaba mi oficio. Bien pensado, no puedo reprochárselo. Era un trabajo clandestino y fraudulento que solía obligarme a pasar largas temporadas fuera de casa. Yo lo hacía en nombre del país y del Gobierno, dos cosas a las que me sorprende dar tan poca importancia en el momento en que escribo esta carta.

Esa mañana, como Elliot no se ponía al teléfono, fui a su casa sin haberme anunciado. Quería arreglar la situación. Tenía sesenta y ocho años y me habían diagnosticado un cáncer incurable. Ya era hora de resolver nuestras diferencias.

Por desgracia no fui bien recibido, discutimos. Los padres creen ingenuamente que al final podrán solucionarlo todo. Yo no solo no lo conseguí, sino que Elliot se fue de casa agitado y enfadado. Una hora después le dio a usted una autorización errónea.

Son esos vuelcos que da la vida.

Yo creo que lo que le distrajo fue mi presencia. Conocía a mi hijo. Tenía sus debilidades, pero su trabajo, como el mío, era impecable. Yo había ido en coche a la torre para darle una carta que contenía mis últimos deseos. Podría haberla dejado en su casa, pero supongo que en el fondo quería verlo una vez más. Llegué a tiempo para oír el ruido lejano del avión al estrellarse.

No existen palabras que puedan describir aquel momento. Mi instrucción me ha preparado para controlar mi conducta en situaciones caóticas, pero me temo que mi hijo se dejó llevar por el pánico. Lo encontré solo en el puesto de mando de la torre, gritando: «¿Qué he hecho? ¿Qué he hecho?». Yo le dije que cerrase la puerta con llave y me dejara ocuparme de la situación. Procedí rápidamente a borrar todos los datos, pensando, con mentalidad de operativo, que sin las grabaciones no se podría demostrar su culpa.

Mientras tanto, por alguna razón, él huyó de las instalaciones. A día de hoy sigo sin saber por qué. Es lo que pasa cuando alguien se nos muere demasiado bruscamente, ¿no? Nos quedan siempre tantas preguntas...

En el desbarajuste general me fui de la torre sin ser visto, otra ventaja de mi formación; pero al enterarme del accidente de tráfico de Elliot, de su muerte y del precario estado en que se hallaba su esposa, señor Harding, me consumió el arrepentimiento. Vengo de un mundo en el que todo tiene su contrapartida. De mi hijo soy yo el responsable. Usted y su mujer eran desconocidos, víctimas de un fuego cruzado. Sentí el desesperado impulso de reparar el daño.

Pocos días después, durante el funeral de Elliot, oí hablar a amigos que ignoraba que tuviese. Hablaron con afecto sobre la fe de mi hijo en otra vida mejor después de esta. Dijeron que Elliot confiaba en la gracia del cielo. Yo nunca había sabido que viera así las cosas.

Por primera vez en mi vida lloré por mi hijo.

Vine a Coldwater para saldar mis deudas, con él y con usted. Al tener acceso a su historial militar pude estudiar su trayectoria. Supe que había vuelto, y que había dejado a su hijo a cargo de sus padres para estar con su esposa en el hospital. Cuando me enteré de las acusaciones que se formularon contra usted sentí una gran preocupación, ya que sabía que no se encontrarían pruebas en defensa de sus actos. La muerte de Elliot aparecía constantemente en las noticias, a causa del proceso, y mi conciencia no podía descansar.

Siempre he sido un hombre de acción, señor Harding. Consciente de que me quedaba poco tiempo de vida, me compré una casa cerca de aquí, adopté una nueva identidad (también eso era fácil con mi experiencia en el Gobierno) y por casualidades del destino conocí a Sam Davidson, que deseaba jubilarse después de toda una vida al frente de la funeraria. El misterio de la muerte, cuando se aproxima uno a ella, toma un lúgubre atractivo. Adquirí una participación en la empresa y descubrí que el luto ajeno me consolaba. Les oía contar sus historias, prestaba atención a sus pesares... Casi todos albergaban un solo deseo, supongo que el mismo que me llevó aquel día hasta el aeródromo: hablar por lo menos una vez más con sus seres queridos.

Decidí hacerlo realidad para unos cuantos. Quise que mi último acto fuera compasivo y darles tal vez a usted y su hijo una esperanza tras la muerte de su esposa.

Por lo que respecta a lo demás –cómo lo hice, las ocho voces, la sincronización, los detalles–, estoy casi seguro de que a estas alturas ya lo habrá averiguado. No cuente con descubrir muchas pruebas. Mis antiguos jefes cubrirán cualquier rastro importante. Cuando alguien hace lo que hacía yo durante tanto tiempo, nunca se jubila del todo. Dado que mi identidad podría dar pie a una situación embarazosa para ellos, rebajarán mi importancia y se asegurarán de que siga siendo en gran parte un misterio.

Si a usted se lo he contado, señor Harding, es porque nunca podré saldar la deuda que nos une. Se podría pensar que una persona con mis antecedentes no cree en Dios. Sería incierto. Durante todos esos años, si alguna justificación busqué para mis actos fue la de una férrea creencia en el apoyo de Dios.

Lo que hice en Coldwater lo hice como penitencia. Moriré como morimos todos, desconociendo las consecuencias de mis actos, pero aunque se revelen mis métodos, la gente creerá lo que decida creer. Y si las llamadas han logrado conducir a la fe a unas cuantas almas más, quizá el Señor me otorgue su misericordia.

Sea como fuere, cuando lea usted estas palabras el misterio del cielo ya se habrá resuelto para mí. Si realmente pudiera ponerme en contacto con usted y confirmarle su existencia, lo haría. Sería el pago de la menor de mis deudas.

Pero no, acabo tal como he empezado: pidiéndole que me perdone. Quizá pronto pueda hacer lo mismo con mi hijo.

Adiós,

Elliot Gray Sr., alias Horace Belfin

¿Cómo desprenderse de la ira? ¿Cómo despedirse de una rabia que se incuba desde tanto tiempo que si nos la quitan nos quedamos sin apoyo? Sentado en su antiguo dormitorio, con la carta en sus manos, Sully sintió que se elevaba como en sueños, despegándose de su amargura. Elliot Gray, tanto tiempo enemigo, se le aparecía a una luz distinta, como un hombre cuyo error podía perdonarse. Ya estaba explicada la ausencia de las grabaciones y también el inaprensible engaño que durante meses se había cebado con Coldwater. Incluso Horace se había humanizado, convertido en un hombre de luto que intentaba reparar los daños que había infligido.

«A veces, señor Harding, lo meten a uno en una celda sin merecérselo. Y a veces al contrario.»

Releyó la carta y, al posar la vista en las palabras «las ocho voces» las repasó maquinalmente en su cerebro. Una: la hija de Anesh Barua. Dos: la exmujer de Eddie Doukens. Tres: el socio de Jay James. Cuatro: la madre de Tess Rafferty. Cinco: el hijo de Jack Sellers. Seis: la hermana de Katherine Yellin. Siete: el antiguo empleado de Elias Rowe. Ocho: la hija de Elwood Jupes.

Ocho.

¿Y Giselle, la última voz que había manipulado Horace? ¿No la había contado? ¿La había excluido a propósito?

Consultó en su móvil el registro de llamadas del viernes por la noche. Encontró la del reportero del *Chicago Tribune*: 19.46. Pasó a la llamada anterior: desconocido. Era la de la voz de Giselle.

La hora anotada eran las 19.44.

Hurgando en sus bolsillos encontró el número que le había dado Jack Sellers en el hospital. Lo marcó rápidamente.

–Hola, aquí Sellers.

–Soy Sully Harding.

–Ah, hola... Feliz Navidad.

–Igualmente.

–Oiga, es que estoy con unos amigos...

–Ya, ya... Yo estoy con mi familia.

–¿Quería hablar en algún sitio?

–Solo necesito hacerle una pregunta.

–Vale.

–Es sobre Horace.

–¿Qué le pasa?

–La hora de la muerte.

–Cuando lo encontramos ya estaba muerto. El primero que entró fue Ray, que tuvo que anotarlo: las seis cincuenta y dos de la tarde.

–¿Qué?

–Las seis cincuenta y dos de la tarde.

Sully sintió un escalofrío en todo el cuerpo.

19.44.

–¿Está seguro?

–Totalmente.

Le entró vértigo.

Colgó.

«¿Sigues ahí?»

«Siempre.»

Corrió a la sala de estar y tomó a Jules en sus brazos.

Dos meses más tarde

Los pueblos tienen su propio latido, al margen de que los visite mucha o poca gente. Durante las semanas y los meses siguientes, Coldwater recuperó el suyo, a medida que se iban los camiones, se desmontaban las gradas y se iban desprendiendo como capas de cebolla los visitantes. En el bar de Frieda había asientos vacíos. En las calles despejadas de nieve había sitio de sobra para aparcar. Al fondo del banco se podía ver al presidente –y alcalde– dando golpes en su mesa con un lápiz.

No se recibieron más llamadas telefónicas. Pasó la Navidad. También pasó Año Nuevo. Katherine Yellin no volvió a tener noticias de su hermana, ni Tess Rafferty de su madre, ni Jack Sellers de su hijo, ni ninguno de los otros elegidos de nadie. Parecía que el milagro hubiera volado como las semillas del diente de león.

La noticia sobre Horace Belfin y su misteriosa muerte dio pie durante varios días a las más disparatadas conjeturas. Muchos presuponían que las llamadas eran un complejo engaño organizado por aquel extraño personaje que, según un portavoz del ejército, se había jubilado de un sencillo puesto de administrativo en Virginia tras serle diagnosticado un tumor cerebral imposible de operar.

De todos modos, escaseaban los detalles. De los aparatos de la casa de Belfin se incautó el Gobierno, que emitió un comunicado según el cual solo se habían encontrado datos aleatorios. Durante una temporada los medios de comunicación buscaron insistentemente más información, pero sin voces del cielo se fue disipando el interés por la noticia, y al final los medios se olvidaron de ella, como cuando los niños dejan un libro en la mesa sin haber acabado de leerlo.

Con el tiempo los fieles dejaron los jardines y los campos. A falta de motivos de protesta, también se fueron los manifestantes. El obispo Hibbing y la Iglesia católica cerraron su expediente sobre el caso. El mundo absorbió el fenómeno de Coldwater como cuando se agita una bola de cristal con nieve y van cayendo al fondo los blancos copos. Muchos tomaron las palabras de Diane Yellin y las estudiaron como un evangelio. Para otros eran pura ficción. Como ocurre con todos los milagros, cuando la vida sigue los que creen en ellos los narran con asombro una y otra vez, y los que no, no lo hacen.

Si bien el pueblo, en líneas generales, se entristeció por la pérdida de las voces del cielo, no pareció que nadie se fijara en que a su modo las llamadas habían guiado a los vecinos hacia lo que más necesitaban. Katherine Yellin, que tan sola había estado desde la muerte de Diane, encontró en Amy Penn a una fraternal amiga; y Amy, tan consumida antaño por su carrera de presentadora, dejó la cadena y alquiló una casita en el pueblo, donde cada día tomaba café con Katherine mientras preparaba un libro sobre lo que había presenciado en Coldwater, Michigan.

Tess Rafferty y Jack Sellers encontraron consuelo el uno en el otro, zurciendo los vacíos que habían dejado las muertes de sus seres queridos. El padre Carroll y los otros clérigos vieron aumentar la asistencia a la iglesia, algo por lo que habían rezado muchos años. Haciendo honor a sus conversaciones con el pastor Warren, Elias Rowe resarció a la familia de Nick Joseph, construyó una pequeña casa para ella y le dio a Nick hijo su primer trabajo de verano en la construcción, sector en el que con el paso de los años ganaría un dinero que le ayudaría a pagarse la universidad.

Sully Harding se llevó del apartamento las cenizas de su esposa y las trasladó a un nicho de un cementerio.

Volvió a casa, y por primera vez en años durmió bien.

ᥒ

Dicen que el primer destello del invento del teléfono lo tuvo Alexander Bell cuando era adolescente. Observó que si cantaba una determinada nota cerca de un piano abierto, la cuerda correspondiente se ponía a vibrar como si devolviera el canto. Si cantaba un La, temblaba la cuerda del La. Había nacido la idea de conectar voces a través de un filamento.

Pero no era una idea nueva. Todos llamamos y se nos responde. Así ha sido desde que se empezó a creer, y así sigue siendo hasta este mismo instante, en que en un pueblo que se llama Coldwater un niño de siete años oye un ruido en mitad de la noche, abre los ojos, se aproxima al oído un juguete azul y sonríe, en demostración de que el cielo siempre está y estará a nuestro alrededor, y que las almas recordadas jamás se van del todo.

Nota del autor

Esta novela está ambientada en la localidad ficticia de Coldwater, Michigan. Existe un Coldwater real, en Michigan. Es un sitio muy bonito, que aconsejo visitar, pero no es el mismo pueblo.

Agradecimientos

Este libro se ha escrito con la gracia de Dios, mucho café, una mesa matinal junto a una ventana en Michigan y el amor de la familia y los amigos.

Ha visto la luz en momentos difíciles, que mucha gente me ha ayudado a superar. Una frase es muy pobre recompensa, pero vaya mi gratitud, tan profunda como pueda expresarse con tinta, a Janine por cada valioso minuto, a Kerri Alexander por su colaboración y lealtad, a Ali, con quien tantas conversaciones por Skype he mantenido, a Phil McGraw por sus desvelos, a Lew C. por su comprensión, a David Wolpe y Steve Lindemann, dos hombres de Dios que han demostrado una paciencia divina, a Augie Nieto, colega donde los haya, a Eileen H. y Steve N., en cuyo valor he encontrado una fuente de inspiración, a los niños de HFH en Haití, adonde fui para no perder la perspectiva, y especialmente, como solo ellos pueden valorar, a dos amigos de verdad, Marc Rosenthal (desde los doce años) y Chad Audi (desde los cuarenta y siete). No hay palabras, salvo «¡por fin ha llegado el día!».

Ah, y Mendel es un vago.

David Black ya ha cruzado la meta de los veinticinco años a mi lado y bien se merece una medalla. Le agradezco su incansable fe. Doy también las gracias al estupendo personal de su oficina: Sarah, Dave, Joy, Luke, Susan, reina del mundo, y Antonella, reina del ciberespacio.

Mi más profunda gratitud a mi nueva familia de mi editorial, que tan calurosa bienvenida me ha dado, desde la gente de ventas a la de marketing, y desde la de publicidad a la de diseño. Un agradecimiento especial a mi nueva colega creativa, Karen Rinaldi, que solo ha esperado dieciocho años para hacer esto realidad, y cuyo toque delicado impregna el libro. También a Brian Murrey, Jonathan Burnham y Michael Morrison, por su gran acto de fe.

Un agradecimiento especial de orilla a orilla a David Shelley, de Little Brown UK, cuyas notas, siempre atentas, me hacen creer que sé lo que hago, y a Margaret Daily, la mejor amiga que podría tener un escritor americano en Irlanda.

Mi padre decía que todo acabaría bien —«tú sigue trabajando en tu libro»—, y como siempre, ha tenido razón. Mi amor a mis padres es ilimitado. Mis primeros lectores, Ali, Trish y Rick, me han dado razones para no desfallecer.

Ah, y todas las Giselle, Alli o Marguerite de las que escribo son en realidad solo Janine. ¿Cómo iba a imaginar si no un amor tan profundo?

También deseo rendir homenaje a los muchos libros y artículos que me han ayudado en mis investigaciones sobre el teléfono y su pintoresca historia. Y al estado de Michigan, que me encanta, y donde estoy contento de haber podido situar por fin una historia, aunque sea ficticia.

Por último —y en primer lugar— todo lo que crean mi corazón o mi mano procede de Dios, es obra de Dios, existe por Dios y está con Dios. Tal vez desconozcamos la verdad sobre los teléfonos y el cielo, pero algo sabemos: que con el tiempo Él responde a todas las llamadas, como respondió a la mía.

Mitch Albom
Detroit, Michigan, junio de 2013

Mitch Albom

Las cinco personas que encontrarás en el cielo

Lee un fragmento de esta maravillosa fábula
sobre el valor insospechable de nuestros actos
diarios y una de las novelas más representativas
de **Mitch Albom**

El final

Este relato es sobre un hombre que se llamaba Eddie y empieza por el final, con Eddie muriendo al sol. Puede parecer raro que un relato empiece por el final, pero todos los finales son también comienzos, lo que pasa es que no lo sabemos en su momento.

La última hora de la vida de Eddie transcurrió, como la mayoría de las de los demás, en el Ruby Pier, un parque de atracciones junto a un océano gris. El parque tenía las atracciones habituales: una pasarela de madera, una noria, montañas rusas, autos de choque, un puesto de golosinas y una galería donde uno podía disparar chorros de agua a la boca de un payaso. También tenía una nueva atracción que se llamaba la Caída Libre, y sería allí donde moriría Eddie, en un accidente que aparecería en los periódicos del estado.

En el momento de su muerte, Eddie era un viejo rechoncho de pelo blanco, con el cuello corto, pecho abombado, antebrazos gruesos y un tatuaje medio borrado del ejército en el hombro derecho. Sus piernas ya eran delgadas y con venas, y la rodilla izquierda, herida durante la guerra, la tenía destrozada por la artritis. Usaba un bastón para caminar. Su cara era ancha y estaba curtida por el sol, con unas patillas blanquecinas y una mandíbula inferior que sobresalía ligeramente y le hacía parecer más orgulloso de lo que se sentía. Llevaba un pitillo detrás de la oreja izquierda y un aro con llaves colgado del cinturón. Calzaba unos zapatos de suela de goma. En la cabeza llevaba una vieja gorra de lino. Su uniforme marrón claro era como el de un obrero, y eso era él, un obrero.

El trabajo de Eddie consistía en el «mantenimiento» de las atracciones, lo que en realidad significaba atender a su seguridad. Todas las tardes recorría el parque, comprobaba cada atracción, desde el Remolino Supersónico al Tobogán Acuático. Buscaba tablas rotas, tornillos flojos, acero gastado. A veces se detenía con los ojos vidriosos y la gente que pasaba creía que algo iba mal. Pero él simplemente escuchaba, sólo eso. Después de todos aquellos años era capaz de *oír* los problemas, decía, en los chisporroteos y farfulleos, y en el matraqueo de las maquinarias.

Cuando le quedaban cincuenta minutos de vida en la tierra, Eddie dio el último paseo por el Ruby Pier. Adelantó a una pareja mayor.

–Buenas –murmuró tocándose la gorra.

Ellos asintieron con la cabeza educadamente. Los clientes conocían a Eddie. Por lo menos los habituales. Le veían verano tras verano; una de esas caras que uno asocia con un sitio. En el pecho de la camisa de trabajo llevaba una etiqueta en la que se leía EDDIE encima de la palabra MANTENIMIEN-TO, y a veces le decían: «Hola, Eddie Mantenimiento», pero él nunca le encontraba la gracia.

Hoy, resulta que era el cumpleaños de Eddie, ochenta y tres años. Un médico, la semana anterior, le había dicho que tenía herpes. ¿Herpes? Eddie ni siquiera sabía lo que era. Antes tenía fuerza suficiente para levantar un caballo del carrusel con cada brazo. Eso fue hacía ya mucho tiempo.

–¡Eddie! ¡Llévame, Eddie! ¡Llévame!

Cuarenta minutos hasta su muerte, y Eddie se abrió paso hasta el principio de la cola de la montaña rusa. Al menos una vez por semana se subía a cada atracción, para asegurarse de que los frenos y la dirección funcionaban bien. Hoy le tocaba a la montaña rusa –la Montaña Rusa Fantasma la llamaban– y los niños que conocían a Eddie gritaban para que los subiese en la vagoneta con él.

A Eddie le gustaban los niños. No los quinceañeros. Los quinceañeros le daban dolor de cabeza. Con los años, Eddie imaginaba que había visto a todos los quinceañeros vagos y liosos que existían. Pero los niños eran diferentes. Los niños miraban a Eddie –que con su mandíbula inferior saliente siempre parecía que estaba sonriendo, como un delfín– y confiaban en él. Les atraía igual que a unas manos frías el fuego. Se le abrazaban a las piernas. Jugaban con sus llaves. Eddie solía limitarse a gruñir, sin hablar nunca demasiado. Imaginaba que les gustaba porque nunca hablaba mucho.

Ahora Eddie dio un golpecito a dos niños que llevaban puestas unas gorras de béisbol con la visera al revés. Los pequeños corrieron a la vagoneta y se dejaron caer dentro. Eddie le entregó el bastón al encargado de la atracción y se acomodó poco a poco entre los dos.

–¡Allá vamos! ¡Allá vamos! –chilló un niño, mientras el otro se pasaba el brazo de Eddie por encima del hombro. Eddie bajó la barra de seguridad y, clac-clac-clac, se fueron para arriba.

Corría una historia sobre Eddie. Cuando era chaval y vivía junto a este mismo parque, tuvo una pelea callejera. Cinco chicos de la avenida Pitkin habían acorralado a su hermano Joe y estaban a punto de darle una paliza. Eddie estaba una manzana más allá, en un puesto, tomando un sándwich. Oyó gritar a su hermano. Corrió hasta la calleja, agarró la tapa de un cubo de basura y mandó a dos chicos al hospital.

Después de eso, Joe pasó meses sin hablarle. Estaba avergonzado. Él era mayor, había nacido antes, pero fue Eddie quien le había defendido.

–¿Podemos repetir, Eddie? Por favor.

Treinta y cuatro minutos de vida. Eddie levantó la barra de seguridad, dio a cada niño un caramelo, recuperó su bastón y luego fue cojeando hasta el taller de mantenimiento para refrescarse. Hacía calor aquel día de verano. De haber sabido que su muerte era inminente, probablemente habría ido a otro sitio. Pero hizo lo que hacemos todos. Continuó con su aburrida rutina como si todavía estuvieran por venir todos los días del mundo.

Uno de los trabajadores del taller, un joven desgarbado de pómulos marcados que se llamaba Domínguez, estaba junto al depósito de disolvente; quitaba la grasa a un engranaje.

–Hola, Eddie –dijo.

–Dom –respondió Eddie.

El taller olía a serrín. Era oscuro y estaba atestado, tenía el techo bajo y en las paredes había ganchos de los que colgaban taladros, sierras y martillos. Por todos lados había partes del esqueleto de atracciones del parque: compresores, motores, cintas transportadoras, bombillas, la parte de arriba de la cabeza de un pirata. Amontonados contra una pared había botes de café con clavos y tornillos, y amontonados contra otra pared, interminables botes de grasa.

Engrasar un eje, decía Eddie, no requería mayor esfuerzo mental que fregar un plato; la única diferencia era que cuando uno lo hacía se ponía más sucio, no más limpio. Y aquél era el tipo de trabajo que hacía Eddie: engrasar, ajustar frenos, tensar pernos, comprobar paneles eléctricos. Muchas veces había ansiado dejar aquel sitio, encontrar un trabajo distinto, iniciar otro tipo de vida. Pero vino la guerra. Sus planes nunca se llevaron a cabo. Con el tiempo se encontró con canas, los pantalones más flojos y aceptando, cansino, que él era ése y lo sería siempre, un hombre con arena en los zapatos en un mundo de risas mecánicas y salchichas a la plancha. Como su padre antes que él, como indicaba la etiqueta de su camisa, Eddie se ocupaba del mantenimiento, era el jefe de mantenimiento o, como a veces le llamaban los niños, «el hombre de las atracciones del Ruby Pier».

Quedaban treinta minutos.

–Oye, me he enterado de que es tu cumpleaños. Felicidades –dijo Domínguez.

Eddie gruñó.

–¿No haces una fiesta o algo?

Eddie lo miró como si aquel tipo estuviera loco. Durante un momento pensó en lo extraño que era envejecer en un sitio que olía a algodón de azúcar.

–Bueno, acuérdate, Eddie, la semana que viene libro, a partir del lunes. Me voy a México.

Eddie asintió con la cabeza y Domínguez dio unos pasos de baile.

–Yo y Teresa. Vamos a ver a toda la familia. Una buena fiesta.

Dejó de bailar cuando se dio cuenta de que Eddie lo miraba fijamente.

–¿Has estado alguna vez? –preguntó Domínguez.

–¿Dónde?

–En México.

Eddie echó aire por la nariz.

–Muchacho, yo nunca he estado en ninguna parte a la que no me mandaran con un fusil.

Siguió con la mirada a Domínguez, que volvía al fregadero. Pensó unos momentos. Luego sacó un pequeño fajo de billetes del bolsillo y apartó los únicos de veinte que tenía, dos. Se los tendió.

–Cómprale algo bonito a tu mujer –dijo Eddie.

Domínguez miró el dinero, exhibió una gran sonrisa y dijo:

–Venga, hombre. ¿Estás seguro?

Eddie puso el dinero en la palma de la mano de Domínguez. Luego salió para volver a la zona de almacenamiento.

Años atrás habían hecho un pequeño «agujero para pescar» en las tablas de la pasarela, y Eddie levantó el tapón de plástico. Tiró de un sedal de nailon que caía unos tres metros hasta el mar. Todavía tenía sujeto un trozo de mortadela.

—¿Pescamos algo? —gritó Domínguez—. ¡Dime que hemos pescado algo!

Eddie se preguntó cómo podría ser tan optimista aquel tipo. En aquel sedal nunca había nada.

—Cualquier día —gritó Domínguez— vamos a pescar un abadejo.

—Claro —murmuró Eddie, aunque sabía que nunca podrían pasar un pez por un agujero tan pequeño.

Veintiséis minutos de vida. Eddie cruzó la pasarela de madera hasta el extremo sur. No había mucho movimiento. La chica del mostrador de golosinas estaba acodada, haciendo globos con su chicle.

En otro tiempo el Ruby Pier era *el* sitio al que se iba en verano. Tenía elefantes y fuegos artificiales y concursos de bailes de resistencia. Pero la gente ya no iba tanto a los parques de atracciones del océano; iban a los parques temáticos, donde pagaban setenta y cinco dólares por entrar y les sacaban una foto con un personaje peludo gigante.

Eddie pasó renqueando junto a los autos de choque y clavó la mirada en un grupo de quinceañeros que se apoyaban en la barandilla. Estupendo —pensó—. Justo lo que necesitaba.

—Largo —ordenó Eddie golpeando la barandilla con el bastón—. Venga. Eso no es seguro

Los quinceañeros lo miraron enfadados. Las barras verticales de los coches chisporroteaban con la electricidad. *Zzzap, zzzap.*

—Eso no es seguro —repitió Eddie.

Los quinceañeros se miraron unos a otros. Un chico que llevaba un mechón naranja en el pelo hizo un gesto de burla a Eddie y luego se subió a la barandilla del centro.

—Venga, colegas, pilladme —gritó haciendo gestos a los jóvenes que conducían—. Pilladme.

Eddie golpeó la barandilla con tanta fuerza que el bastón casi se le parte en dos.

—¡Fuera!

Los chicos se marcharon.

Corría otra historia sobre Eddie. Cuando era soldado, entró en combate numerosas veces. Había sido muy valiente. Incluso ganó una medalla. Pero hacia el final de su tiempo de servicio se peleó con uno de sus propios hombres. Así fue como hirieron a Eddie. Nadie sabía qué le pasó al otro tipo.

Nadie lo preguntó.

Cuando le quedaban diecinueve minutos en la tierra, Eddie se sentó por última vez en una vieja silla de playa de aluminio, con sus cortos y musculosos brazos cruzados en el pecho como las aletas de una foca. Sus piernas estaban rojas por el sol y en su rodilla izquierda todavía se distinguían cicatrices. La verdad es que gran parte del cuerpo de Eddie sugería que había sobrevivido a algún enfrentamiento. Sus dedos estaban doblados en ángulos imposibles debido a numerosas fracturas originadas por maquinaria variada. Le habían roto la nariz varias veces en lo que él llamaba «peleas de bar». Su cara de amplia mandíbula quizá había sido alguna vez armoniosa, del modo en que puede serlo la de un boxeador antes de recibir demasiados puñetazos.

Ahora Eddie sólo parecía cansado. Aquél era su puesto habitual en la pasarela del Ruby Pier, detrás de la Liebre, que en la década de 1980 fue el Rayo, que en la de 1970 fue la Anguila de Acero, que en la de 1960 fue el Pirulí Saltarín, que en la de 1950 fue Laff en la Noche, y que antes de eso fue la Pista de Baile Polvo de Estrellas.

Que fue donde Eddie conoció a Marguerite.

Continúa en tu librería

Mitch Albom, el autor que ha ayudado a cambiar la vida a millones de personas

MARTES CON MI VIEJO PROFESOR

Un testimonio sobre la vida, la amistad y el amor, que ha cambiado la vida a millones de personas.

LAS CINCO PERSONAS QUE ENCONTRARÁS EN EL CIELO

Una maravillosa fábula sobre el sentido de la vida y el valor insospechado de nuestros actos diarios.

UN DÍA MÁS

Una novela apasionante llena de
brillantes reflexiones sobre la vida
y la muerte, el paso del tiempo y
las oportunidades perdidas.

TEN UN POCO DE FE

Una emotiva historia sobre
lo más profundo de nuestros
valores y creencias basada
en una experiencia real.

EL GUARDIÁN
DEL TIEMPO

Una hermosa fábula sobre
el verdadero significado
de nuestro tiempo.

MÁS DE 40 MILLONES DE EJEMPLARES VENDIDOS EN TODO EL MUNDO Y TRADUCIDO A 42 IDIOMAS